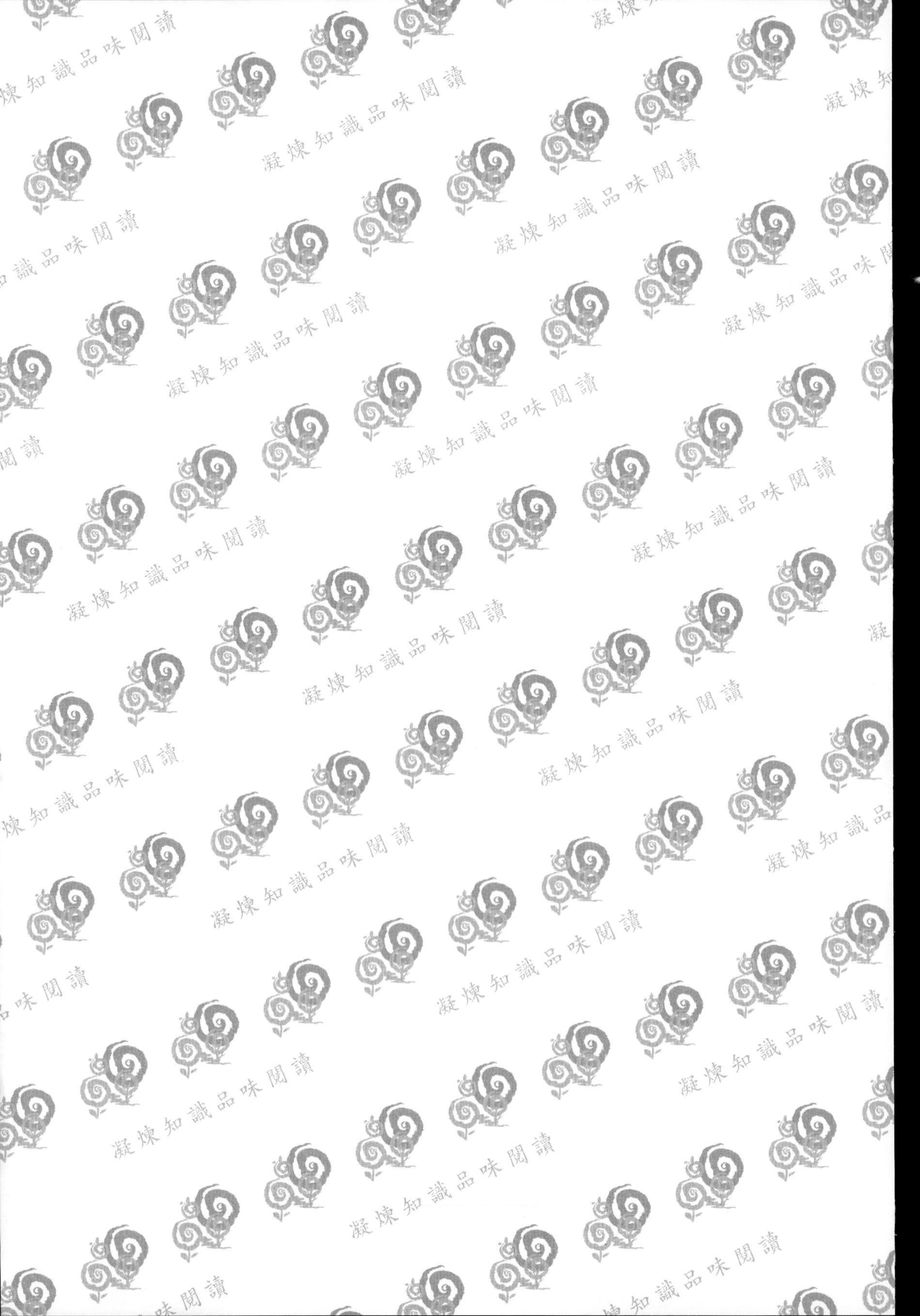
凝煉知識品味閱讀

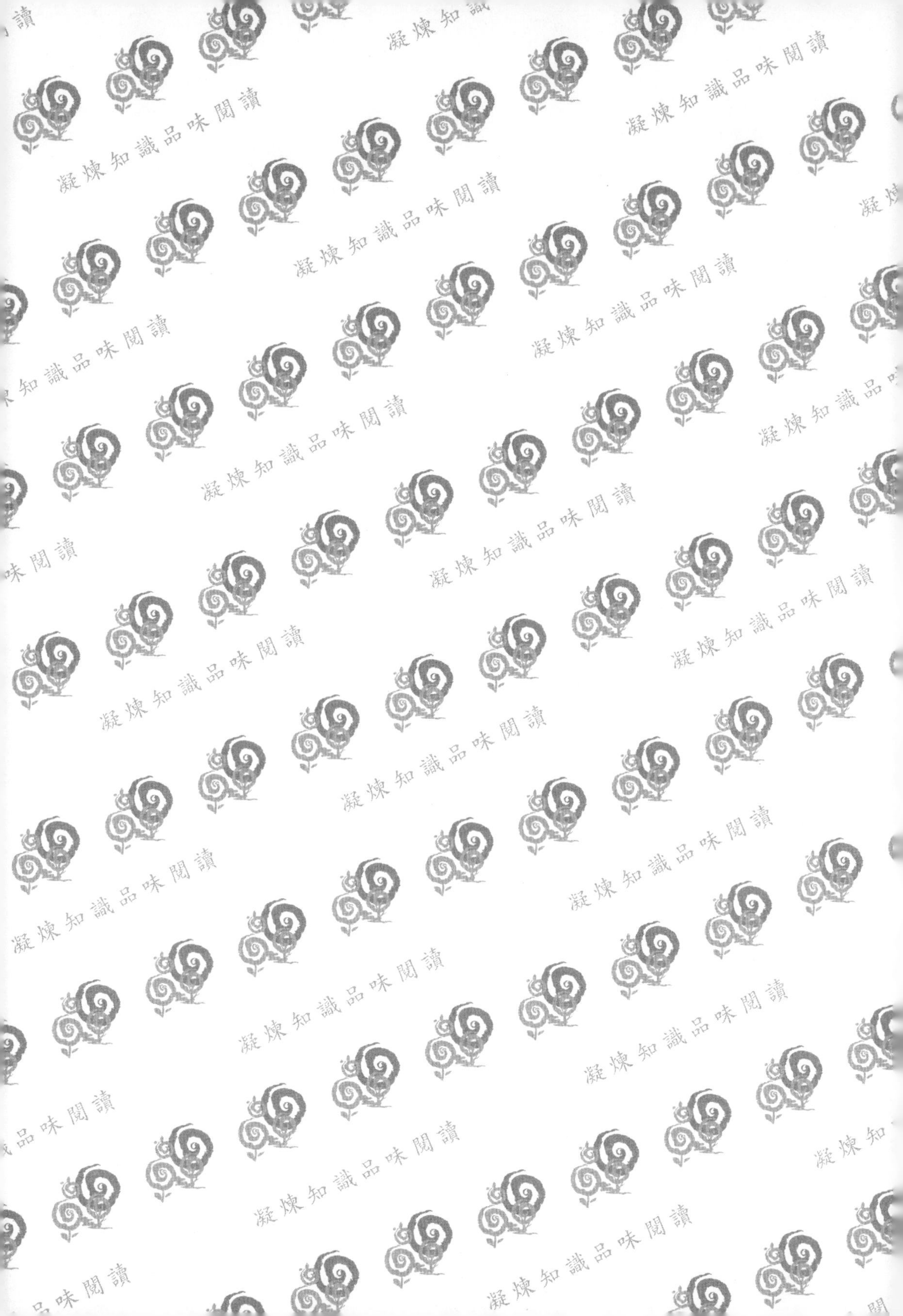

新聞報導與寫作

賴金波　著

五南圖書出版公司 印行

推薦序

文大新聞系賴金波教授一直是我非常尊敬的前輩；他也一直是文大新聞系非常倚重的資深傳播學者。現在賴教授出版有關新聞報導專書不但讓我先睹為快，還賜我作序的榮耀，我謹在此表達謝意與敬意。

誠如賴教授所言，採訪寫作是一門不好教的重點基礎課。新聞系的學生一入門，就要研習採寫基本功；但能給學生提供幫助的相關教科書，卻少之又少。有些教過這門課的教師甚至認為，採訪寫作是一種藝術創作過程，並無定規定律，所以，缺少教科書是很正常的現象。而要教這門課，也不外就是不斷要求學生實作練習，教師盡心批改作業就是了。

但賴教授的這本專書卻告訴我們，採訪寫作或新聞報導，固然有藝術的成分，但它絕對不是僅憑創作靈感或藝術天分，就能妥善完成的工作。記者要如何採訪、怎樣報導，在積極面，當然有應該遵循的基本工作程序與技巧；在消極面，則是有不能跨越的紅線與不能誤觸的地雷。不知道這些原則，輕則沒有工作績效，重則根本無法在新聞界立足。

而這正是賴教授不辭辛勞，出版本書，對新聞教育的最大貢獻。因為，總要有人擔下這份苦差事，為新聞系的學子，有系統的闡述，到底該如何完成像樣的新聞報導。

賴教授在本書中，不只說明基本原理，還以諸多實例，說明新聞報導的優良範例與可能產生的爭議。有這些實例來佐證基本原理，可以讓學生更深刻地體會，新聞工作的法門與誤區，這是本書的一大特色。

另一項特色，則是討論到，當傳統新聞媒體轉型為網路媒體後，新聞報導的工作模式會如何改變；在網路傳播時代，新聞工作者又需要具備哪些新時代的倫理觀念。這些問題，有時代意義上的急迫性，很高興看到本書也嘗試提供若干思考線索。而賴教授在書中特別著重討論倫理議題，足見新聞報導當然不只是技術操作的單純工作，而是關乎社會整體價值體系，如何受新聞報導影響的重要問題。

最後，我想說，可能也是賴教授很想說的是，目前在台灣，真的有太多人對新聞媒體的表現很有意見，但新聞報導到底出了什麼問題，不一定人人都說得清楚。因此，也許從媒體素養的角度而言，不只是新聞系的學生可以參考本書內容，一般社會大眾其實也可以細讀本書，多了解新聞報導的是與非，以有助於成為真正耳聰目明的閱聽人。

中國文化大學新聞暨傳播學院院長　胡幼偉

序

我在新聞這個「領域」，已經浸淫了大約五十年。從民國58年，進入新聞界工作，民國61年，第一次以兼任老師的身分，站上大學新聞系的授課講台，我可以說都不曾離開這個「領域」。在兼任期間，我除了部分時間擔任政府公關及企業公關的工作之外，絕大部分都在新聞界服務，超過二十年。

「採訪寫作」這門課，是新聞系最「主力」的課程，新聞系學生必須修滿它達八個學分才能畢業。所以當我在民國80年，以兼任副教授改為專任的時候，就擔任這門課的教席，讓我深感責任重大。

剛開始時，我也蒐集已出版的各位師長前輩的教科書，作為教材。但後來發現，每本書的編寫重點都不盡相同。因此我開始自編講義，此後每個學期，我都會重新再審編講義，一字一字，一段一段，戰戰兢兢，在鍵盤上敲敲打打，並且配合各種新情勢的發展，不停地修改。

「採訪寫作」（Covering & Writing），是我們用了幾十年的課表名稱。但是我在授課時發現，「採訪」兩個字已經不是很契合現在的記者工作的涵義，於是乃追隨師長及一些先進們的用詞，改為「新聞報導與寫作」（News Reporting & Writing）。

這本書談不上是一本學術研究創作，它大部分是作者在這個領域的工作經驗，和在授課時，時時接觸有關新聞研究的論文、實例，編成講義，以及在課堂上與同學們一起討論，所獲得的成果。

本書很適合在新聞科系的「採訪寫作」課程中，作為教材使用。也適合新聞傳播界，給新進同仁閱讀參考。作者花了很多篇幅，探討「新聞」的意涵、新聞自由的精神、新聞記者的職業操守，以及新聞倫理和社會責任等。

在過去的三、四十年間，拜新科技的發明，「新聞」、「新聞界」、「新聞倫理」等，都產生了很大的改變，讓老一輩的傳統新聞工作者十分感歎。因為新聞的定義被扭曲了，新聞價值的認定被改變了。而新聞工作者，更趨向商業趨勢而罔顧新聞倫理的現象，都讓人痛心。本書在這方面，有較深的著墨。

作者人微力窮，固無能去改變現實的狀況，也想不出更好的方法來力挽狂瀾，只好藉諸一本小小的心得報告，給新聞系學生，和初入新聞領域的工作者，一些小小的建言。

本書如作為「採訪寫作」課程的教科書，正好可以講授上下兩個學期。要特別聲明的是，書中所舉的很多例子，作者雖然每年都配合新的新聞事件在修改，但那是一件永遠跟不上變化的任務。因此只能寄望授課的老師們，在授課時隨時根據新的新聞事件，更改實例，免得學生們對「幾年前」的新聞事件，已經沒有印象，因而失去了學習的興趣。

感謝中國文化大學新聞系，長時間提供這個講台，讓我得以跟這個領域的變化一起成長，也讓我有機會到古稀之齡的時候，還能交出一篇成績單。

本書在逐章檢視修訂中，承前《聯合報》執行副總編輯、也是我大學研究所都同班的至交賴清松先生，以專業實務經驗，提供許多寶貴建言，還逐頁幫忙校正，只能在此提上一筆，表示我最高的謝忱。

付梓前，蒙中國文化大學新聞傳播學院院長胡幼偉博士，為序推介。胡院長除了也有新聞實務工作經驗外，更擔任過行政院發言人，可謂學術、實務兼具，由他寫序推薦，至感榮幸與感激。

賴金波 109年9月 於華岡

目錄

新聞的取材

傳統新聞學教科書，對新聞列出了幾項基本定義，包括新聞的重要性、影響性、接近性、時間性以及趣味性等。這原本是一個新聞工作者應具備的基本認知，但是隨著社會環境的變化，以及新聞媒體以商業觀點的新聞取材思考，傳統的新聞價值觀被扭曲了。

以重要性及影響性來說，由於民眾對公共事務的冷漠，很多影響重大的新聞，因爲民眾對它的認識太少，或覺得事不關己，因此對重大公共事務新聞並不感興趣。例如行政院長在立法院的施政報告，在電子媒體的畫面中，行政院長有什麼重大施政計畫，很少會被完整地報導出來。相對的，立法委員辛辣的質詢，或者是行政官員與立委激烈的對槓、言語衝突，反而成爲鏡頭的焦點。

在接近性方面，或許和台灣幅員狹小有關，很多地方新聞多變成了全國新聞，其情況尤以電視新聞最嚴重。例如一則花蓮縣吉安鄉發生的火災，燒毀了兩間鐵皮屋，消防隊出動了三輛消防車，花了將近一個小時把火勢撲滅，無人傷亡。這樣的新聞故事，若以傳統的新聞價值觀點，在花蓮可以成爲地方新聞，相信所占版面也不大。但在全國其他地區，恐怕連「構成新聞」都有問題。然而，我們的全國性電視新聞，卻動用了SNG實況報導。這反映了一個現象，當電視媒體擁有現場立即報導的利器時，他們對新聞價值的判斷已經走調。

目前媒體（特別是電視與網路）對新聞的取捨，幾近嗜血性，過度報導社會黑暗面，殊不可取。

雖然由於市場取向影響了媒體對新聞價值的判斷，民眾也因爲重辛辣口味，而對傳統的新聞產生了錯誤的認知，我們仍要對新聞工作者，提出對新聞價值的界定，希望能有導正的作用。

第一節　構成新聞的要件

傳統新聞學對構成新聞的要件，列出了包括：（1）不尋常性、（2）新鮮性、（3）影響性（重要性）、（4）震撼性、（5）關切性（接近性或地域性）、（6）趣味性、（7）適宜性。

分別討論如下：

一、不尋常性

是指違反一般常態認知的事件，會因爲它的不尋常而構成新聞。這種新聞可以大到影響全世界的重要性新聞，也可以小到只讓市井小民當作茶餘飯後話題的新聞。例如在海峽兩岸的軍事對峙中，雖然馬英九上任後，雙方刻意營造了和解交流的局勢，但是某日我方觀察到共軍的飛彈部署，反而比過去有不尋常的增加，讓人感受到的是中共是否在玩兩手策略。這種「不尋常性」就屬重大影響性新聞。

一位略具知名度不算大牌的女藝人出嫁，媒體本來沒什麼強烈的採訪意願，但在經紀人的拜託下，也多到場採訪。然而不知何故，該女藝人卻臨場落跑。婚結不成了，反而成了比預定的婚禮更引人注意的新聞，紛紛上了新聞版面。台中市一名78歲的老阿嬤，因爲遭到三個兒子棄養，沒錢看病，不得已跑到台中公園作站壁流鶯拉客，被警方逮捕，創下最高齡流鶯的紀錄。這兩則新聞，都無關民生，但都會引人關注。女藝人結婚落跑爲趣味性新聞；阿嬤站壁，成了市井小民茶餘飯後的話題。

最常聽到的一句話「狗咬人不是新聞，人咬狗才是新聞」（If a dog bites a man, it is not a news; if a man bites a dog, it is.）。據說這句話出自《紐約太陽報》（New York Sun）發行人丹納（Charles A. Dana），足以強調新聞「不尋常性」的重要。

符合不尋常性的新聞中，常出現感人的故事，新聞記者如果能夠善加掌握，會有寫不完的人情味報導。例如在921大地震中失去雙腳、必須靠輪椅行動的青年，走出悲情獨立創業，經營果園成功，成爲典範。這些人都不是名人，他們的奮鬥事蹟如果沒有媒體的報導，是不會有人知道的。這種不尋常的人和事，就是非常感人的故事。

二、新鮮性

所謂新鮮性就是指新聞的時效性，也就是要能「最先得到最後消息」，這句話的兩個要件是：

1. 必須是最先獲得並報導的。如果同一個消息有其他媒體報導過了，則其新聞價值大大降低；
2. 必須是最後消息。有些新聞故事在發生被採訪報導後，事件的發展還在進行中，必須是截稿前的最新發展才是最有價值的。

這兩個要件在激烈競爭的環境中，常常被迫變了調。以最先獲得來說，平面媒體報導出來的消息，電視新聞立即在看報後跟進報導。這種報導如果是還在發展中的新聞，接續報導最新情況還情有可原。可惜大部分都只是抄報紙新聞，多了一些畫面而已。現在台灣有很多全天播報新聞的電視新聞頻道，他們的壓力很大，每天要「餵飽」那麼多新聞時段的需求，只好從報紙上面找新聞。報紙也一樣有抄電視新聞的。晚上報社的編輯部，也是有人專門盯著電視看，唯恐漏掉什麼重大的訊息。不過這畢竟還是在報紙截稿之前，只是前一晚電視都已經做了詳細報導，報紙除非有更廣更深入的內容，否則它的價值也相對降低。

台灣的電視新聞頻道還經常出現炒冷飯的新聞。也就是說，同一新聞同畫面（很多是來自外電報導），某家電視台已經報導過了，一個禮拜後或甚至一個多月後，同一報導或畫面居然在不同的新聞頻道上出現。

所謂最後消息，也稱「最新消息」。這類新聞如果不是獨家獲得（別的媒體沒有人採訪到），通常以廣播或電視媒體比報紙占優勢。因爲廣電媒體一採訪到新聞，可以立刻播出；報紙就必須等出報時間才能和讀者見面，因此報紙只好在電視播出後，盡可能的用更深入的報導，來彌補時間上的劣勢。

三、影響性（重要性）

泛指那些足以影響到大多數人利益、安全、榮譽等事項，程度重大者。所謂大多數人的利益，包括財富、福利、政治、族群等，影響的人愈多、變動的幅度愈大，愈有新聞價值。

例如政府宣布提高稅賦，幾乎全民的個人利益財富都會受到影響，因此影響很大。國際油價從每桶70多塊美元，不到一年上漲到快150美元，直接衝擊國內物價上揚並造成經濟衰退，影響的幅度與層面都很大，當然是重大新聞。後來它又回跌到50美元以下，照樣衝擊了全球經濟。

安全也是公眾所關切的。強烈颱風來襲，大家對颱風警報的消息格外關切。1995年，中共對台灣發射導彈（註1），可能引發海峽兩岸的軍事戰爭，國家安全受到挑戰，人民的生命財產遭到嚴重威脅，自然是重大新聞。馬英九當選中華民國總統，對國家未來政治發展走向，包括政治能否更清明、兩岸關係是不是能夠良性發展、國家競爭力會不會增強等，是很多人的期待；而另一族群的人，可能相對的會對上述的期待失望，同樣都是高度關注，因此成爲全民重視的重要新聞。2014年台灣再度發生餿水油事件，食品安全亮紅燈，對民眾食的安全影響深遠。（註2）

四、震撼性

就是會讓人感到驚恐、錯愕、害怕的事情，通常都是出現在重大的災害、戰爭、恐怖攻擊等，造成重大人員傷亡的事故中。例如1999年台灣中部發生921大地震（註3），以及美國的911恐怖攻擊事件（註4），都造成重大傷亡。民眾從電視畫面上目睹恐怖攻擊的事件，比電影情節更加震撼。

震撼性事件會因爲事件變動的程度，來決定它是否屬於這類型的報導，並且常和「接近性」產生關聯。例如台灣的921大地震，因爲就發生在我們身邊，所以顯得格外震撼。在中東以色列或巴勒斯坦，經常有汽車炸彈恐怖攻擊，動不動就是幾十人、幾百人死亡，對我們就沒那麼震撼。凡是我們熟悉的，或在距離、文化和我們愈接近的，震撼性愈強。像日本的東北大地震，又伴隨著福島的核災，在我們的心理距離上，要比中東近太多了，所以深具震撼。

中國大陸的兩次大地震——唐山大地震和四川大地震（註5）都是因

爲死傷實在太大了，還有同爲中華民族之情，它的震撼度就要比同一時間、死亡人數更多的緬甸水災（註6）要強烈得多。

令人震撼的事件還包括重大疫情，除了因爲死亡人數不斷增加之外，也因爲對何時能有效控制，產生不確定性，而讓全民恐慌。發生在2003年的SARS疫情（註7），以及2019年的新冠肺炎（COVID-19）就都是標準的震撼性新聞。

五、關切性（接近性或地域性）

關切性又稱接近性或地域性。可以分成兩種意義，一個是指地理位置上的接近，例如發生在你家附近的事，對別人來說可能沒什麼意義，但對你卻會顯得特別關切；另外一個是指心理上的距離，發生的事情與人，可能和你有某種「關係」，可能是你的家人、朋友、同鄉、同胞、同學、老師、或者任何你所熟悉的人；或者是你所熟悉的事、符合你的知識領域、專長、興趣等，都會因爲你這個人而具有被報導的價值。和你有同樣因素的人愈多，新聞價值就愈高。

以地域性來說，例如花蓮縣政府打算拓寬當地一條馬路，除了花蓮人以外，其他地方的人多半事不關己，是不會有興趣的。這種新聞，就全國性媒體的角度，根本沒有報導的價值，但對以花蓮人爲主的媒體（例如《更生日報》），就可以構成很好的新聞。美國有很多報紙都具有很高的地方性，它們對地方上所發生的「小事」，可能會比華盛頓重要政治活動更感興趣。

至於心理上的距離，那範圍就更大了。旅美台灣棒球員王建民，每次出賽都吸引大批台灣球迷觀看電視轉播，甚至愛屋及烏，台灣球迷特別喜歡洋基隊，有人更戲稱叫「中華洋基隊」。這種關注的行爲，完全是心理距離的影響，常常王建民如果優質先發獲勝，台灣的報紙都以一版頭題處理。

和自己興趣或專長有關的事，也會因爲關切性而成爲新聞。例如近年來在電視《星光大道》走紅之後，年輕歌迷對偶像歌手的一舉一動都會很關心。而另一方面，喜愛古典音樂的人，可能會更關心德國小提琴天后慕特（Anne-Sophie Mutter）的演奏會和曲目。

六、趣味性

新聞的趣味性，並不在於它的重要程度，而在於它是否會讓人覺得有趣。也許讀過就忘，或許讓人留下深刻記憶，但它就是有吸引你去閱讀或想聽看的因素。

根據錢震教授的整理，引起趣味的因素大概包括：（作者加入部分內容之詮釋）

1. 自我興趣

（作者按：如同關切性，即對自己相關的題材感到興趣）。

2. 衝突鬥爭

例如與大自然挑戰、運動競賽、政治上人與人的鬥爭（或如台灣政治的藍綠鬥爭），或甚至鬥牛、鬥蟋蟀等。

3. 英雄崇拜

任何傑出成就的人所創造的偉大事蹟，都很吸引人。

4. 名號

名人的一舉一動，哪怕只是芝麻蒜皮的小事，都會引人關注。

5. 人情味

人情味新聞簡單的說就是會令人感動的新聞。莫特博士（Dr. Frank Luther Mott, 1886～1964，二十世紀前半世紀美國最富盛譽的新聞學者，曾任密蘇里大學新聞學院院長）曾為人情味新聞下過定義：「人情味新聞報導之所以有趣，並不在於他所報導的特別事件或情勢有什麼重要性，而是在於他的令人感到喜悅、動人或有意義的片段。」

6. 大小、多少

是指特別大或特別小，或特別多或特別少。例如中樂透頭獎，獎金愈多，趣味性愈高。這種趣味有時也來自於它的不尋常性。

7. 美女

自古以來，文人墨客多有歌頌美女之文章，如同男人被稱英雄一樣，美女的一舉一動都令人感興趣。例如林志玲被稱台灣第一名模，因美而知名，美人與名人都引人注意。

8. 羅曼史

也就是愛情故事。名人的愛情故事、曲折的愛情故事，或甚至名人的緋聞，不管是男女或現在比較開放的同性戀故事，只要有特殊要件，都成趣味性新聞。例如港星謝霆鋒與大陸歌后王菲，在分手十多年後再傳鋒菲戀復合，名人的羅曼史，群眾最感興趣。

9. 發現或發明

原來不知的事、未曾見過的東西被發現了，大家都感到好奇；新的發明，特別是對改善人們生活有關的，或者一些具巧思的創作，都是很有趣味的。例如俗稱壯陽藥的威爾鋼（Viogra），初上市時就占據了媒體很大的版面。

10. 神祕與懸疑

都會引人好奇想一窺究竟，大的事件如政治上的不爲人知的一面，小的事如離奇的竊盜案件，都因爲人有好奇的天性，愈是神祕、曲折、懸疑，愈想知道。

七、適宜性

新聞的適宜性是一個很嚴肅的問題，傳統的新聞價值非常強調新聞媒體的道德面，也就是所有報導的新聞，必須「正確而有意義」。凡是有侵犯個人隱私、毀人名節、違背善良風俗、損害大眾利益、危害國家安全等，雖然可能是民眾所亟欲窺伺者，也應捨棄而不予報導。取而代之的，是那些具有鼓舞人心、具光明面的題材，應該多加報導。

所謂的「正確而有意義」，正確尤其重要。很多媒體爲了爭收視率（或投讀者喜好），不惜編造故事或故意扭曲事實，做不正確之報導，殊不可取。美國在1981年轟動的「珍妮特．庫克事件」，就是典型的編造新聞故事，受到各界的撻伐。

1981年，《華盛頓郵報》的年輕記者珍妮特．庫克（Janet Cooke）以一篇「未來的世界」（1980年9月28日發表）特稿獲得普立茲獎。其中講述一個8歲的黑人孩子吉米，因母親男友吸毒而致使吉米吸毒的故事。但是市政府對此報導懷疑，華郵的編輯也拒絕記者透露消息來源。但是庫克被人發現向郵報應徵的履歷資料涉及僞造，追查之下，她終於承認這篇報導是一篇杜撰新聞。隨後庫克的獎勵被取消，《華盛頓郵報》向公眾道歉並開除庫克。

講到新聞的適宜性，最經典的當屬故《紐約時報》發行人奧克士（Adolph Ochs, 1858～1935）的一段話：「All the news that's fit to print.」，直接翻譯是：「所有（報導出來的）新聞都是適合刊登的。」這句話一直被刊登在《紐約時報》的報頭邊。也正因爲時報始終信守這樣的新聞處理態度，因此一個世紀以來，它一直都是全世界擁有最高聲譽的報紙。所謂「所有新聞都是適合刊登的」的意思是，在《紐約時報》的版面內，所有經過報導出來的新聞，都是適宜的。不會有任何傷風敗俗、對社會產生負面效應的新聞。

美國在十九世紀末、二十世紀初，深受黃色新聞的禍害，大家一窩蜂走激情主義（Sensationalism）的路線，《紐約時報》仍堅持乾淨適宜而負責的新聞內容，因而受人尊敬。和其他國家不同的是，像《紐約時報》這種風格的報紙，大都發行量不會很大。例如英國的《泰晤士報》（The Times），其發行量遠遠不及以圖片爲主的小型報，如《每日鏡報》（Daily Mirror）等。《紐約時報》卻有全美發行量第一名，2011年9月31日的發行報告是平日銷售120萬份，周日版銷售量160萬份，在全美國居第三，僅次於《華爾街日報》（Wall Street Journal，210萬份），和《今日美國報》（USA Today，180萬份）。（根據美國「刊物發行量稽核公正會」2011.11.1公布統計）

第二節　媒體對新聞的取材

從前節對新聞的討論，還有一個很重要的條件是，必須要經過報導出來的故事，才叫做新聞。也就是說，不管發生多大的事，如果沒有透過媒體的披露傳布，都不能算是新聞。例如很多歷史事件，發生當時並未經揭露傳布，沒有人知道。及至後來考證歷史的人加以揭露傳布，才成爲新聞（新聞是新發現不一定是新發生）。現在傳媒發達，很多事如果媒體對它不感興趣，略而不報也就無法構成新聞。現在很多人透過網路散播（例如Facebook）訊息，雖然也有相當數量的人點閱或轉傳，但到目前爲止，它的傳播力或信賴度，似乎未能完全取代傳統大眾媒介。

由此可見，大部分的新聞，都是取決於媒體工作者對新聞價值的認知，這種認知常出於主觀的判斷，而媒體工作者對新聞價值的判斷，也可以分成兩方面來作爲取材的標準。

一、從閱聽大眾的需求面取材

媒介是一種文化產業，雖然它不完全以營利爲目的，但是它的「產品」，也必須符合市場的需求，才能受到大眾的「購買」。這種購買行爲，從報紙的觀點是它的發行量，在廣電媒體則爲收視率或收聽率。透過網路的電子報，也有上網瀏覽人數或點閱次數的統計。因爲媒介產品（內容）如果沒有人購買，廣告商就不會在上面刊登廣告，而廣告又是媒介賴以生存的命脈，所以媒介在取材上，就必須考慮到從閱聽大眾的需求面選擇。

閱聽大眾的需求面可以分成兩方面來探討：

（一）閱聽人關心的事務

1. 和他的利益有關

和大眾利益有關的事，首推財富、福利事項，大如政府的財經措施、股市波動、油價漲跌、社會福利措施等；小如百貨公司的折扣、哪裡有廉價品的特賣等，都影響到民眾的利益，當然受到關注。如果是政治意識較強烈的人，可能會對政治議題、族群意識等，視爲是一種利益，而特別關切。

2. 和他的安全有關

馬斯洛（Maslow）的理論，人對於需求慾望，在基本的生理慾望之外，心理慾望當中，以安全的慾望最爲強烈。因此凡是對個人生命財產安全具威脅性的事物，會特別關注。這些項目包括災害、意外、戰爭、國家安全等。例如地震颱風，即可能危害到生命財產的安全；飛機失事是可怕的意外。前節例述的SARS和921大地震，都讓人感到恐懼。中共對台發射導彈，雖然只是警告威脅，但很多人仍然擔心它演變成戰爭的可能性，因爲世上很多戰爭，往往都是由於這種威脅性的動作，擦槍著火而意外引起。而戰爭與國家安全，對人民的生命財產安全威脅最大。

3. 和他的興趣有關

每一個人都會有自己特別感興趣的事物，例如音樂、藝術、體育、棋藝、園藝、文學、歷史、天文、地理等。愈多人感興趣的事物，愈能被新聞媒體取材。例如在台灣很多人喜歡棒球，歐洲人迷足球；年輕人喜歡熱門音樂，有些人愛看歌仔戲等。

也有一些人政治立場強烈，會有心理學上「選擇性的注意」（Selective attention）傾向，對符合政治立場的事物特別感興趣。例如支持國民黨的人，最喜歡看陳水扁的弊案；民進黨的支持者，對馬英九的新聞較不關心。這種符合新聞關切性要件的事物，當然是媒體取材的重要選擇。

4. 和他的知識有關

閱聽人的知識可以分成專業知識與一般知識。專業知識是指須經過相當學習研究所累積出來的知識。例如財經知識、醫學科學知識等，任何一個學術領域都是專門知識；一般知識是指一般人日常生活經驗所累積下來的知識，當然具有一般知識的人要比具有專業知識的人多很多。

專業知識雖然具備的人較少，但往往對大眾的影響面很大，因此媒體常常必須透過「解釋性報導」（Interpretative reporting），讓不懂的人，會有更多的人看得懂、聽得懂。至於一般知識，也會因爲年齡、教育程

度、職業等的差異，而有所不同。例如：使用電腦是年輕人的一般知識，對年紀大的人有很多人是毫無概念。年長者會對民國48年的823砲戰，像一般故事那樣熟悉，年輕人卻要把它當歷史課來上。在他們的感覺裡，和八國聯軍侵略中國，或國父孫中山推翻滿清的歷史故事畫上等號。

5. 他所熟悉的人、事、物

例如政治人物馬英九、陳水扁，或體育明星王建民、流行音樂偶像蔡依林、名模林志玲等，他們的知名度很高，因此他們的一舉一動都會成為新聞。喜歡歌仔戲的阿公、阿嬤，會對楊麗花、孫翠鳳特別感興趣；年輕人會跑到桃園國際機場，去迎接日本偶像歌手安室奈美惠，那些都是他們所熟悉的人和事。

以上3、4、5項，都符合新聞關切性的要件，也成爲媒體取材的重要選項。

（二）從滿足閱聽人的好奇心取材

人類的好奇心，會對各種事物特別關切，媒體爲滿足其好奇心，自然會從這些角度取材：

1. 人有好奇窺伺的天性

特別是對名人的私人生活，更是感到興趣。雖然新聞學者一再呼籲媒體，不可隨意侵犯名人的隱私，但在閱聽人強烈需求的驅使下，媒體總是使盡各種手段，要去刺探名人的祕密。英國王妃黛安娜於1997年8月31日，在法國巴黎塞納河邊發生車禍身亡，有很多人就認爲那是媒體（狗仔隊）追逐名人隱私所造成的悲劇。

人類對很多稀奇古怪的事，也具有探視祕密的天性。例如金字塔是怎樣建造的，三、四千年前的人類，根本不具有如此的技術和能力；百慕達三角海域，有那麼多的飛機和船隻失蹤，一直是人類想要探索的謎。

2. 人有轉知新鮮事物的天性

人類不只對新鮮事物好奇，還會忍不住地想要轉知給周邊的人。例如某人知道誰中了樂透頭彩，他一定忍不住要把這個消息告訴別人。被發現的事情除非與個人的利益相衝突，或被明顯告知不可轉報，否則大部分的人是不會「完全守口如瓶」的。

3. 人有求知的慾望

不斷的求取新知識，是大部分人的正常態度。人們接觸媒體，獲取新聞或從新聞中得到新知識，是很普遍的需求。除了「新聞」提供新知之外，非新聞部分也必須經常提供新知以滿足閱聽人。所以媒介常被稱爲社會教科書，具有社會教育的功能。

二、從編輯政策導向取材

有很多新聞不一定是閱聽人自己認爲有需要的，或者是閱聽人不一定有能力判斷的（包括知識的不足或資訊的不足），媒體工作者可以代替閱聽人做選擇。由於對是否構成新聞成爲主觀認定的取捨，因此將之稱爲編輯導向。

雖然是媒體工作者的主觀認定，但是仍有一定的標準可以遵循，可以分成：一般取捨（共同取捨準則）與特殊編輯政策取捨。

（一）一般取捨

媒介因負有社會教育與擔當社會正義角色的任務，因此從它的功能面與道德面，有很多標準是必須共同遵循的，在這樣的標準之下取材，成爲媒介共同取捨的標準。

1. 尊重並維護自由民主

在民主自由的國家，媒介的角色非常重要，在行政、立法、司法三權的制衡運作下，媒介扮演非常重要的監督角色，維護自由民主成了媒介的天職。

在民主國家「人民有知之權利」（People rights to know），新聞事業則有轉報公共事務的權力（Power）。很多人問，新聞記者爲什麼有「權

力」可以去採訪？有人回答「因爲他有記者證」。事實上，記者證只是一種識別或被允許採訪的工具，他的權力來自受訪者（單位）的授予，隨時可以失去效力。記者採訪權力的來源，是因爲民主自由體制下，記者是代表人民來行使「知之權利」的人，所以嚴格說來，他是代表大眾所賦予他的「權力」，這種權力是要被尊重，才會有他的「力量」（power），所以它並不是「權利」（right）。因此不論是哪一種媒介，都要努力爭取新聞自由，捍衛民眾所賦予他的權力，維護民主自由是媒體取材共同取捨中，最重要的一項。

2. 提供適宜報導的新聞

適宜報導新聞，在前節構成新聞的要件中已有論述，在此提供幾個衡量標準使之更爲明確：

（1）新聞報導應以國家利益爲優先，並應避免危害國家安全。（國家利益不能和當權者的利益畫上等號）

（2）新聞報導不能危害善良風俗。因此有些刺激性的報導，雖然可能符合閱聽人的「興趣」，媒體仍應謹愼取捨。

（3）新聞報導應以社會大眾利益爲優先，媒體的責任是要照顧多數人的利益，而不是爲少數人的利益服務。

（4）新聞報導不可傷及無辜，新聞工作者不能因爲要滿足閱聽人的需求，而侵犯個人隱私，或使無辜者受到傷害。

3. 擔當社會正義角色

媒介因爲大眾賦予它權力，因此它必須爲民眾服務，替民眾善盡捍衛社會正義的角色。

（1）公正、確實報導新聞。以公正正確的內容，幫大眾找出事實的眞相，讓大眾得以研判是非，這也是媒體人的天職之一，因此可列爲新聞工作者共同取捨的準則。

（2）善盡監督之責。包括對政府以及任何和社會大眾利益有關之事物，媒體因爲比一般人更有機會接近，因此它有義務代大眾盡監督的責任。

（3）勇於揭發社會黑暗面，發揮制裁的力量。必須不畏懼任何惡勢力的威脅（例如政治或黑道），勇敢擔任正義者的角色。

（4）極力崇揚社會的光明面，創造祥和的社會。

（二）特殊編輯政策取捨

媒介生存的條件在於它必須有相當數量的閱聽人，沒有讀者、聽眾、觀眾的媒介，即使不必擔心財務來源，也會因爲沒有達成傳播目的而失去意義。因此媒介在設立的時候，便必須替自己界定一個內容取向或經營取向，在選擇題材的時候，它的內容取向便會影響到它對新聞的取材。

媒介經營取向大致可以分成：

1. 政令宣導取向

大部分政府所經營的媒介都負有這種任務。如台北市政府發行的《台北畫刊》，民眾可以免費索閱，其內容以報導台北生活及市政建設爲主，因此它的取材方向當然會以符合自己的發行旨趣爲首選。台灣的「中央廣播電台」、美國的「美國之音」（Voice of America），它的創設目的就是要爲政府發聲，也有同樣的取捨標準。

台灣過去在威權體制時代，有很多官辦媒體。例如早期的台視、華視、新生報、復興廣播電台等，都屬於政府媒體，政府的任何施政或談話，都會被當作重要新聞處理。

2. 政治利益取向

由政黨或政治團體所經營的媒介，他們會以政治利益作優先考量。例如早期國民黨的黨報《中央日報》、民進黨在黨外時期的《美麗島》雜誌，其內容都會偏向政治利益取捨。民國50年代、60年代的《聯合報》、《中國時報》，雖然標榜民營辦報，但因當時的威權體制統治，台灣缺乏民主自由環境，而兩報的負責人又身居國民黨核心要職中常委，因此他們的內容取向也偏國民黨居多。

3. 市場利益取向

這類的媒介只講求市場取向，只要有助於發行量收視率的提升，他們都會特別感興趣。例如來自香港的壹傳媒，他的《壹週刊》和《蘋果日報》，便明顯朝此方向選材。英國的一些小報如DAILY MAIL、DAILY MIRROR等，都是此中擅長者。當然也有很多節目或報紙內容，既能取悅讀者又兼具正面功能，就是很好的市場利益取向的媒介。

4. 社會公益取向

以推展社會公益或從事公共服務爲目的的媒介，他們沒有經費來源的顧慮，也不須受制於政府或其他勢力，因此他們的內容取向，便以和公益有關的爲主。例如消基會的《消費者報導》雜誌，取材的方向便是以服務消費者爲考量的重點。

5. 特殊目的取向

以宣導特殊理念爲目的的團體，爲加強傳播效果，也普遍設立各種媒介，其中勢力最大的首推宗教性的媒介。例如佛教團體就有慈濟的「大愛電視台」、佛光山的「人間衛視」、「人間福報」、中台禪寺的《中台山》月刊、基督教團體的「Good News TV」、「基督教論壇報」等。毫無疑問的，他們取材的重點，都會偏向與本身的宗教有關。

其他特殊目的的團體，如環保團體、反核團體，他們也會發行媒介，主要目的也是爲了宣傳自身的理念，因此也都會朝此方向選材。

從上述不同的媒介經營取向，可以歸納出從特殊的編輯方向取材，有以下幾項：

1. 符合發行旨趣

「旨趣」意爲「宗旨和意義」，是指媒體會以它的發行宗旨和風格爲考量。例如《紐約時報》重視國際新聞，而《每日鏡報》會較重視揭露名人的隱私新聞。

2. 符合專業特性

包括特殊專業取向或爲特殊區隔的群眾服務，例如財經專業報紙，紐約的《華爾街日報》、倫敦《金融時報》、《日本經濟新聞》、台北《經濟日報》、《工商時報》等，都是很有名的財經專業報紙。它們的取材方向，會主觀地以財經新聞爲重。特殊區隔的群眾，如《國語日報》專爲小朋友服務、宗教性的媒介專爲自己的信徒服務等。

3. 符合媒體特性

平面媒體與廣電媒體的取材是有很大差異的，平面媒體對於臆測性的報導，尺度比較寬。它們在時間上的競爭處於比較弱勢，常需以獨家新聞來滿足讀者；電視新聞具有時間性優勢，又有現場畫面可以表現眞實感。因此有很多具有現場的新聞，報紙可能覺得沒什麼價値，電視卻可以一播再播。此外，媒體也會因爲有地方性的特質，而和全國性媒體的取材有差異。例如花蓮《更生日報》，和台北的全國性報紙相比，它在取材上會更偏重當地新聞。

4. 特殊政治立場

社會群眾很多都有政治傾向，或特別認同某一政黨。如果媒體本身也是有政治利益取向的話，其取材的角度便會有非常明顯的差異，有時甚至同一件事情，會因爲角度的不同而出現截然不同的報導。這就是編輯政策導向最明顯的取材實例，因爲他們所要傳達的訊息，會因爲立場差異而做出不同的選擇。

註釋

註1：1995年7月和1996年3月，中共試射可攜帶核子彈頭的彈道飛彈，威嚇台灣。其中較具震撼的是1996年3月8日凌晨，中共發射三枚東風十五（M-9型）飛彈，兩枚命中高雄港外海附近，距離台灣南部海域僅35哩。第三枚飛彈命中基隆港附近，距離台灣北邊海岸僅23哩，而距離台北市僅30哩。13日又發射一枚於高雄外海。

中共的兩次飛彈威脅，確給台灣人民帶來強大震撼，但對海峽局勢沒有太大影響。1996年3月23日，李登輝總統反而凝聚更多民意的支持，以壓倒性的多數（54%）連任成功。同時台灣內部也一度討論是否應該製造核子武器，來防止中共飛彈的威脅。在美國的反應方面，柯林頓總統在中共第一次試射飛彈時，雖然沒有採取因應的行動，但是在第二次飛彈試射時，就在台灣海峽附近海域，部署兩艘航母戰鬥群，巡弋台灣海峽。

1995年6月9～10日，李登輝總統以私人身分訪問母校康乃爾大學，並以「民之所欲，長在我心」發表演講。在演講中，不時以「中華民國在台灣」（Republic of China on Taiwan），來挑戰北京當局所採取「一個中國」的論述。而中共則採取飛彈試射以及軍事演習來回應。1995年7月18日，中共《新華社》宣布，中共訂於7月21～28（26日宣布演習結束）日，舉行二砲部隊的飛彈試射演習。這是中共第一次史無前例的以飛彈來恫赫台灣，且距離台灣彭佳嶼北邊僅60哩。中共此舉，是要警告李登輝及其支持台灣獨立的人士，不要走向台獨之路，否則難免一戰。

不久之後，中共《新華社》又在1995年8月10日宣布，中共將從1995年8月15～25日，在東海進行一系列新的飛彈試射，距離北台灣90哩。1996年3月5日，新華社宣布中共將於3月8～15日實施導彈試射演習。演習範圍距離基隆港與高雄港25～35哩。

註2：2014年台灣餿水油事件。知名豬油品牌強冠企業股份有限公司，被台灣檢警調系統查獲。強冠因貪圖數百萬元差價，向屏東郭烈成等地下工廠購入餿水油、廢食用油、回鍋油以及向香港金寶運貿易公司購入「飼料油」後製成香豬油，知名企業味全、旺旺、統一超

商、全家、味王、奇美食品、盛香珍、美食達人（85度C）、黑橋牌等皆使用到該油品，甚至小吃攤、糕餅業、中西式餐飲都受到牽連，數百噸的問題食油已經流入市面，吃到毒油的民眾難以估計。當時又正逢中秋節月餅暢銷時間，知名月餅製造商像基隆李鵠餅店、台北犁記餅店等均損失慘重。

註3：921大地震共造成2,415人死亡、超過8,000人受傷，是20世紀末期台灣傷亡損失最大的天災。發生時間為台灣時間1999年9月21日凌晨1時47分15.9秒，震央在北緯23.85度、東經120.82度，即在日月潭西偏南方9.2公里處，也就是位於台灣南投縣集集鎮（故又稱集集大地震）。

921大地震的震源深度8～9.2公里，芮氏規模達7.3。此次地震是因車籠埔斷層的錯動，並在地表造成了長約100公里的破裂帶，因此台灣全島均感受到嚴重搖晃，持續102秒，連遠在台北也有五級震度，造成東星大樓大樓倒榻，87人死亡，台北縣新莊「博士的家」三棟樓倒塌，45人死亡。

地震發生三週後，行政院主計處公布死亡（含失蹤）人數為2,378人，死亡人數最多為台中縣1,138人，次多為南投縣928人，有40,845棟房屋全倒、41,373棟半倒。

註4：美國東部時間2001年9月11日早晨8:40，四架美國國內航班幾乎被同時劫持，其中兩架撞擊位於紐約曼哈頓的摩天大樓世界貿易中心，一架襲擊了首都華盛頓五角大樓——美國國防部所在地。世貿的兩幢110層大樓在遭到攻擊後相繼倒塌，附近多座建築也受震而坍塌，而五角大樓的部分結構被大火吞噬。第四架被劫持飛機在賓西法尼亞州墜毀，失事前機上乘客試圖從劫機者手中重奪飛機控制權。這架被劫持飛機目標不明，但相信劫機者撞擊目標是美國國會山莊或白宮。

死傷者數以千計：機上乘客共265人，世界貿易中心2,650人死亡，其中包括事件發生後在火場執行任務的343名消防員，若干執行採訪任務記者，以及警察、醫務人員，五角大樓則有125人死亡。除此之外，世貿中心附近5幢建築物也遭到損毀；五角大樓遭到局部破壞，部分牆面坍塌；世貿中心的兩幢建築物共使用大約100噸石棉，襲擊事件令曼哈頓上空布滿濃煙，一些標本經測試確實發現石棉成分，居住在附近的居民有可能遭受長期負面影響。

搭乘那四架死亡班機的旅客中，有一些人用手機與外界取得短暫聯繫。據這些乘客稱，每一架飛機上有多名劫機者（後來驗明身分的有19人），他們手持刀具劫持飛機。其他可能使用的武器（至少在其中一架上）包括了炸彈和諸如催淚彈之類的有毒化學劑。

註5：唐山大地震是1976年7月28日北京時間凌晨3時42分53.8秒，發生在距離北京只有150公里的河北省唐山市的特大地震，震源距地面6公里，強震產生的能量相當於400顆廣島原子彈爆炸。整個唐山市頃刻間夷為平地，全市交通、通訊、供水、供電中斷；造成24萬2,769人死亡，重傷16萬4千多人。

唐山大地震事隔三年之後的1979年11月17日至22日，中共才在召開的地震學會成立大會上，首次披露唐山大地震的具體死亡人數。官方提供的死亡數字為242,769人，但其他各方所推測的數據或數倍於此。即使如此，若僅以官方人數計，仍名列20世紀世界地震史死亡人數第一。

四川省汶川大地震發生於2008年5月12日，四川當地時間14時28分04.1秒，震央位於中國四川省阿壩藏族羌族自治州汶川縣境內，四川省省會成都市西北偏西方向90公里處。（根據中國地震局的數據，此次地震的面波震級為8.0M_s，矩震級達到了8.3M_w），破壞地區超過10萬平方公里。地震烈度可能達到11度，根據美國地質調查局的數據，矩震級達到了7.9M_w。地震的震波擴及大半個中國及多個亞洲國家，北至北京、東至上海、南至香港及台灣，以至泰國、越南、巴基斯坦均感到震動。

截至6月29日11時，死亡人數已超過69,188人，是繼唐山大地震後傷亡最慘重的一次。地震後，中國首次容許媒體24小時傳播災情，災情引起民間強烈迴響，全國以至全球紛紛捐款。軍方除了調動和平時代以來最龐大的隊伍救災外，全國省市亦派出救援隊伍，大量志願者加入救災，累積捐款高達400億元，外界除了關注地震災情外，亦注視它如何改變中國社會的面貌。

註6：緬甸中部在2008年5月4日受到熱帶氣旋夾帶豪雨的侵襲，造成嚴重

水災，根據媒體報導死亡人數達十多萬人。由於緬甸軍政府對外封鎖消息，不准媒體進入災區採訪，因此實際死亡人數無法估計。而緬甸政府也拒絕各國將救災物資進入災區，只能交給政府統籌運用，國際間對緬甸政府都發出強烈抨擊。

註7：SARS的全名為「嚴重急性呼吸道症候群」Severe Acute Respiratory Syndrome），是一種由病毒引起的呼吸道疾病。2003年2月，亞洲首次報告SARS。3月初，世界衛生組織（WHO）發布全球SARS警報。隨後的幾個月內，該疾病蔓延至北美、南美、歐洲和亞洲的20多個國家。一直到7月末，才沒有新報告的病例。

根據世界衛生組織的資料，全世界共有8,460人染上SARS。在台灣有698人感染SARS，死亡的人數高達83人。中國大陸5,326人感染，死亡數799人（媒體報導中共官方隱瞞疫情，死亡人數可能超過2千多人），其他美洲的加拿大、美國；東南亞的香港（感染1,755人死亡295人）、越南、泰國等全球共有31個國家發生疫情。

台灣的疫情以4月18日和平醫院封館時達到高峰，死亡人數不斷上升最為震撼。

新聞的蒐集

不管是自然發生的故事，或者自行策劃的題材，新聞蒐集都是一種主動的行爲。自然發生的故事如天然災害，記者必須主動地到現場採訪，選擇符合自己媒體需要的題材。自行策劃的採訪，更是要費盡心思做安排，使蒐集到的內容符合媒體（閱聽人）的需要。蒐集新聞視媒體的大小或服務對象，在規模上有很大的差異。例如一家地方小報紙，他蒐集新聞的範圍可能只集中在自己的社區裡；但是一家全國性的媒體，或如《紐約時報》這種全世界性的報紙，所蒐集新聞的範圍遍及全世界；或者像CNN（Cable News Network，美國有線電視網），是爲全世界所有的電視觀眾服務，因此不論世界上任何角落，有新聞事件發生，他們都會設法到達現場採訪。

呈現在閱聽人之前的新聞，都是透過新聞工作人員採訪而來，即使是閱聽人所提供的線索或內容，也必須透過查證的程序，確定其所述爲眞，才能構成新聞。從媒體報導新聞背後的角度，這些新聞來源不外乎兩部分：一個是媒體自力完成，也就是由媒體本身的工作人員去採訪得來的；另一個則是透過其他供稿來源提供得來的，這個來源有可能是免費，有的要付費。不過一般說來，愈有價值的新聞，所需要付出去的費用愈高。

現在網路發達，有很多「新聞」內容透過網路傳輸，很可能未經媒體製作就直接到達了閱聽人。但因爲未經媒體「把關」，它的可信度受到質疑。甚至於對是否「構成新聞」都還有討論的空間。因爲個別收到訊息的人，能否稱之爲「閱聽人」（Audience），尚待討論。另外就是所謂的「公民記者」，不一定是指刻意採訪者，而是隨機拍攝的畫面，例如高速公路上拍到的車禍畫面，如果要構成新聞，也必須上傳給電視台播出，才能構成新聞。

茲以台灣媒體爲例，圖示其主要新聞蒐集來源如下：

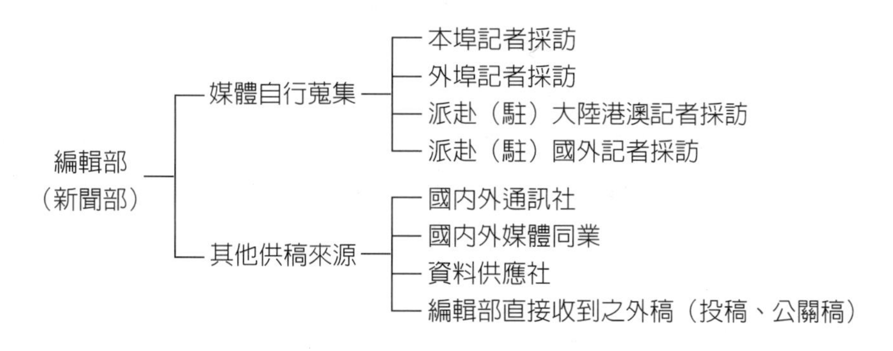

第一節　本埠記者採訪

本埠記者採訪是指在媒體總部所在地的採訪。一般來說，媒體總部所在地所發生的新聞是媒體最爲重視的，如果它本身是個地方性色彩非常強烈的媒體，一定會將新聞來源的重心放在本埠。例如台灣花蓮的《更生日報》，它採訪的重點便以花東地區爲重。但也有特殊的狀況，例如在高雄的《台灣新聞報》，在過去政府重視中央輕忽地方的政策下，《台灣新聞報》派駐在台北的記者人數，可能比在高雄總社的人數還要來得多。

台灣因爲幅員狹小，大部分媒體都走全國性的經營路線，像《更生日報》那種強調地方性的報紙很少。過去在高雄的《台灣新聞報》、《民眾日報》、《台灣時報》、在台中的《台灣日報》等，雖然在報導當地新聞方面，有比在台北的報紙重視，但是他們的重要版面，仍以全國性的公共事務新聞爲主。

在電視媒體方面，台灣從民國52年台視成立開始，到後來陸續成立的中視、華視、民視四家無線電視台，全都屬於全國性的電視台；民國70年代有線電視頻道紛紛核准設立，除了系統業者會保留一、兩個頻道播送地方新聞之外，其他所有的有線頻道，幾乎都是全國性的，而且大部分的總部都設在台北。

電視數位化後，有很多電視畫面透過網路或光纖傳輸（例如中華電信的MOD），到目前爲止，基本上也都是屬於全國性的頻道。

廣播電台因爲電波功率的限制，可以說是台灣最具地方性的媒體。除了少數全國性電台（如中廣、正聲等）之外，大部分的地方性電台都很重視地方新聞。

總社設在台北的媒體，它的本埠新聞採訪，大都偏重在全國性的公共事務新聞，對於所謂的「本市新聞」（City News），則是在採訪中心底下設一個「市政新聞組」專責。

新聞蒐集的範圍是很大的，通常很難按新聞的性質分類。例如政治新聞類，行政機關裡如行政院，必有很多政治新聞。但政府的施政中，有很多新聞是不能被稱做政治新聞的。例如處理颱風水患的新聞，治水工作是屬於經濟建設、或社會建設的新聞。但是當治水問題被拿出來討論時，可能會扯上政治，所以變成了政治新聞。新聞媒體為了蒐集新聞方便，通常都按照可能發生新聞的「地方」，規劃成為若干採訪路線，再根據自己的人力調度，讓每一個記者負責一個路線或若干路線的採訪工作，新聞記者將之稱為「跑線」記者。也有些記者並無固定每天要照顧的路線，他們可能專注於某個領域，專做比較深度的規劃採訪。這種記者大都屬於比較資深的，對某一個領域的問題已有相當的素養，因此不必負責「跑線」的工作。

一、政治新聞類

1. 黨政新聞

總統府、行政院、國家安全會議、國家安全局、各政黨、政治團體、內政部、中選會、行政院勞工委員會、行政院人事總處、考試院、監察院等。

2. 國會新聞

立法院、各立法院黨團、次級團體、立法委員辦公室等。

3. 軍事外交新聞

國防部、參謀本部、各軍司令部、軍事院校、國軍退除役官兵輔導委員會；外交部、僑務委員會、各國使領館代表處、貿易辦事處等。

4. 兩岸關係新聞

行政院大陸委員會、海峽交流基金會、港澳駐台辦事處、因兩岸關係發展所設立的一些機構等。

二、財經新聞類

1. 一般經濟新聞

經濟部及其所屬機構、工業局、能源局、各國營事業機構、行政院國家發展委員會、行政院主計總處、各經濟研究機構等。

2. 貿易新聞

經濟部國際貿易局、經濟部標準檢驗局、智慧財產局、中華民國對外貿易發展協會、各大貿易商、與貿易有關之各種官民組織（例如：紡織品拓展協會，簡稱紡拓會）、各國駐台大商社等。

3. 農漁業新聞

行政院農業委員會、漁業署、行政院海岸巡防署、經濟部水利署等。

4. 金融新聞

中央銀行、行政院金融監督管理委員會、本國銀行、外國在台銀行、各大證券期貨交易商、本國及外國駐台各大證券期貨投資信託公司、投資顧問公司、台灣證券期貨交易所、財團法人中華民國櫃檯買賣中心、金管會保險局、本國及外國在台各大保險（含人壽保險、產物保險、再保險）公司等。

5. 財稅新聞

財政部及其所屬國庫署、賦稅署、各地國稅局、海關總署、各機場港口海關等。

三、交通建設新聞類

包含交通部主管之各相關機構新聞：

1. 航空

交通部民航局、各機場航空站、各大航空公司。

2. 海運

各港口港務局、各大航運公司（如陽明、長榮、萬海等）。

3. 鐵公路

台鐵、高鐵、公路、各家客貨運公司。

4. 觀光、氣象

交通部觀光局、地方觀光局、國家公園管理處、各大觀光飯店、中央氣象局等。

四、文教科技體育新聞類

1. 文化新聞

包括文化部、故宮博物院、各文化機構，以及各種藝文活動（如華山藝文中心、雲門舞集、明華園、布袋戲等）。

2. 教育新聞

包括教育部、各大學院校、大學入學考試中心、中央研究院、各學術研究機構等。

3. 科技新聞

包括科技部、行政院原子能委員會、資訊工業策進會、工業技術研究院、科學工業園區等。

4. 體育新聞

包括教育部體育署、各單項運動協會、中華奧林匹克委員會、中華職業棒球協會、各項運動競賽等。

五、司法社會新聞類

1. 司法新聞

司法院、法務部、各級法院、各級檢察署、最高檢察署特別偵查組（註：已被廢除）、法務部調查局、法務部廉政署、政風單位、各級行政法院、公務員懲戒委員會等。

2. 社會新聞

包括社會問題新聞及犯罪新聞等，社會新聞的範圍包括各社會服務機構；而犯罪新聞之主要來源爲各級警察機關，如內政部警政署、刑事警察局、台北市警察局及各分局。此外，內政部移民署、消防署，以及行政院海外巡防署也是經常出現社會新聞的地方。

3. 災害新聞

包括天然災害、車禍、各類意外傷害等，主要採訪單位除了各級警察機關之外，還包括內政部消防署、交通部中央氣象局、各災害救治防治單位等。

4. 衛生環保新聞

衛生福利部、各大公私立醫療院所、各衛生機關、醫藥生技大廠、行政院環境保護署等。

六、本市新聞類

嚴格說起來，凡是發生在媒體所在地的新聞，都算是本市新聞。但是如果本市就是一個政治經濟中心，中央政府的所有運作都集中在此，那些新聞通常都會成爲全國性新聞，因此「本市新聞」便不將那些全國新聞含在內。如果媒介總部不設在中央政府所在地，那麼它的「本市新聞」界定就會更加明確，那就是眞正的地方新聞（Local News）。

在台灣，幾乎大部分規模較大的媒體都設在台北，因此其採訪主任（City Editor）也幾乎是總攬全國性新聞的指揮官。由於我國報紙的環境特殊，編輯部的組織和歐美報紙有很大差異，對於所謂City Editor的定義相差很大，我們將留待後章討論，在此謹先將「本市新聞」定位爲「市政新聞」。

1. 市政運作新聞

泛指市政府各單位職司與人民有關的各項工作，這些新聞也依其各機關的性質，而分成：民政、財政、地政、建設、工務、交通、文化、教育、勞工、醫療、環保、社會、都市發展等。

由於市政府（台北市政府、新北市政府）的組織編制十分龐大，台北市政府素有小內閣之稱，其所屬機關人員，含各區公所、學校教職員在內，達七萬多人。其每日的運作，攸關數百萬市民的福祉，因此各媒體都以大量人力投入市政新聞的採訪。

2. 市議會新聞

議會代表市民監督市政運作，因此議員問政的新聞也很受重視。

七、其他

在媒體所在地的中央機關，有一些平常不會有太多令人注意的新聞，因此很少會指派專人採訪，大多是由相關路線的記者兼跑。例如：行政院青年輔導委員會、蒙藏委員會、客家委員會、原住民委員會等，雖然都是中央機關，但是編制員額及主管事物都很有限，因此不會有太多新聞發生。例如行政院蒙藏委員會，雖然在位階上屬內閣閣員，其委員長爲行政院政務委員，但整個機構編制員額恐不到50人，還不如一個經濟部的局處編制達數百人來得重要。

第二節　外埠記者採訪

外埠是指報社或電視台所在地以外的國內地區。例如總部在台北，台北市以外地區就通稱外埠。至於新北市，因爲中央採訪能力範圍所及，有些電視台將之歸爲本埠，報社則大多歸爲外埠。例如新北市的瑞芳，以過去本埠記者必須回社發稿的情況，它的交通條件就很不合適。當然有些也因爲行政區仍是採訪範圍劃分的重要考量，所以把它劃在外埠。不過隨著電腦運用以及通訊條件的進步，本埠、外埠新聞可能要重新界定。

一、外埠新聞採訪系統的組織

以國內主要報紙的採訪指揮系統，本埠新聞的指揮系統，叫「採訪中心」，外埠新聞的指揮系統則叫「地方新聞中心」，地方新聞中心主任的地位，和採訪中心主任是平行的。在報社的角度，採訪中心執管全國性重要新聞，相對較受重視；但地方新聞中心的人事編制，則數倍於採訪中心。

以《聯合報》爲例，大約在全國每一個縣市（含高雄市），都會設置一名「特派員」，統轄該縣市所有新聞的採訪任務。「特派員」下再設記者，有些較大縣市的記者人數，可多達20多人。如果以全台灣二十幾個縣市來算的話，地方新聞的記者達四、五百人，這些都是由地方新聞中心主任指揮的。不過近幾年地方版縮減，記者也大爲減少，《聯合報》地方新聞中心記者現在只有一、二百人。

電視台也在中部及南部各設有「新聞中心」，負責處理中南部地區的新聞採訪、傳遞等任務。較大規模的新聞台，在幾個較重要的縣市，都派駐有記者。台中市、高雄市等較大都會，記者人數也有多人。偏遠一點的縣市，則以機動的方式做採訪。有時遇到較重大事件，台北總部還隨時可派人、派車支援，作SNG（Satellite News Gathering）採訪。

二、外埠新聞採訪的內容

外埠新聞採訪的內容也一樣包含了所有構成新聞的要件，包括政治（地方政治）、建設（地方經濟建設）、工務（地方公共工程的建設與維修）、文化、教育、社會工作、衛生保健、環保議題、交通，以及犯罪法律新聞等。

外埠新聞通常必須有具全國關切的內容，才會被放在重要新聞版面，或被電視台放在主要新聞時段播出。但是現在電視台全天播新聞，常把地方新聞當全國新聞播。報紙方面，《聯合報》還保留地方版，非關全國關切的新聞，都放在地方版上，而且幾乎是每一個縣市分版。地方版以換版方式見報，也就是在固定的地方版那個版面，新竹的讀者只能看到新竹新聞，屏東的讀者只能看到屏東新聞。

這是50年代以來，台北的兩大報業巨人——《聯合報》與《中國時報》，爲了搶食地方讀者市場，實施了四十多年的市場策略。但最後終究不敵媒體多元化的衝擊，以及《蘋果日報》以獨特的內容取向，搶食了市場。各大報虧損累累，終於導致《中國時報》改版，裁撤地方記者與編輯，將報紙定位爲都會報，如此一來，該報的外埠新聞已幾近放棄。《中國時報》隨後更連同中國電視公司、中天電視台，「三中」的經營權一起移轉給旺旺食品公司，也成了由企業直接接掌新聞傳播事業的首例。

第三節　國外採訪

國外採訪泛指在本國以外地區的採訪。台灣媒體由於政治環境特殊，在中國大陸地區，以現在「中華民國」的定義，在政治意識上應屬「國內」。但在實務上由於兩岸分治已達六十多年，國人對大陸已經愈來愈沒有「國內的感覺」。因此目前國內各大新聞媒體，普遍把在大陸港澳地區的採訪，歸爲「國外採訪」的範圍。但是畢竟大家對大陸港澳地區的感覺，有一份非常特殊的情感，和眞正的「外國」是很不一樣的，在新聞的選擇上，和一般的「國外」新聞仍有很大差別。因此，本節還是將兩者分成兩部分來討論。

一、派赴（駐）大陸港澳地區採訪

台灣和大陸是一個很特殊的政治關係，因此兩岸對於新聞採訪的限制，都有很特殊的規定，和其他國家的媒體不同。基本上，台灣是一個具有高度新聞自由的國家，因此任何國家的媒體要來台灣採訪或駐點，是沒有任何限制的。但是對於大陸媒體，基於對等的關係，特別製訂了一套許可辦法，由內政部主管，其名稱爲《大陸地區專業人士來台從事專業活動許可辦法》，新聞記者被歸爲專業人士。其中入出境業務由內政部主管，但行政院新聞局（業務已併入文化部）爲目的事業主管機關，因此另訂《大陸地區新聞人員進入台灣地區採訪注意事項》（註）。

大陸方面，對台灣媒體的限制更多。大陸基本上是一個新聞自由程度較低的國家，對世界各國媒體的採訪一直都有很多限制，不過近幾年已一直朝開放的方向在發展中。大陸過去對台灣媒體的駐點採訪，首於1996年12月正式公布台灣媒體可以採一月一輪的方式到北京駐點採訪。也就是說，一家媒體派駐在北京採訪，一個人最長不能超過一個月。後來規定不斷修改，2008年為了奧運，還特別制定了《北京奧運會及其籌備期間台灣記者在祖國大陸採訪規定》，對台灣媒體釋出善意。不過記者也不是可以毫無限制地任意採訪，在兩岸關係未達完全正常化之前，彼此給予對方的採訪自由仍是有限制的。

大陸港澳新聞，對台灣閱聽人而言，除了同族同種的接近性關切性之外，主要還是有很多的利害關係，包括政治上、經濟上以及文化上的，因此，台灣媒體近年來派駐（往）大陸採訪的人數愈來愈多。除了有特殊重大新聞發生時，臨時加派人手前往大陸採訪之外（例如四川大地震、北京奧運），平時的駐點也愈來愈多。

大陸最容易「發生」新聞的地方，首推上海與北京，因此大部分媒體都派有記者常駐。其他如廣州、深圳、珠海、成都、武漢等台商較多地區，或重要經濟據點，也常有台灣記者採訪的蹤跡。

除了大陸以外，香港和澳門更是媒體固定長駐的採訪據點，其新聞量不比大陸少。大陸加上港澳新聞的受到重視，也使得各大媒體的組織產生變化，有些報紙的編輯部，就專設有一個「大陸新聞中心」的單位，在版面上也有「大陸與港澳新聞」的固定版面。2019年，香港爆發「反送中」抗議事件，台灣媒體前往香港採訪的頻率，更是大大增加。

二、派赴（駐）國外地區採訪

這裡所謂的國外地區，是指除了大陸港澳以外的，任何非中華民國境內地區均屬之。國外採訪不論是派記者常駐，或臨時需要由國內直接派記者前往採訪，都需要花費龐大經費（可能超過大陸地區的花費），因此各媒體都很審慎選擇。有些地區如果沒有常駐記者，遇有新聞發生時，只好就近調人前往。

例如某電視台派有記者常駐巴黎，他就必須負責包括英國、瑞士、荷蘭、比利時，或甚至遠到南歐的西班牙、義大利、希臘等國家去採訪。經費充裕的媒體可以在歐洲派駐三、五人，較不充裕的，一個也好應付。

此外，政府重要官員出國訪問，例如總統出國到友邦國家做國是訪

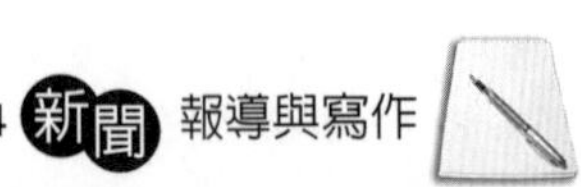

問，或出席新任國家元首的就職典禮，各新聞媒體都會派記者隨團採訪，報導動態新聞。

在國內大型報紙，設有國外新聞中心直屬總編輯之下，負責指揮所有駐外人員的聯繫採訪事宜。選擇派駐人員的地點，一定是國內觀眾讀者，對於當地所發生的事情較感興趣的地方。其中美國派駐的人最多，以現在各大報及電視新聞台爲例，派人的地點包括：紐約、華府、芝加哥、洛杉磯、舊金山、休士頓、溫哥華、多倫多等地。紐約、華府、洛杉磯還可能不只派一人。歐洲方面派最多的應該是巴黎和倫敦，因爲這兩個地方是歐洲的政經中心，其次是法蘭克福、蘇黎世（日內瓦），德國與瑞士是中歐最重要的金融與國際組織的中心。

在亞洲方面，當然以日本爲重，有些媒體在東京就派駐了兩個人，另外派人駐大阪與福岡。其他如首爾、馬尼拉、胡志明市、曼谷、雅加達、吉隆坡、新加坡，南半球的雪梨、墨爾本、約翰尼士堡也都有派人。

國內新聞組織當中，以中央通訊社派駐國外的人員最多，因其擔任許多媒體的供稿任務，所需要的國外人力，也比一般報紙或廣電媒體多。

第四節　通訊社與資料供應社

通訊社是一種批發販賣（供應）新聞的機構，本身並無媒體（現在有透過網路平台直接將新聞暴露給網路使用者），但擁有大量的新聞蒐集人員，將所採訪製作的新聞、圖片、影片、資料等內容，提供給媒體使用，從中收取費用（酬勞）。各新聞媒體雖然都有自己的新聞蒐集系統，但仍需要仰賴通訊社的供稿以補不足。

一、通訊社的起源與發展

新聞通訊社始創於歐洲。世界第一個通訊社，是法國人哈瓦斯（Charles Havas）於1825年在巴黎所設的一個新聞社。他在歐洲各國首都設置通訊員，將在各國所發生的新聞紀事，透過郵局或專人送達巴黎，將之翻譯後送給各訂戶報社採用。1835年哈瓦斯將這個新聞社定名為哈瓦斯通訊社（Agence Havas），初期曾以信鴿在歐洲各國間傳遞新聞。隨著時勢的變化，哈瓦斯通訊社的經營也一再改變。第二次世界大戰後，1944年，法國政府將戰時的幾個通訊社合併，其中以哈瓦斯社為主，改名為法國新聞社（Agence France Presse），簡稱法新社（AFP），目前仍列世界五大通訊社之一。

繼哈瓦斯社之後，歐洲著名的通訊社相繼成立，德國的華爾夫通訊社（Walff Telegraphen Bureau）、英國的路透社（Reuters），分別於1848及1851年誕生，成為歐洲三大通訊社。美國的美聯社（Associated Press，簡稱AP）始創於1848年；1907年成立的合眾社（United Press）與1909年成立的國際新聞社（International News Service），於1958年合併為合眾國際社（United Press International，簡稱 UPI），也都相繼成為全世界性的大通訊社。

俄羅斯在1918年成立羅斯塔通訊社（Rosta），1925年改組成塔斯社（TASS, The Telegrofnoie Agenstvo Sovietskavo Soiuza）。第二次世界大戰後，由於共產主義的擴展，塔斯社也成了國際性的通訊社。在早期創立的通訊社中，華爾夫通訊社，因歷經兩次世界大戰而多次改組，最後在1949年成為德國新聞社（Deutsche Presse Agentur，簡稱DPA），變成全國性通訊社。其他法新社（AFP）、路透社（Reuters）、美聯社（AP）、合眾國際社（UPI）與塔斯社（TASS），則被並稱為全球五大國際性通訊社。

除了五大通訊社之外，世界各國也都有通訊社相繼設立，每一個國家都會有各自不同目的的通訊社，有的以財經新聞為主，例如美國的道瓊社（Dow-Jones）；我國的軍聞社是代表國防部的新聞發布單位；中國大陸的新華社（NCNA）則是中國共產黨的發聲機器；我國的中央通訊社（CNA）是國家通訊社；日本的共同社是日本的全國性通訊社。

通訊社的傳播工具，除了最早時期的利用郵局與信鴿之外，隨著通訊技術的發達，陸續出現電報、電話、傳真、衛星、網路等先進技術，傳輸（販賣）的商品，也從最早的純文字，增加為圖片、影像等更能滿足媒體需求的內容。

總而言之，通訊社是一個批發販賣新聞的機構，它的影響力視其所發布的內容，被媒體採用的多寡而定，因此各大通訊社，在新聞蒐集上，一直都是處於強烈競爭的狀態。

二、國內外媒體同業與資料供應社

新聞來源愈來愈多元化，除了自行採訪與通訊社供稿之外，媒體同業間也可以互相供應新聞或圖片內容。

例如在國外新聞方面，美國的有線電視新聞網（Cable News Network，簡稱CNN），它的新聞畫面除了經由自己的有線系統播出之外，世界各國的主要媒體，幾乎都有購買它的報導畫面。

美國三大廣播網，美國廣播公司（ABC, American Broadcasting Company）、國家廣播公司（NBC, National Broadcasting Company）、哥倫比亞廣播公司（CBS, Columbia Broadcasting System），英國的英國廣播公司（BBC, British Broadcasting Corporation），日本的日本放送協會（NHK, Nihon Hoso Kyokai）、富士電視公司等，也因爲他們所提供的素材畫面，被國內媒體認爲可以取材，而經常出現在我們的媒體版面或畫面上。

報紙與雜誌方面，一些國際上知名的報紙或雜誌，由於他們的報導引起國內媒體的關切，因此也常常成爲取材的來源。最有名的報紙如：美國的《紐約時報》（New York Times）、《華爾街日報》（Wall Street Journal）、《華盛頓郵報》（Whashington Post）、《今日美國報》（USA Today）；新聞雜誌則有《時代雜誌》（Time）和《新聞周刊》（Newsweek）最有名。英國也有兩家國際知名報紙：倫敦《泰晤士報》（Times）和《每日電訊報》（Daily Telegragh），雜誌方面則以專業的《經濟學人》（The Econimist）最享盛名。日本最大的幾家報紙是：《讀賣新聞》、《朝日新聞》、《每日新聞》、《產業經濟新聞》、《日本經濟新聞》，由於地緣關係，日本報紙的新聞報導，也常被國內媒體引用。

在國內，同業之間也常會互相選用畫面。例如同爲電視台，某台取得某場球賽的轉播權，其他電視台或報紙在報導該球賽新聞，便常會選用該轉播台的畫面。

資料供應社也是一個販賣新聞資料的機構，本身常蒐集儲存各種資料或圖片、影片，販賣給所需要的媒體。只是機動性與時效性不若通訊社高。此類新聞機構以歐美較多，台灣幾乎無此專責之組織。不過透過網路平台，有些媒體把自己數十年辛苦蒐集的新聞資料或圖片，製作成數位儲存，提供有需要者（包括媒體）使用，成爲一種網路媒介（如聯合新聞網UDN），它除了是一家網路新聞媒介之外，也是一家資料供應社。

三、編輯部直接收到之外稿

政府機關、私人企業、民間團體，乃至個人，爲了讓某事件「廣爲周知」或其他目的，往往會主動發布訊息，或投稿給新聞媒體。媒體收到後，通常會先研判，衡量有無新聞價值。如果認爲值得報導，會將訊息交給採訪單位或派專人採訪查證。確實無誤，認定值得發布，才會播報、刊登。

編輯部每天都會收到許多訊息，內容千奇百怪，連命案凶嫌也會來信。1997年4月，台灣發生震動社會的「藝人白冰冰女兒白曉燕遭綁架撕票命案」。凶嫌陳進興逃亡期間，曾投書《聯合報》及TVBS等媒體，認爲他太太張素眞遭警方刑求，大表不滿，並且揚言將討回公道，「可能波及無辜的人」、「從容赴死的時刻，就是風雲變色，火山爆發之時，請大家不要怪我！」

《聯合報》總編輯項國寧收到凶嫌陳進興的信，基於新聞自律及社會責任，不能任意報導，一方面內部研商因應之道，一方面知會偵辦此案的警察單位及地檢署。

註釋

註：大陸地區新聞人員進入台灣地區採訪注意事項

發文日期字號：中華民國89年11月9日（89）正綜二字第16839號公告；中華民國102年12月31日修正

一、大陸地區新聞人員進入台灣地區採訪，除法令另有規定外，依本注意事項辦理。

二、本注意事項所稱大陸地區新聞人員，指依大陸地區法律成立之報社、通訊社、雜誌社及廣播、電視事業所指派，以報導時事及大眾所關心事務為主之專業人員。

三、大陸地區新聞人員申請進入台灣地區採訪之主管機關為內政部，執行單位為內政部入出國及移民署（以下簡稱入出國及移民署），目的事業主管機關為文化部。

四、大陸地區新聞人員進入台灣地區採訪，應洽台灣地區新聞事業或相關團體擔任邀請單位，於來台之日十四日前，由邀請單位代向入出國及移民署提出申請。但因採訪特別需要者，不在此限。

五、大陸地區新聞人員申請進入台灣地區採訪，應備下列文件：

（一）入出境許可證申請書、最近二吋半身黑白照片二張及最近二吋半身彩色照片三張。

（二）保證書。

（三）採訪計畫及行程表。

（四）邀請函影本。

（五）邀請單位立案證明或登記證明文件影本。

（六）所屬媒體主管簽署之專業造詣證明文件（內容包括：1.媒體概述。2.任職簡歷－任職年限、工作性質、曾任職務等。3.所屬媒體指派進入台灣地區採訪之意思表示）。

六、大陸地區新聞人員應依許可之採訪計畫及行程表從事採訪活動，不得擅自變更。採訪計畫及行程表有變更者，邀請單位或該大陸地區新聞人員應先向文化部報核，再檢具變更採訪計畫及新行程表送入出國及移民署備查。

七、大陸地區新聞人員應遵守新聞人員職業道德，並秉持公正客觀原則從事採訪活動。

八、經許可進入台灣地區採訪之大陸地區新聞人員，由文化部核發記者證。記者證效期與旅行證停留期間同。

前項大陸地區新聞人員從事採訪活動時，應事先徵求受訪機關（構）或單位之同意，並主動出示記者證。

記者證僅供持證人證明新聞人員身分之用，不得轉作其他用途。

記者證遺失時，應檢附申請函向文化部申請補發。

九、大陸地區新聞人員進入台灣地區採訪，應遵守中華民國法令。

十、經許可進入台灣地區採訪之大陸地區新聞人員有下列情形之一者，文化部得廢止其記者證；入出國及移民署得廢止其入出境許可證並移送有關機關依法處理。

（一）從事與許可目的不符之活動。

（二）採訪期間變換所屬媒體或喪失新聞人員身分。

大陸地區新聞人員進入台灣地區採訪期間，有前項各款情形之一者，應即繳回記者證及入出境許可證，並於三日內離境。

新聞記者

新聞記者是一個行業，是三百六十五行當中，最特殊的一個行業。他在外面採訪新聞的時候，可能連一個部長級的官員，或財富千億的企業家，都要對他客氣、尊重；但是回到報社，他可能會因爲一則新聞沒處理好，或一篇稿子沒寫好，而被採訪主任責罵，有時罵得讓你很沒尊嚴。他會因爲一篇重要的新聞故事，改變了很多政經情勢，而被尊稱爲社會醫生，或社會教育家；他也常常爲了搶新聞而侵犯到個人隱私，被人痛斥爲社會文化流氓。一位醫生，可能因爲醫德不好或醫術不佳，造成一名病患傷害，甚至失去生命；一位建築師，最嚴重的過失莫過於樓倒塌；但那些傷害都有個限度。新聞記者的傷害，輕則讓人身敗名裂，重則危害國家社會安全。總而言之，記者的角色是多元的，正反面的評價兩極，從事這個行業的人，必須有很好的修爲，才能避免負面效應。

第一節　新聞記者的地位

一、記者一詞的由來

中國清末之前，歷史記載並無「記者」一詞，有「記言」（記錄言論）、「記事」（記錄古今所發生的重大事件），合起來就成了「記錄古今所發生的重大事件或言論的人」。

最早的中文報紙《察世俗每月統紀傳》（1815年創刊）的創辦人米憐（William Milne），在該刊第二期所撰的「辦報旨趣」多次自稱「記者」。

「記者」是外來語，中國清末時期報紙負責新聞採訪工作的人稱爲「訪員」，意指負責蒐採訊息及訪問之人。據傳國人所辦報紙中，梁啟超最先採用「記者」一詞（1899年）。梁啟超是清末最早接受西方文化思想的文人，辦過很多報紙。

記者的英文爲Journalist，泛指所有與新聞編採工作有關的人之通稱，是將廣義的記者、編輯、主筆、特稿撰述都算在內；Reporter則專指從事報導工作的記者而言，包括文字記者、攝影記者、廣播電視記者。

二、記者的地位

（一）記者在媒體組織內的地位

1. 記者是媒體組織內的主角

每一種企業都會有最倚重的人員，例如生產製造業，生產製造部門的人最重要；一家科技公司會用重金聘用一名程式設計工程師；財務管理公司最需要的是財會分析人員；而新聞記者正是媒體產業的主角。

媒體是一種生產重於行銷的產業，報紙電視台如果能製作出好的內容，自然會有發行量與收視率，廣告就會自動上門，而製作好的內容的人首推記者。有些媒體在給付員工酬勞時，記者常可多得一份特殊待遇，稱爲「記者津貼」或「採訪津貼」。有些報社也會有「編輯津貼」，但通常「記者津貼」會比「編輯津貼」高很多。

2. 所有與編採有關的人員都可稱「記者」

「記者」有狹義與廣義之分，狹義的記者專指執行採訪新聞工作的人；廣義的記者泛指所有與編採有關的人員，包括報社的總編輯、副總編輯、編輯部內的各組主任、組長、主編、編輯、校對、召集人等，電視台、廣播電台的新聞部主任、經理、總監、主任、組長、編審、導播、製作人、主播、主持人等。

在過去有《出版法》的時代，記者的頭銜是有限制的，規定只有報紙的採訪人員才能稱「記者」。《出版法》中又定義，「定期發行期間在三日以內」的才能稱做報紙，超過三日的都只能叫「雜誌」。於是那個時候就出現了一個有趣的現象，例如《時報週刊》，因爲超過三日，只能以「雜誌」登記，而雜誌不能設記者，他們採訪刊登的稿子，在署名的地方，只能用「採訪編輯」。《出版法》在民國88年1月22日廢除後，有關什麼人要叫「記者」的問題，已經沒有人管了。

大部分的媒體對此都有一些共識，也就是說，記者是一個對外的通稱。凡是所有執行採訪任務的人，都可以稱爲記者。例如有些採訪任務可能動用到報社或電視台的高層，像社長、總編輯、總經理等，那麼社長的對外身分就是記者。由他所主持的專訪刊登在報紙上，他的署名就叫「本報記者」。至於在內部，記者只是一個職稱，該叫記者的才叫記者，該叫編輯的就叫編輯，新聞節目製作人就是製作人，一點都不混淆。

3. 組織內成員，尚難獨立執行記者任務

目前大部分的媒體記者，都是由媒體組織所聘用，因此算是組織內的成員，他必須接受組織的管理規範。他有上級指揮對他下達命令，因此在組織的運作之下，他的獨立性是很低的。這出現了幾個問題：

（1）媒體老闆直接掌控媒體的新聞政策，不只是記者，總編輯、新聞部經理，所有的人都形成了所謂「編輯室控制」，新聞記者只有「聽命」的份。

（2）新聞記者因爲不能獨立行使職權，也就是說，無法獨立執行記者的任務，所以在法律上，他無法成爲自由職業。他不能像醫師、律師、會計師等，擁有獨立的證照，獨立行使職權，也因而新聞記者在《刑事訴訟法》中，不能享有「拒證權」。多年來，有不少學界或社會相關人士提出「獨立記者」與「記者證照制度」的問題，將於第四節中討論。

（二）記者的社會地位

記者的社會地位如何？要看從什麼角度去評斷。有些記者一筆定春秋，不只對當時政治、社會有很大影響力，甚至可以寫歷史（史家紀錄歷史常從儲存報紙中尋找文獻資料）。這種記者可以和任何職位的人相提並論，當然擁有崇高的社會地位。也有記者，藉媒體的影響力，對人恐嚇斂財，與地痞流氓行徑相當，他的社會地位也就如流氓一樣，爲人所不齒。

記者的社會地位，可以從表面與實質兩方面來探討。

1. 從表面看記者地位

記者因爲代表媒體，媒體又代表社會力量。因此不管地位有多高的人，記者都可以和他們接觸交往。這些高地位的人（例如總統），在民主政治制度下，爲了要爭取民眾的支持，自然不敢得罪媒體和記者。從另方面說，他們也必須高度仰賴（或利用）媒體和記者，因此必須保持良好關係。在這樣的前提下，再高地位的人物，也不能忽視與記者間的良好互動。有很多記者，由於他們在某一個領域上有很大影響力，所以與各界領袖人物平起平坐，是很平常的事。

2. 從實質面看記者地位

新聞記者的社會地位，不是要和官員或企業老闆比職位（Position）高低，而是要看你對社會的貢獻，能否贏得很高的聲譽（Reputation），因爲只有善盡社會責任的記者，才會受到社會尊敬。

傳說因炒作黃色新聞而聲名大噪的美國報人赫斯特（William R. Hearst），想要捐一筆錢給慈善機構，竟遭到拒絕。堅守新聞崗位的戰地記者恩尼·派爾（Ernie Pyle），被譽爲第二次世界大戰期間最偉大的戰地記者，他所寫的戰地報導，經美國一百多家報紙刊載，影響很大。最後他雖然不幸殉死戰場，卻也贏得世人的崇敬。（註1）

2009年7月17日，美國電視史上最偉大的主播之一，克朗凱特（Walter Cronkite）不幸辭世，享年92歲。美國前總統歐巴馬（Obama）第一時間從白宮發出聲明，讚揚克朗凱特是：「不確定的世界裡一個確定的聲音」。歐巴馬說，克朗凱特富有磁性的低沉嗓音每晚傳到數百萬個客廳，在一個充滿偶像的行業中，克朗凱特創下評斷別人的標準，但是克朗凱特一向不只是主播，「他是家人，他請大家相信他，而且從未讓我們失望。」美國前總統柯林頓說：「他是憲法增修條文第一條，言論自由的最佳典範。」（註2）

從這三個實例中，對新聞記者的實質地位，已經有很明確的答案。一個偉大的記者，他的貢獻可以大到讓舉世之人對他崇敬，當然不肖的新聞工作者，縱有虛名，也爲社會所不齒。

第二節　新聞記者的角色與職責

一、記者的角色

（一）記者是個大眾訊息的傳達者

記者在他的領域裡採訪新聞，他不只傳達大眾所想要知道的正確新聞，還要揭發眞相、傳達眞相。如果記者不能幫大眾反映眞相，他就沒有盡到他的角色職能。所以他在這個角色的工作，就是：

1. 採訪新聞
2. 傳遞新聞
3. 解釋新聞

（二）記者是社會大眾的代表

記者爲什麼有權力可以到處採訪新聞，因爲媒體被稱爲社會公器，記者是代表大眾行使「公器」的人。他所擁有的權力，是來自社會大眾的委託賦予。因此新聞記者就像公民選出來的民意代表一樣，他有權力去執行他的職務，但如果失去了委託（不再具有記者身分），他的採訪權力也隨之消失。特別強調，記者採訪新聞是因爲他有「權力」（power），而不是他有「權利」（right）。這點和民意代表不同。

（三）記者是個社會領航員

普立茲（Joseph Pulitzer）把新聞記者比喻爲「站在船首的領航員」，「他在做這件事的時候，必須顧到全船人的安危。不是爲自己的工資，也不是爲船東的利益。」這裡所謂的工資，是指記者的工作酬勞。所謂的船東，是指僱用他的媒體老闆。新聞記者必須幫大眾尋找眞相新聞並解釋新聞，他在選擇新聞與解釋新聞時，應以社會大眾及國家社會整體利益爲考量，而不是爲媒體老闆的利益考量。

二、記者的職責

這裡所討論的記者的職責，是指他對社會的責任而言，而不是指他對僱用他的媒體的職責。記者因爲是媒體所僱用，才會有記者的角色與權力，因此媒體對他的工作當然會有所要求。特別是在媒體商業化的現代，一般媒體對記者的要求大約爲：

1. 採訪獨家新聞與優質新聞，提高媒體新聞取材能力的權威。
2. 有感人的報導，提高收視率或發行量。（如恩尼・派爾的戰地報導）
3. 權威的報導，以提高媒體的聲望。（當然也有助提高收視率，如克朗凱特。但國內媒體太過重視美女主播，與是否權威可能沒有多大關係。）
4. 有良好的處理新聞的能力，獲得認同。所謂處理新聞的能力，包括對新聞價值的判斷、處理（表現）新聞的方式、文字與口語的表現等。

總而言之，在商業媒體的競爭環境中，媒體必須顧慮到生存。收視率與發行量，就成了全媒體上下都必須共同擔負的職責，新聞記者尤其承擔最重的任務。因此有些不肖的業者，會要求旗下記者，製造不實新聞，譁眾取寵，欺騙閱聽人，爭取短時的收視率。這種行爲就不足爲訓，也不是本節討論的重點。

本節要討論的是新聞記者對社會的職責。

（一）揭發新聞並忠實報導

記者最重要的工作，就是要發現揭露新聞並採訪新聞。記者必須透過各種方式，去達成這項任務，然後作最忠實的報導，也就是不帶任何成見的報導。恩尼・派爾深入戰地，冒著生命危險採訪新聞，只是爲完成他的本分工作，把新聞事實忠實傳達給大眾。克朗凱特播報新聞的時候，決不作任何花俏的表現，他也是在善盡一個記者「忠實報導」的職責。他在每天播報結束時說，今天的新聞「就是這麼回事」（And that’s the way it is...），似乎也在表現「我已完成一天的忠實報導」。

（二）主持正義，對抗非法

記者並不像警察、檢察官、法官等公職身分，擁有制裁非法的公權力。但是很多非法事件，常常經由媒體採訪報導，形成公眾關切的議題，進而引起公權力機關的深入偵辦。也有很多非法事件，是在形成輿論壓力之後，才獲得制裁。因此新聞記者可以成爲體制之外（指公權力），另一個很重要的主持正義的角色，這也是新聞記者很重要的職責。

（三）監督政府，爲民喉舌

政府的行政權力很大，必須要有適當的機制來加以制衡。體制內有立法機關和司法機關，形成三權分立。立法機關可以監督行政機關和司法機關，司法機關也有權制衡行政機關和立法機關，但這三個機關彼此制衡還不夠，新聞記者成了監督這三個機關的體制外力量。

在我國政府體制中，多了考試院與監察院，職司考試權與監察權。在三權分立的國家，考試權併在行政權中，立法機關同時擁有監察權。在對行政權的監督方面，主要是國會的立法權。司法機關在任何的「不法」範圍內發揮它的權力，包括行政立法部門。監察權則專司所有公務機關（包括行政與司法）的監督，其職責雖然並未能針對「違法」（這是司法權），但可以針對「違失」，也就是針對公務機關、公務員濫權瀆職的部分，行使監察權。即對行政機關可以有「糾舉權」，對公務員個人則有「彈劾權」。

擁有立法權、司法權與監察權的機關，可以監督制衡行政權，那麼誰來監督立法機關、司法與監察機關呢？就是新聞記者了。新聞記者除了監督行政權之外，也同時監督國會、司法與監察。至於誰來監督媒體，雖然有人提出監督媒體的機制，但目前傾向以「媒體自律」的見解居多，這個問題留待後面討論。

除了監督政府之外，媒體反映民意的貢獻，可能大過任何部門。立法機關常看了新聞報導，才對行政機關質詢；司法監察機關偵查案件，也常從新聞報導中找線索。而行政機關施政，更須重視輿論反應，新聞記者充分發揮爲民喉舌的功能。

（四）善盡「守門人」之職責，報導適合報導之新聞

新聞記者每天會接觸到很多事務，但不一定所有事務都能構成新聞。新聞記者必須像一個「守門人」一樣，幫閱聽人作把關的工作。他必須有專業的素養，評斷何者是新聞，何者不是新聞；何者適宜報導，何者不適宜報導。（參閱第一章第一節）

第三節　記者的素養與倫理

記者應有的素養，也就是作爲一名記者應具備的能力，可以從務實面與精神面兩方面來說。務實面是指新聞記者要有辨識新聞，並表現新聞價值的能力，屬於個人工作上的技能。精神面則爲新聞記者應有的人格素養與職業倫理。王洪鈞教授將記者應有的素養，臚列了六項準則，其中只有第一項是屬於務實面的工作技能，其餘五項都屬精神上的職業倫理素養。茲列如下：

1. 辨識並表現新聞價值的思維能力
2. 鍥而不捨探求事實的敬業精神
3. 悲天憫人儆惡揚善的淑世情懷
4. 不受威脅不爲利誘之獨立人格
5. 公正客觀不行險僥的職業尊嚴
6. 與時俱進精益求精的學習精神

一、個人工作上的技能

如王洪鈞所說，爲「辨識並表現新聞價值的思維能力」，包含辨識與表現。

（一）辨識新聞價値的能力

也就是要有能力判斷何者爲有價値，並適宜報導的新聞。要具備這種辨識的能力，必須：

1. 要有廣博的知識

知識包含常識與學識。新聞記者因爲要接觸各方面的問題，所以必須有非常豐富的常識。而在專門領域方面，記者也必須有相當的素養。或許不如專門學者那樣專精，但是素養愈深愈能完成工作任務。所以一名優秀的記者，必定隨時閱讀以充實自己的學識。

2. 要累積豐富的採訪經驗

有經驗的記者，除了常識豐富之外，對於各種新聞狀況，都能充分掌握。這種經驗是需要長時間累積的，他才有能力做各種臨場研判，而做最適當的處置。

（二）表現新聞的能力

不論新聞是否具有高度的複雜性，記者都必須有能力把它表現出來，讓大部分的人都能看懂聽懂。因此這種能力包括：

1. 良好的寫作能力

把一個複雜的新聞故事，用「信、達、雅」的方式寫出來，要清楚易懂，感人而有趣。

2. 良好的口語能力

大部分要求在廣電媒體，特別是在時間緊迫或現場氣氛緊張，廣電記者沒有時間去慢慢組合新聞架構，因此必須練就出口成章的本事。

3. 圖片或畫面的處理

不管是平面或廣電的攝影記者，都要掌握畫面是最重要的說故事的媒介。一張好的照片、一段好的畫面，可以抵過成篇的描述，或堆滿形容詞的報導。

二、新聞記者的倫理素養

續以王洪鈞教授所列的條件，分述如下：

1. 敬業精神

新聞工作十分辛苦，有些新聞的採訪與取得，都很不容易。新聞記者不能輕言放棄，因爲記者的堅持與鍥而不捨，常會創造偉大事功。《華盛頓郵報》的兩位記者鮑勃．伍德沃德（Bob Woodward）和卡爾．伯恩斯坦（Carl Bernstein），對於水門事件（Watergate scandal，或譯水門醜聞）的鍥而不捨，堪爲典範。（參閱第四章）

2. 有正義感

王洪鈞說要有「悲天憫人儆惡揚善的淑世情懷」，簡單的說，就是要有正義感，敢於向邪惡勢力挑戰，以發揮新聞媒體懲治邪惡的天職。但新聞記者最忌諱的是，把正義感擴大解讀，以自己的立場去設定爲正義的執行，進而顯得驕奢與無理。

2019年10月23日，轟動台港的港女命案兇嫌陳同佳出獄，聲稱將自願來台投案受審，意外成爲台港新角力。立法院內政委員會當天變更議程，找來內政部、陸委會、法務部等做專題報告。內政部長徐國勇上午接受媒體訪問，被問到對陳同佳案是否態度反覆，徐國勇強調態度一致，卻意外與記者爆發口角。該記者提問時質疑部長是否「睜眼說瞎話」，徐國勇立刻回頭怒轟：「問一個部長，不要問什麼睜眼說瞎話，客氣一點！」

記者問話，已涉入主觀意思，並且「極不禮貌」。記者顯然是以「正義者」自居，卻忘了自己已經立場偏頗，殊不可取。而內政部長怒嗆：「問一個部長，不要問什麼睜眼說瞎話，客氣一點！」也完全失掉一個政務官的風度，有大耍官威之譏，亦不可取。

3. 優秀人格

記者在工作中，因爲掌握了「權力」，於是便有很多人想要假借記者的「權力」，而進行威逼利誘。所以記者必須要有「不受威脅不爲利誘之獨立人格」。

4. 職業尊嚴

公正客觀報導新聞，是記者的職業道德，也是一種至爲高尚的職業尊嚴。雖然記者能否做到絕對公正客觀，有不同見解。但心中存著這樣的職業尊嚴，把它當作一個目標去努力，是所有記者都應該有的標準。

5. 精益求精

記者每天面對瞬息萬變的挑戰，必須時時充實自己，爲自己的工作表現，也爲對社會的貢獻，都應該努力不懈，盡力而爲。

新聞記者的倫理素養，以美國密蘇里大學新聞學院院長威廉博士（Dr. Walter Williams）所制定的「報人信條」（The Journalist's Creed）最爲有名。凡在密蘇里新聞學院讀書的人，都規定要能背誦信條全文，可見該學院對此信條的重視。（錢震，1986）（註3）

我國最重要的新聞自律規約，首見於馬星野先生所撰擬的「中國新聞記者信條」。馬星野當時擔任中央政治學校（政大前身）新聞系主任，以及後來任《中央日報》社長。據其學生錢震所述，「該信條起初只是私人試擬性質，對新聞界並無若何影響。尤其在開始時，一般新聞界人士大都認爲信條要求過苛，不容易做到。但曾幾何時，由於時勢所趨，與實際的迫切需要，在民國44年以前，早經台北各新聞團體如報業公會、編輯人協會等通過；至44年8月16日，更經中華民國報紙事業協會通過，至此『中國新聞記者信條』遂成爲我國新聞界之共同規約了。」（錢震，1986）（註4）

第四節　獨立記者與記者證照制度

所謂的「獨立記者」是指記者並無任何雇主，他不隸屬任何媒體，獨力完成採訪並撰稿（或製作新聞節目），提供（賣給）媒體刊登或播報，並從中換取酬勞。

「記者證照制度」是指凡從事新聞採訪報導工作者，必須取得有政府或社會公正（信）單位所發給的執照，才能從事新聞採訪報導工作。取得證照的方式可以透過考試或其他方式達成。新聞媒體必須僱用有證照的人，才能從事新聞採訪報導的工作。

由於這兩者有相當的關聯，所以併在一節來討論。因爲記者如果擁有證照，他就極可能成爲獨立記者，而爲自由職業。就像醫師一樣，他可以受僱於醫院，也可以獨立開業；律師、會計師，他可以受僱於事務所，也可以成爲合夥律師、會計師。

但是沒有證照，一樣可以成爲獨立記者，例如恩尼．派爾，他所撰寫的戰地報導，同時被一百多家報紙轉載，他照樣擁有「採訪權」。

一、獨立記者的特色

1. 沒有雇主，不隸屬於任何媒體。
2. 爲完成採訪工作所需要的花費（例如出國採訪），完全靠自己張羅。
3. 他的收入來源，全靠作品能否被媒體採用，雙方談妥價碼。因此有人認爲，這也算是另一種形式的媒體僱用。
4. 有很多獨立記者是在某些特殊團體的贊助下，從事採訪任務，其費用由該團體贊助（例如政治團體、社運團體）。但因他的報導不被一般媒體採用，因此大都透過網路發表。

大部分的獨立記者，都屬於上述第三種形式。例如：英國就有很多狗仔，隨時獵取名人的私密鏡頭，然後賣給媒體，有時索費很高。另外在戰爭期間，很多人自願到戰場上採訪，也有很多冒著生命危險所獲得的珍貴材料，媒體都很有興趣購買。

香港獨立記者張翠容就是屬於這類型。她在2008年美伊戰爭屆滿五周年時，獨立進入伊拉克採訪。張翠容說，美伊戰前美國自由派媒體都不批判這場戰爭，於是激起許多獨立記者到戰地前線採訪，她也是其中之一。

她說，她親眼目睹戰火帶給伊拉克人民的身心苦痛，看著孩童失去親人成爲孤兒，青少年被武裝集團以毒品控制，甚至產生恐怖的價值觀，視暴力爲重建家園的唯一手段。而主流媒體根本不報導這些現象，戰爭帶來的痛苦從未間斷，但人們彷彿早已遺忘這場戰爭。她說，全世界的媒體被掌控在七家跨國集團手中。爲了營利的核心價値，對戰爭的報導不僅帶有特定意識型態，媒體擁有者甚至拚命影響旗下新聞工作者，企圖扭曲、忽略事實。她認爲，獨立記者的使命就是挖掘出正確事實，打破這些無知報導。

二、獨立媒體與公民記者

所謂的獨立媒體，就是指不依附在財團之下，而獨立運作的媒體。他的經費全靠大眾的捐款，他的工作人員也不支取薪水。例如香港有一個「香港獨立媒體網」（inmediahk.net），標榜要在政治言論自由運作，以對抗政權、財團和政黨對媒體的壟斷。

在「獨立媒體」的運作下，他們的記者就是獨立記者，也稱公民記者（Citizen Reporter）。公民記者並不需要受過專業訓練，他隨時可以採訪他周邊的事務。因爲他是「香港獨立媒體網」的「會員」，所以他的文章可以在該媒體網上發表。網站對來文雖然也有把關的機制，不過大體上會幾乎完全尊重作者，而作者也必須完全自負文責。

另外有一種公民記者，是指一般民眾，把他「正巧」拍到的畫面，透過網路傳播（例如臉書或部落格），讓一般民眾閱覽。這是因爲現在通訊工具發達，很多地方裝有監視器、Google map可以透過衛星拍到畫面，最方便的莫過於用手機直擊很多「現場」。這些畫面有的是交給媒體播放，有的在自己的社群網站上披露，都有達到「新聞傳布」的事實，這些人也不隸屬任何媒體，故稱公民記者。到目前爲止，這種公民記者的行爲，因爲不具「市場意義」，也未見有何負面影響，因此未見太多討論。

註釋

註1：美國籍的恩尼．派爾（Ernie Pyle），被譽為二戰期間最偉大的戰地記者。1945年4月18號，他在琉球群島的伊江島（Ie Shima）採訪時，遭到日軍機槍手殺害，一顆子彈貫穿了太陽穴，年僅45歲。
雖然在二戰期間，光是美國就有34位戰地記者在戰場上捐軀，但恩尼．派爾因為擅長從士兵的眼光寫戰爭，用他的話說，他是「用蚰蟲的見地看這場戰爭」，讓美國國內民眾了解在海外作戰的子弟的生活情況，也贏得了士兵的敬重。恩尼．派爾殉職後，當地的士兵在他的墳上立了一個墓碑，上面寫著「陸軍步兵第77師在此損失了一位好友：恩尼．派爾」。他的死訊由杜魯門總統親自宣布，震驚全國，舉國為他哀悼。
派爾的報導被美國百多家報紙刊載，他在報導中生動的描述了美國大兵的英勇作戰情形、戰地的艱苦，也毫不隱藏地描述與大兵一起在戰壕中、在轟炸機上的恐懼心情。他報導的特色之一，是經常以大量的篇幅寫出大兵的名字，使許多讀者從他的報導中，知道自己的子弟和丈夫的情形，他的影響力不輸於任何重要的政治人物。
Ernie Pyle全名是Ernest Taylor Pyle，1900年8月3日出生在美國印第安那州的Dana，1919年就讀印第安那大學新聞系，擔任學生刊物《印第安那學生日報》主編，很早便嶄露了他在寫作和新聞工作上的天賦。1923年Ernie提前離校，擔任社會新聞記者，很快地碰上了一個絕佳的機會，到華府的《華府每日新聞報》當記者和編輯，首創「航空新聞專欄」，寫出許多獨家新聞，逐漸累積自己在這個行業裡的地位與聲望，升任《華府每日新聞報》總編輯。
1936年，Ernie辭卸總編輯職務，並提出了一個奇特的要求：他自願每週貼40美元，希望報社答應他駕車遍遊全美國，採訪報導美國各地的風土人情，Ernie保證除了星期天之外，每天都能發出一篇報導。這樣令人驚訝的旅行報導維持了四年，Ernie的報導也沒有中斷，他的報導涵蓋各行各業的小人物，從幽禁在夏威夷（那時還不是美國的州）離島的痲瘋病患，到中西部平原區飽受龍捲風之苦的農民，再到才剛剛在好萊塢成為名流的Walt Disney，在Ernie敏銳的觀察和溫柔的筆觸裡躍然紙上。四年的長途駕車旅行，Ernie在太太

Jolie的陪伴下，住過八百多家大小旅店，開壞了兩輛汽車，用壞三台打字機，先後橫越美國大陸12次，累積旅行里程26萬4千公里，這一段時間的報導，在Ernie Pyle死後集結成書，書名《四十八州天下》（Home Country）。

這一系列報導培養了Ernie Pyle從小人物的觀點（用他自己的話形容，從「蛔蟲」的觀點）觀察世界的眼光。他拋開了傳統新聞學的「5W1H」或「倒金字塔」式的報導寫作模式，讓閱讀報導的人覺得Ernie是在跟他聊天。這樣的筆觸讓Ernie在大戰發生的時候，成為一流的戰地記者。因為這種跟小人物打交道的本領，讓他很容易地和基層士兵打成一片，更讓他寫出千千萬萬官兵眷屬真正關心的官兵戰地生活報導。Ernie Pyle不寫高級將領，不寫戰場上的榮耀，只寫基層官兵，尤其是步兵的生活，寫戰爭裡的無聊、骯髒、疲憊、猥褻和死亡，因為那才是絕大多數官兵眼裡見到的戰爭，也就是因為如此，他的報導才會受到所有官兵和家屬的喜愛。

1942年底，Ernie Pyle前往倫敦，等候開往前線，11月8號，他跟隨美軍部隊，在法屬北非的奧倫港登陸，採訪稱為「火炬作戰」的登陸北非作戰。盟軍北非作戰結束後，Ernie在1943年6月前往西西里島，接著前往義大利和法國，盟軍打到哪裡，他的報導就寫到哪裡，還因此獲得1944年的普立茲獎。

在盟軍收復巴黎後，Ernie Pyle認為他在歐洲的工作責任已了，便收拾行囊離開歐洲，轉往太平洋戰場，錯過了1944年底最激烈的「突出部之戰」（Battle of Bulge）和納粹德國投降。轉往太平洋戰場後，Ernie Pyle跟著美軍登陸琉球，繼續寫他的報導，1945年4月17號，他跟隨陸軍77步兵師登陸琉球群島的「伊江島」。4月18號上午10點左右，他跟著305團團長找尋團指揮所的新地點，半路上遭遇日軍陣地機槍的射擊，一發子彈貫穿了他的太陽穴，45歲的Ernie Pyle，死在伊江島戰場，成為34位二戰期間在戰場上殉職的美國戰地記者之一。

77師官兵傷心地把Ernie Pyle葬在伊江島他的殉職地點附近，他的死讓千千萬萬美軍官兵為之悽然，連高級將領也深感痛心。盟軍統帥艾森豪說：「在歐洲的官兵，也就是說，在這兒的我們所有全體，失去了我們最好、最傑出的朋友之一。」

曾在1945和1959年兩度獲得普立茲獎的漫畫家Bill Mauldin則說：

「Ernie逝世與任何別的好人逝世，唯一的差別便是別人逝世，有他的一批朋友哀悼，而Ernie則是陸軍全體哀悼。」

77師在埋葬Ernie Pyle的地方，樹立了一座紀念碑，這個紀念碑如今還在伊江島，紀念碑造型簡單，上面寫著「在這裡，77師損失了一位好友：恩尼·派爾」；至於Ernie Pyle的遺體，則被遷葬到夏威夷。

Ernie Pyle在大戰期間的報導，在他死後被編輯成書。有關北非作戰的報導，被編輯成《這是你的戰爭》（Here is Your War），這本書早在民國39年就在台灣出版，由于熙儉翻譯，書名《大戰隨軍記》；有關西西里、義大利和法國作戰的報導，則被編輯成《勇士們》（Barve Men）一書。（取材自Xuite日誌）

註2：叱吒美國電視新聞主播台近二十年的哥倫比亞廣播公司（CBS）昔日當家主播克朗凱特（Walter Cronkite），2009年7月17日晚，因腦血管疾病在紐約曼哈頓寓所辭世，享壽92歲。

在1962到1981年間擔任CBS晚間新聞主播的克朗凱特，以平實客觀的播報風格贏得觀眾信賴，獲選為「美國最受信任的人」，在美國只有三家無線電視台的年代，可以想見他的影響力，政治人物莫不對他敬畏三分。

克朗凱特在改變美國民意對越戰看法上，扮演關鍵角色。他1968年親赴越南後，在報導中說：「我從未如此確定，越南的流血戰爭將在僵局中結束。」他建議和談。當時的總統詹森看完節目後對幕僚說：「完了，我若失去克朗凱特，就失去了美國中產階級。」詹森後來宣布不競選連任。

據說甘迺迪總統遇刺那天，每個美國人都記得他們在聽到消息時正在做什麼，而他們多半從克朗凱特口中聽到噩耗。

CBS在播肥皂劇時插播重大新聞，由克朗凱特宣布甘迺迪死訊。他短暫失去平素的鎮靜，當眾摘下黑框眼鏡停頓幾秒鐘。

認得從胡佛開始的每一位美國總統的克朗凱特，並不喜歡主播的虛名，一直以老派新聞人員自居，他在每天播報結束時說，今天的新聞「就是這麼回事」（And that’s the way it is...），這是他自創的結尾辭，一直延用到他退休。

克朗凱特出生於密蘇里州聖約瑟夫市，在家鄉時間不長。早年曾從

事公關，做過報紙和廣播記者，直到進入美聯社，才展現才華。

他跑新聞時代，是美國近代史上最為動盪不安的歲月，包括慘痛的越戰、甘迺迪總統遇刺、反戰運動洶湧、水門醜聞，擔任這個時期的記者或主播，必然要有敏銳的眼光透視當時的新聞事件，才能獲得信賴。

克朗凱特做記者時，永遠最先走到新聞現場。他有過跳降落傘採訪二次世界大戰戰地新聞的經驗，二戰結束後也主動請纓，採訪紐倫堡世紀大審。這些經歷使他對國際現勢和美國政情瞭若指掌，因此聲名大噪。1950年他加入哥倫比亞電視公司，不久後即有機會開闢專屬的晚間新聞時段，並以他為名，成為CBS晚間新聞金字招牌。

除了播報新聞沉穩優雅，深獲觀眾信賴外，克朗凱特也是一位有領導力、深諳新聞決策、幹勁十足、充滿熱情的主播。一位新聞史學家曾形容克朗凱特，「一般新聞永遠無法滿足他，隨著年齡增長，他愈來愈成熟，年輕一輩更難以企及。即使年華不再，他還像野火一樣燃燒。」不過克朗凱特雖然對新聞熱情洋溢，但是他的播報風格從不激情花俏。只有在1969年7月20日，他播到美國前總統甘迺迪遇刺時，突然摘下黑框眼鏡，無語凝噎，擦拭溼潤的眼角。那一剎那，逾百萬電視機前觀眾情緒凝結，和他同感悲慟。

美國商業電視新聞在收視率的無情競爭，曾導致克朗凱特在1964年因收視率不敵NBC掉到第二，被迫求去。結果CBS接到全美一萬多封觀眾來信，要求讓他回去，CBS又把他請回主播台。1966年他的收視率上升回到第一，直到退休前都沒有動搖。

克朗凱特退休後長住紐約，但仍一直為公共電視擔任貧童、老人和健康等紀錄片主持人。他對新聞教育關切也不遺餘力，美國亞利桑納州立大學新聞傳播學院以他命名，他退休前後每年皆定期從東岸飛到這所學府，和師生討論如何做出優質新聞；他也參加許多新聞記者組織，教導年輕一代記者製作好的新聞節目。

近年美國新聞品質日趨下降，新聞人員社會責任感薄弱，克朗凱特前幾年受訪時曾相當感慨，「那種眾聲喧嘩，可以讓多元意見交相辯論的時代已漸遠離。」他也認為當下媒體不再有憂患意識，尤其電視新聞對政治權力相當疏離，「忘了新聞事業是讓民主政治運作的根本。」

克朗凱特的去世，代表20世紀傳統新聞價值的典範人物真正走入歷史，但他見證的新聞事件，和他做主播時期為美國電視新聞奠定「快速、正確和不偏倚」的「黃金標準」，將永遠贏得尊重和懷念。（取材自蘇衡聯合新聞網）

註3：「報人信條」全文：（錢震譯）

我相信：新聞是一種專門職業。

我相信：一個大眾的報紙，是一個大眾的信託；所有與他有關的人們，在他們最大限度的責任上，都是大眾的信託人；他們如果沒有完全做到替大眾服務，那就辜負了此項信託。

我相信：清晰的思考，與清楚的表白、正確與公平，是良好的新聞事業的基礎。

我相信：報人只應寫作他所深信為真實的東西。

我相信：禁登新聞，如果不是為了社會公益，是沒有理由可加辯護的。

我相信：作為一個報人，凡是一位君子人所不願說的，就不應該把它寫出來；受賄於自己，也應像受賄於他人一樣應竭力避免。個人所應負的責任，不能藉口由於別人的命令，或為了別人的利益而可以逃避得掉。

我相信：廣告、新聞與社論，應當同樣都為讀者的最大利益服務；他們應該有一個真實與清潔的標準。良好新聞事業的最高測驗，應以他為公眾的服務量之。

我相信：最成功的——以及最能成功的——新聞事業，必敬畏上帝，與尊敬人類；堅持超然地位，不畏成見或權力之貪慾而有所動搖，積極容忍但不疏忽，自制、忍耐，永遠尊敬讀者但也不怕讀者，嫉惡如仇；不為權勢及暴民的叫囂所左右；設法給每一個人以機會，而且在法律與公允的工作報酬，以及對民胞物與的認識所許之下，給每一個人以平等的機會；深愛國家，同時竭誠促進國際友誼，增強四海一家的信念；是人類的新聞事業，是為今日世界所有、所享的新聞事業。

註4：馬星野所撰「中國新聞記者信條」

一、吾人深信：民族獨立，世界和平其利益高於一切。決不為個人利益、階級利益、派別利益、地域利益做宣傳，不作任何有妨建國工作之言論與記載。

二、吾人深信：民權政治，務求貫徹。決為增進民智，培養民德，領導民意，發揚民氣而努力。維護新聞自由，善盡新聞責任，於國策作透澈之宣揚，為政府盡積極之言責。

三、吾人深信：民生福利，急待促進。決深入民間，勤求民瘼，宣傳生產建設，發動社會服務。並使精神食糧，普及於農村、工廠、學校及邊疆一帶。

四、吾人深信：新聞記述，正確第一。凡一字不真，一語失實，不問有意之造謠誇大，或無意之失檢致誤，均無可恕。明晰之觀察，迅速之報導，通俗簡明之敘述，均缺一不可。

五、吾人深信：評論時事，公正第一。凡是是非非，善善惡惡，一本於善良純潔之動機、冷靜精密之思考、確鑿充分之證據而判定。忠恕寬厚，以與人為善：勇敢獨立，以堅守立場。

六、吾人深信：副刊文藝、圖畫照片，應發揮健全之教育作用。提高讀者之藝術興趣，排除一切誨淫誨盜、驚世駭俗之讀材與淫靡頹廢、冷酷殘暴之作品。

七、吾人深信：報紙對於廣告之真偽良莠，讀者是否受欺受害，應負全責。決不因金錢之收入，而出賣讀者之利益、社會之風化與報紙之信譽。

八、吾人深信：新聞事業為最神聖之事業，參加此業者，應有最高尚之品格。誓不受賄！誓不敲詐！誓不諂媚權勢！誓不落井下石！誓不挾私以報仇！誓不揭人陰私！凡良心未安，誓不下筆！

九、吾人深信：養成嚴謹而有紀律之生活習慣，將物質享受減至最低限度，除絕一切不良嗜好，剪斷一切私害之關係，乃做到貧賤不移、富貴不淫、威武不屈之先決條件。

十、吾人深信：新聞事業為領導公眾之事業，參加此事業者對於公眾問題，應有深刻之了解與廣博之知識。當隨時學習，不斷求知，以期日新又新，免為時代落伍。

十一、吾人深信：新聞事業為最艱苦之事業，參加此業者應有健全之身心。故吃苦耐勞之習慣，樂觀向上之態度，強烈勇敢之意志力，熱烈偉大之同情心，必須鍛鍊與養成。

十二、吾人深信：新聞事業為吾人終身之職業，誓以畢生精力與時間，牢守崗位。不見異思遷，不畏難而退，黽勉從事，必信必忠；以期改進中國之新聞事業，作福於國家與人類。

新聞自由與政府權力

第一節 新聞自由的精神

自有民主政治發展以來，新聞自由的爭取便常和政府權力產生對立。執政者口中常念尊重新聞自由，但實際上對新聞事業及新聞記者諸多不滿；新聞事業高舉新聞自由大纛，卻也不斷發生濫權之爭議。新聞自由與政府權力應如何尋求平衡的問題，半個多世紀以來不停地被拿來討論。

新聞自由的理論基礎，來自盧梭（Jean-Jacques Rousseau, 1712～1778）的天賦人權（natural rights）（註1）。天賦人權的倡導者們都認爲言論自由和新聞自由是自然權利中最重要的權利之一。

英國政論家、文學家約翰·彌爾頓（John Milton, 1608～1674）在1644年《論出版自由》中提出，眞理是通過各種意見、觀點之間自由辯論和競爭獲得的，而非權力賜予的。必須允許各種思想、言論、價值觀在社會上自由的流行，如同一個自由市場一樣，才能讓人們在比較和鑑別中認識眞理。此即著名的「意見與觀念的自由市場」（free market place of ideas）。

第四權理論

第四階級（the fourth estate）的觀念源自英國，又被稱作第四權。大眾廣泛認知的「第四權」是指在行政權、立法權、司法權之外的第四種制衡的力量。但事實上「第四權」的原文「the fourth estate」眞正的意涵是指封建時代社會三階級（貴族、僧侶、平民）以外的「第四階級」。

第四階級的觀點認爲，新聞界在憲法裡擔負著一個非官方但卻是中心的角色。它有助於公眾了解問題、發表公共見解，因此可以領導和成爲對政府的一種制衡。但是要達到這種功能，新聞界就必須獨立和免於受到審查。

媒體的第四權理論，是由美國聯邦最高法院大法官波特·斯圖爾特（Potter_Stewart, 1915～1985）於1974年11月2日在耶魯大學的一場演講中所提出。第四權理論作爲新聞自由的理論，使得新聞自由與言論自由有所區別。此區別在於強調，新聞媒體在現代民主社會中所扮演的角色，係作爲一種政府三權（行政權、立法權與司法權）以外的第四權力組織，用以監督政府、防止政府濫權，因此第四權理論又稱爲「監督功能理論」。

在民主先進國家，新聞自由不只是一個精神，甚至還有嚴格的立法規範。美國第三任總統傑佛遜說：「寧可有報紙而無政府」，這是一種精神。但是美國憲法第一修正案所揭示的「國會不得制定關於以下事項之法律……剝奪人民言論或出版之自由……」便是屬於立法規範。

全文如下：

美國憲法第一修正案（First Amendment to the United States Constitution，簡稱：第一修正案（Amendment I）：「禁止美國國會制訂任何法律以確立國教；妨礙宗教自由；剝奪言論自由；侵犯新聞自由與集會自由；干擾或禁止向政府請願的權利。」該修正案於1791年12月15日獲得通過，是美國權利法案中的一部分，使美國成爲首個在憲法中明文不設國教，並保障宗教自由和言論自由的國家。

1963年，美國聯邦最高法院，在審理「阿拉巴馬州蒙哥馬利市警察局長蘇利文，控告紐約時報所刊登的全版募款廣告涉嫌誹謗」一案，作出的判決結論文中所述「有關公共事物之辯論應該是百無禁忌、充滿活力、完全開放的……包括對公職人員的激烈、尖銳，甚至令人不悅的批評。」（馮建三，1999）這無疑是給第一修正案下了一個更強烈的註解，新聞自由的勢力更加強化。

布瑞南大法官更強調「新聞媒介如果不能對政府官員批評的話，勢將引起寒蟬效應」。該案提出，對媒介控以誹謗罪，必須要有「眞實之惡意」，以及要將誹謗事實之舉證責任，歸給告訴人和檢察官的觀念。在後來我國於民國89年7月7日所公布的第509號大法官解釋，也出現了同樣的意旨，可見法律是傾向於尊重新聞自由這一邊的。

第二節　新聞自由之內涵

西方民主政治與新聞傳播學者，在討論到新聞自由的內涵時，將之歸

列爲：

1. 新聞採訪的自由
2. 新聞傳遞的自由
3. 新聞收受的自由
4. 新聞出版的自由
5. 新聞評論的自由

這些新聞自由的理念，其實是隨著民主自由觀念的發展而逐步形成的。其中最早爭取的出版自由是新聞自由的第一步。

英王亨利八世在1538年建立皇家特許出版制度，規定所有出版物，均須經過事前特許；1557年瑪莉女皇成立「皇家特許出版公司」，規定「在王國內，除公司會員及女皇特許者外，印刷一律禁止」。

這種禁制令，一直持續到1640年英國發生清教徒革命，國王權力逐漸移轉到國會之後，1641年，皇家特許出版公司才正式撤銷。（李瞻，1966）

但是到1712年，英國國會通過一項印花稅法案，對所有報刊、廣告、紙張課徵印花稅，由於課稅範圍很廣，稅負很重，因此實施不到半年，報紙停刊一半。這種特有的管制出版的型式，被歷史家諷稱爲「知識稅」，一直到1861年所有印花稅才完全撤銷。英國爭取出版自由，足足奮鬥了三百多年。

第二個爭取的是言論自由，這也是一直到今天仍在爭議中的問題。在實施印花稅的同時，英國另在18世紀還同時實施「津貼制度」與「煽動誹謗罪」來箝制新聞言論。也就是對支持政府的報紙給予津貼，使其可以度過印花稅的困境；對於詆毀政府的言論，則以「煽動誹謗罪」論處。直到1792年英國國會通過「法克斯誹謗法案」（Foxs Libel Act），英國報紙才解除言論自由的威脅，並逐步向爭取全面新聞自由之路邁進。

對於其他新聞自由的要求，首先是在第一次世界大戰之後，各國政府以保障國家安全爲由，大幅擴張機密消息的尺度，壓制消息發布，於是新聞界提出「人民知的權利」（People’s right to Know）（註2）以爲對抗。

第二次世界大戰之後，前蘇聯所領導的共產世界集團，其人民完全失去了與世界其他地區的訊息流通，於是英、美新聞事業又提出「新聞採訪自由」、「新聞傳遞自由」與「新聞收受自由」，至此新聞自由的五大意涵終告完備。

大法官林子儀（專研新聞自由與言論自由）指出，倘若新聞自由的理論基礎爲第四權理論，其具體內容，即應是爲了達成《憲法》所賦予的監督功能需要而定。他認爲在此前提下，最低程度的新聞自由應該包括：（1）設立新聞媒體事業的權利；（2）蒐集資訊的權利；（3）不揭露資訊來源的權利；（4）編輯權利；（5）傳播散發資訊的權利。（林子儀，1992）

林子儀所述，除了第三項「不揭露資訊來源的權利」，目前仍存在著與司法權的衝突而未受各國認可外，其他都已包含在新聞自由的五大內涵中。

如今在自由民主國家，除了在言論自由方面因有濫用的顧慮，尙存在著「新聞自由與社會責任」的論述之外，其他採訪、傳遞、收受、發表（出版）、評論，幾乎已經沒有任何限制。在網路訊息蓬勃發展之後，共產國家如中國大陸、北韓等地區，其能控制的力量，事實上也在遞減中。

在1978年中國大陸改革開放之後，經濟發展一日千里，「新聞自由」在中國大陸也得到了一些有限的發展成果。如今無論是在報刊雜誌還是電視台上，新聞媒體對於黨政政府官員的過失行爲的批評並非一概沒有，也有一定數量的關於各級官員不當行爲的質問和披露，然而其內容仍是被嚴格審查的。而中國共產黨的黨報《人民日報》和中國中央電視台（CCTV）等官方媒體，也不再是改革開放之前一味的政治宣傳，而是有了較爲實用的新聞報導，官方媒體也出現了一些如《焦點訪談》較爲有名的輿論監督節目。

還有不可忽視的一點就是「網際網路」，網絡在當今中國社會上起著相當重要的作用，一些不爲人知的負面新聞如腐敗案件等，都是通過在境外網絡上的傳播而被小部分群眾所知的，之後才被大陸主流媒體報導。但近年來，中華人民共和國政府加強了網絡審查。（資料來源：維基百科）

第三節 新聞自由與政府權力

新聞媒體因為具有將訊息散播於眾的能力，因此自古以來都受到執政者的控制。如本章前節所提英國的「皇家特許出版制度」，就是這種目的。自從人類有文字記載的開始，當政者就一直想盡各種方法要阻止其散播，或至少在他的控制之下，而統治者永遠是居於上風。如果說有什麼可以告慰的話，那就是等待後人來幫他還原眞相，給他公道。

在中國歷史中，最早具有記載歷史「眞相」的文字，應該是《春秋》。有後代史家考證，說《春秋》乃孔子所作，但未能完全獲得證實。從《春秋》所留下來的記述，無法證實那是當時當朝就已經被傳布的內容，再加上它臧否當時時政的比率不是很大，所以未被當局禁止而流傳了下來。另一個可能是，當時尚無紙筆印刷等之發明，無法大量複製，所以未引起「當局」的關切。

但這種情勢，到秦始皇統一中國後出現了變化。最有名的「焚書坑儒」中的「焚書」，就已經是明顯的「出版控制」。到了漢朝，太史司馬遷雖然不是因為《史記》惹禍，而被漢武帝處以「腐刑」，但漢武帝還是把他用畢生精力寫成的《史記》給燒了。要不是司馬遷洞燭機先，預藏了副本，從戰國以訖漢初的史料，恐怕都要葬身火中了。

因此在講到新聞自由與政府權力對抗，在極權統治的時代，媒體是永遠的落敗者。民主政治體制興起後，經過不斷的奮鬥，終於有能力和統治者相抗衡。不過，即便是民主國家，政府也會制訂各種法律，來對媒體進行約束。例如在我國，雖然新聞自由的程度已臻全世界最高水準，媒體仍常因涉及誹謗或損害名譽而遭訴判罰。

簡單的說，政府控制新聞自由的工具，就是法律與行政命令。極權政府更以媒體作為宣傳的工具，人民除了沒有新聞收受的自由外，甚至沒有「不收受的自由」。而新聞媒體爭取新聞自由的手段，除了積極爭取法律鬆綁之外，更可以運用法律行政命令的執行障礙，來爭取暴露的機會。

最典型的就是網路的傳遞，因為它的無遠弗屆，即使政府祭出各種「防火牆」，「網軍」仍能利用各種手段「爬牆」，將牆外的訊息收到，或將牆內的訊息傳出去。目前中國大陸與北韓等國家，都對網路的難以管制相當傷腦筋。但相信不久的將來，整個國家的民主自由思維更普遍後，他們也不必爲此傷腦筋了。

媒體與政府對抗的另一個工具是「訴諸民意」，因爲民主自由的國家，民意是最大的後盾力量，政府當局不敢忽視。而媒體有比政府在民意面前，掌握更多的發言權，因此藉著民意的力量，常使政府無法招架。但是媒體動則操控民意，更形成「民粹」，誤導民眾對公共事務作錯誤之判斷，這也是新聞自由的一大傷害。

從前面兩節的論述，討論新聞自由與政府權力之間的衝突，可以得到以下幾點結論：

1. 除非不要民主政治，否則給予媒體充分的新聞自由是不容懷疑的。
2. 政府要接受媒體的監督，除非事關大眾利益，否則不應對媒體的經營過多介入。
3. 對媒介的脫序行爲，除非他違反《刑法》上的規範，應以自律取代管制。
4. 媒體應建立自己的評議機制，否則將失去民眾的信賴與尊敬。

第四節　媒體近用權與新聞自由

「媒體近用權」的觀念，緣起於1948年聯合國所宣布的「全球人權宣言」，其中提到「每個人都有不受干預的表達意見，以及透過媒體傳布資訊、思想的自由。」進言之，即「不分性別、種族、國籍、年齡，每個人都享有透過大眾媒體，發表意見的權利。」

「近用」（Access），指的是「接近、進入、使用」的意思。也就是所有報社、電台、電視台等媒體機構，應開放版面或時段，讓有需要發聲的社會大眾或個人（例如弱勢團體、公益團體、社區民眾），可以針對公共議題的主張，提出個人意見。或撰寫內容、製作節目，再讓媒體出版或播放，使得這些公眾的意見可以被聽見、看見、了解。

「媒體近用權」也是新聞自由的一環。所不同的是，一般所稱的新聞自由，包含「採訪的自由」、「傳遞的自由」、「出版的自由」幾乎是完全給媒介經營者享用的。意見自由與新聞收受的自由，才有機會給一般大眾。因此，所謂的「媒體近用權」，其實就是在爲大眾爭取能有機會享有使用大眾媒介，表達個人言論意見的權利。

根據傳統自由市場理論，民眾想要靠一支麥克風（肥皂箱），把個人的意見，廣大傳播出去是很困難的。他必須靠大眾傳播媒介，但大眾媒介的使用權，都掌握在政治權力者，或所有權者（財團）手中。

美國學者Barron認爲這種權利是一種與過往不同、積極的言論自由權。基於「意見自由市場」理念，透過媒介提供自由的接近使用，即爲《憲法》保障言論自由的源頭。

我國《憲法》學者大法官林子儀認爲，「媒體接近使用權」是一種法律上可強制執行的權利，一般社會大眾可根據此權利，無條件或一定條件內要求媒介提供版面或時間允許私人免費或付費使用，但因媒體亦有其新聞自由當尊重與保障，媒介近用權應是一種有限度與合理之權利。

政大教授蘇蘅，提出五種常見的近用權類型，而這五種類型又有一些子類型，分別爲：

1. 媒介所有權近用
2. 製作人近用
   （1）政黨或候選人近用
   （2）有條件近用（特定人近用、公平原則、編輯回覆原則）
   （3）必須承載頻道（完全承載）
   （4）法定政府和教育頻道
   （5）黃金時段近用
   （6）特定少數族群近用
3. 共同承載和付費使用
4. 公共近用模式
5. 近用與普及服務

而不同的媒介也有許多不同的近用方式：

1. 報紙

（1）答覆權

（2）讀者投書

（3）付費刊登評論廣告

2. 無線廣播電視

（1）機會均等原則

（2）公平原則

（3）合理使用頻道原則

3. 有線電視

（1）公共近用頻道

（2）付費使用頻道

媒體近用權的實踐，雖然是很多學者提到的法理基礎，但眞正要落實，恐怕還不容易。目前大眾媒體雖然也都有某種程度的開放「近用」，例如讀者投書或學者專論，在廣播電視上也開放Call In。但報紙刊出的文章，仍有「編輯室控制」，電視現場節目雖然無法攔阻，但仍可技巧性地過濾。因此，我們暫時仍認爲，「媒介近用權」是個理想。

第五節　新聞來源保密的理與法

記者採訪新聞，常常必須建立很多新聞線索來源，就像警方在偵辦刑事案件的所謂「線民」一樣，他的身分是不能被暴露的。不同的是，警方的線民有法律保護他不被曝光，但新聞記者的新聞來源，卻沒有任何保護。

一、《聯合報》記者高年億案的經過

2005年1月25日，《聯合報》獨家報導，調查局經濟犯罪防制中心認爲，股票上市公司「勁永」，涉嫌以美化帳面的手法欺騙投資人，使股價異常偏高。證交所接獲密報，移請高檢署指揮調查局偵辦。在證交所接獲

調查報告前一天，有特定人士向記者透露偵辦結果，造成勁永股價一路下殺，從26元連殺15天跌停板到8.17元。

檢調查出金管局長李進誠，與股市禿鷹林明達之間的關係，將兩人收押，並懷疑《聯合報》記者高年億的消息，是由李進誠所透露的，於是傳訊高年億出庭作證並追查消息來源，以作爲現押嫌犯的犯行佐證。

但高年億以記者爲消息來源保密，是最高的職業操守而拒絕透露，遭法官當庭裁罰3萬元。並連續三次傳訊，高年億到庭均不肯透露，而各再裁處3萬元，共罰9萬元。第四次傳訊時終於不續罰。

事後《聯合報》（高年億）不服，向台灣高等法院提起抗告，高院於5月26日撤銷地院的三次裁定，發回台北地院重新裁定。理由是：在同一審判程序中，法院不得重複處罰證人。但高院的裁定，並沒有就記者是否有權拒絕證言作實質認定。

二、新聞記者是否有權拒絕透露（拒證）新聞來源的權利

依照我國《刑事訴訟法》的規定，第182條：「證人爲醫師、藥師、助產士、宗教師、律師、辯護人、公證人、會計師或其業務上佐理人或曾任此等職務之人，就其因業務所知悉有關他人祕密之事項受訊問者，除經本人允許者外，得拒絕證言。」

另第193條：「證人無正當理由拒絕具結或證言者，得處以新台幣三萬元以下之罰鍰，於第一百八十三條第一項但書情形爲不實之具結者，亦同。」

我國法條規定，新聞記者不在第182條之列，故無拒證權。其他國家對於拒證權的規定也都不一。

德國《刑事訴訟法》第53條：「新聞媒體人員可拒絕證言」。

美國聯邦《證據法》未規定新聞人員享有拒絕證言權，但多數州立法規定新聞人員享有拒證權，惟其行使權限、方式，各州情況不一。

到底應該怎麼樣才算「合理」，學者、新聞界、法界的見解也明顯差異。支持者的觀點，認爲新聞記者揭發公務員或社會弊案爲一天職，此種

弊案之消息來源十分珍貴。如果記者不能拒絕透露消息來源，則在寒蟬效應下，此項消息來源管道將被迫封閉。

新聞人觀點——王健壯（新新聞社長）：

1. 美國二、三十個州有《盾牌法》（Shield Law），給予新聞記者即專業人員如醫師等，不透露職業上所持有機密之特權，沒有《盾牌法》的州遇到相關案件，通常也會給予尊重。
2. 法官處理高年億拒絕透露消息來源，只站在《刑事訴訟法》的高度，沒有站在《憲法》的高度，這是逼迫記者違背職業道德及工作倫理。以《刑訴法》193條處罰記者，顯然不承認記者有保護消息來源的天職及義務。

法律人觀點——尤英夫（律師）：

1. 美國聯邦最高法院在1972年的判決中，就指出新聞記者不能援用憲法第一修正案（保障新聞自由），而享有不透露消息來源的特權。
2. 法律的意義在保護社會大眾，記者在法庭上是否享有拒證權，須以證言牽涉的利益作衡量。如果法官認爲，透露消息來源所獲得的訴訟利益，要大於它所引起的損害時，其處罰決定應獲支持。

兩個美國的實例可供參考：

1. 《華盛頓郵報》的水門事件，隱密「深喉嚨」達三十年。
2. 《紐約時報》記者米勒小姐，報導美國在911事件後，政府如何應對蓋達組織的威脅、反恐等機密消息，司法部要求米勒交出消息來源被拒，米勒被處監禁。

本節內容值得討論的是：

1. 如果新聞記者不能爲消息來源保密，則在寒蟬效應下，以後誰還敢提供消息給記者，如此則賴以揭弊的管道將被堵塞。
2. 如果賦予記者比照律師、醫師等享有拒證權，則記者身分要如何認定。記者與律師、醫師不同，前者受僱於媒體，後者可以獨立行使職權。

第六節　我國新聞自由的現況

我國（中華民國台灣）新聞自由演變的概況可以分成三個階段：

一、是威權主義時代，也稱為報禁時代

所謂的報禁，是指限制新的報紙發行（只能維持在31家報紙）、限制報紙的張數（從一大張逐步放寬至三大張）、限制印刷的地點（只能在報社所在地印刷）。

在報禁時代甚至伴隨更可怕的白色恐怖，以限制言論自由。

二、是報禁解除以後，新聞自由蓬勃發展

民國77年政府宣布解除報禁，此時大量新報紙出籠（目前以商業登記的出版業已超過千家），在政治言論上也無所禁忌，反倒是有人擔心過度的新聞自由危害到社會安寧。

三、是出版法廢止後，出版品已無法可管

《出版法》在民國88年1月25日公告廢止，媒體開始游走於觸犯《刑法》誹謗罪與妨害風化罪邊緣。但沒有任何限制的出版自由已是民主國家的基本要求，台灣的新聞自由已完全達到國際民主水準，意義重大。

報禁主要目的還是在控制媒介，以免造成對政府的傷害。當時雖無明文規定不能創辦新報紙，但核准權在政府手裡。因此「新」報紙的發行，只能透過買執照的方式，再去申請變更名稱。

限制報紙張數大概有兩個因素，第一個是怕財團壟斷媒體而大到難以控制，如果不限制張數，財力薄弱的報紙將無法競爭。

第二個則是配合外匯管制。因當時整個國家外匯極度短缺，而新聞紙又完全必須仰賴進口，消耗寶貴外匯，因此限制報紙張數，有經濟面的考量。

現在台灣外匯充沛，報紙進入自由競爭市場，不再受政府控制，因此

限張的理由已經不存在。報禁開放初期，有些報紙先從三大張增加到六大張。現在則是動輒一、二十張，直逼歐美國家水準。

限制在報社所在地印刷，是爲了保障弱勢報紙的生存。也可以說是避免報紙力量過於龐大，造成壟斷不可控制的一種手段。報禁解除前，北部媒體爲搶南部市場，除了透過火車、飛機載運外，更自己進口大卡車，凌晨走高速公路，一路直接衝抵高雄，趕在上午六點多上市。

在電子媒體的部分，台灣因爲幅地狹小，無線頻道不足，因此早期只有三家無線電視台（台視、中視、華視），後來又開放了民視，並成立了公共電視台，所以台灣總共只有五家無線電視台。

在三台時代，也是威權政治時代，電視台不管是言論或節目內容，都是被高度控制的。即便後來有線電視台興起，政府仍然握有相當程度的控制權。現在數位網路媒介氾濫，加上自由觀念的普及，政府的控制能力已愈來愈流失。

在政府體制上，原先管控的機構「行政院新聞局」已遭裁撤。取而代之的是「國家通訊傳播委員會」（National Communications Commission, NCC），它擁有審核分配有限電視頻道的權利，並可管控執照的發行，以及對違反善良風俗，或節目廣告化的內容有處分權。至於節目內容涉及對政府或公務員的批評，則全部以其他法律的司法程序處理。

從以上的論述，以及國際新聞自由平等機構的評價，台灣的新聞自由程度，在國際上已屬最頂級的水準。

第七節　新聞自由的濫用

新聞自由固然被民主政治體制列爲重要標竿，但也有愈來愈多的論述，認爲過度氾濫的新聞自由，已對理想的民主自由體制，帶來了傷害。其中最令人詬病的是：

一、網路新聞的不正確性

網路新聞因爲未經專業新聞工作者把關，幾乎人人可以用任何的方式傳布，而且愈是聳動的內容，點閱率或流量愈高。雖然說現在已有回追IP位址的能力找出發布源頭，但其轉傳能力與數量都相當驚人。除非有涉及法律訴訟，一般散布不實訊息者很難受到懲罰。因此網路新聞應可算是新聞自由傘下的第一禍害。

二、媒體的政治立場過度偏頗

媒體有政治立場，即使在民主最先進的國家也普遍皆是。但那些國家人民的民主法治的素養，經過數百年之淬鍊，大都很高，人民自有相當的判斷力。但台灣民主民智尚未達水準，很容易受到不實消息的矇蔽，而無法做正確的判斷。

媒體的政治立場，包括有：

1. 選擇性的暴露：即對自己有利的新聞暴露得多，而對自己不利的新聞暴露得少。
2. 選擇性的解釋：針對自己有利的部分去加強解釋，甚至不惜引用過時或錯誤的數據，去爲自己的立場「佐證」，這其實是一種欺騙的行爲。
3. 一面倒的評論：完全忽略了媒體應有的正確公正的神聖天職。

三、媒體數量未做節制

由於過度迷信自由，也有可能是官商勾結，在有線電視及網路數位電視興起後，政府對之幾乎已達完全不設防的機制。以有線電視爲例，台灣大約500多萬電視用戶，有線數位頻道竟多達300台。於是大家力拼收視率，以搶食廣告大餅。而台灣一年的廣告總量，大約一千億台幣，競搶的結果一定會造成劣幣逐良幣。所以有意義、有價值的新聞和節目愈來愈少，低俗的內容愈來愈多。

四、老闆的新聞自由

前面提到，新聞從業人員受僱於新聞媒體，並無獨立行使新聞工作的權力，他必須永遠受命於雇主。因此眞正享受新聞自由者，是媒體老闆而不是記者。而媒體老闆又大多是財團背景，因此媒體也成了老闆的牟利或介入政治的工具。

新聞自由的濫用，造成了民主社會的亂象，因此有人懷念，是否應該回到威權時代？答案當然是否定的。但是如何做合理而有秩序的管理，國家通訊傳播委員會（NCC）既然是個獨立機關，就應該發揮其應有的角色功能，而不要淪爲政治的工具。

五、假新聞的問題

新聞自由的濫用，最嚴重的是假新聞的氾濫。當然，即使在新聞自由高度發展的國家，如果因爲假新聞造成個人或組織的損害，都訂有處罰或賠償的機制，甚至還有刑責。但假新聞仍然到處橫行，其中以大選以及重大事件發生時，更爲嚴重。

台灣在2020年總統大選時，幾乎每天都有假新聞。雖然也有不少假新聞被告訴並課以刑責，但因罰責太輕，與受害人所受損害程度不成比例，因此利用假新聞來意圖影響選情的案件，仍然層出不窮。特別是透過網路散布的假新聞，尤其嚴重。

重大事件的假新聞，以2020年的新冠狀病毒（剛開始稱武漢肺炎）所造成的全球擴散疫情最爲嚴重。雖然政府祭出《傳染病防治法》，嚴禁不實散播，主流媒體大都能遵守法令規範，但網路上仍有很多假消息傳播。其中一個13歲女學生在網路散播台灣已有一百多人死亡的假消息，其動機居然只是爲衝網路點閱率，無知的程度讓人驚訝。

政大新聞系教授蘇蘅就說：「爲什麼疫情假新聞傳播又快又廣？除了民眾對新冠疫情疑懼不安外，禍首之一是媒體。尤其有些電子媒體和社群媒體，爲搶收視率或點閱率，會放自己都半信半疑、甚至不相信的消息，成了假新聞的最好媒介。」（註3）

第八節　兩岸媒體交流

行政院陸委會在2005年4月初宣布「暫時中止大陸兩家新聞媒體——新華社與人民日報記者的在台駐點採訪」，很多學者批評「違背新聞自由」。泛藍的政治人物則批評「開兩岸關係倒車」，大陸方面則「表示遺憾」。這個事件正好凸顯了在高度新聞自由的國家，仍會出現與政府權力相抗的問題。

有關大陸記者來台駐點採訪，首見我國內政部在1998年6月29日所公布的《大陸地區專業人士來台從事專業活動許可辦法》，其中第12條第2款「大陸地區文教人士來台講學及大眾傳播人士來台參觀訪問、採訪拍片或製作節目，其停留期間不得逾六個月……。」開始揭示了大陸記者可以來台「停留」的規定。

停留幹什麼？最主要的當然是採訪新聞了。2000年11月9日，行政院新聞局更進一步公布《大陸地區新聞人員進入台灣地區採訪注意事項》，同意大陸四家媒體可以申請在台駐點採訪，後來增到五家。對於「新聞採訪自由」的要件，我們終於踏出了重要的一步。

2011年2月8日，新華社的兩名記者范麗青及陳斌華，首先依據這項規定來台駐點，當年她們還成為台灣媒體熱門採訪的對象。2005年這一次新華社與《人民日報》被中止後，仍有三家大陸媒體記者駐台。

過去十多年來，雙方對於駐點採訪的問題各有抱怨，大陸媒體的說法是「台灣當局把大陸記者當間諜看，走到哪裡都會被監視」；台灣方面的說法是「大陸媒體在台採訪後，常做不實報導，污衊醜化以製造大陸人民對台灣的不良印象。」

2005年4月11日，行政院新聞局長姚文智呼應陸委會的決定，在記者會上舉大陸的《人民日報》新聞網3月26日報導326遊行為例指出，該新聞寫著「一位中年民眾告訴記者，在街上千萬別把手放在衣兜裡，以免出現軍警誤判。據說，保安單位已下了格殺令，一旦有狀況，狙擊手可以不待命令，立刻開槍制伏。據報導，遊行街道周邊的制高點都安排了陸戰隊與憲兵夜鷹特勤隊的狙擊手，空中則有空勤直升機。」姚文智說，這種報導危言聳聽，散布謠言，以不具名的方式抹黑台灣人民的自主性活動，詆毀台灣形象，對兩岸溝通毫無助益。「試問如此離譜的報導，我們作爲受訪的國家都不能有所回應嗎？」

批評大陸媒體所做的「導引式的報導」，應該不算冤屈。因爲在民國60年代，我們的媒體對大陸的報導也是如此，並隨時有來自政府或執政黨的「關切」。至於說大陸記者在台被當間諜看，由於沒有事證，筆者不敢妄加評論。但要強調的是，雙方的作法如果均如對方的指控，那都是對新聞自由的踐踏。

前面提到，新聞自由源自英國在18世紀時，出版界爲對抗政府的「皇家特許出版制度」，不斷努力奮鬥爭取而來，其內涵包括「新聞採訪的自由」、「新聞傳遞的自由」、「新聞收受的自由」、「新聞發表的自由」，以及「言論自由」。因此若以此觀點，我方宣布取消大陸媒體駐點採訪的動作，即限制了新聞採訪自由，在尊重新聞自由的國家，是不會被肯定的。我們不能因爲大陸是一個沒有新聞自由的國家，就用以牙還牙的方式對待。

在民主自由的國家，媒體做不實報導始終非常嚴重。如果專以政治議題爲理由，在尊重「新聞自律」前提下，仍難具有說服力。陸委會官員說「我們應有不被採訪的自由」，這也和「人民擁有知的權利」觀念相違背。並且「不被採訪的自由」，大多是針對個人「隱私權」的保護而言，鮮少出現在政府或政治議題上。正確的作法是，對於不實的報導，儘量透過各種管道讓全世界知道就可以了。

當然話說回來，兩岸目前情況特殊，在「國家利益」與「新聞自由」之間如何取捨，或創造平衡，是一個頗值得深入探討的問題。

註釋

註1：天賦人權說，乃近代歐美民主主義的理論基礎。早在17世紀的時候，英國的著名自由主義思想家洛克（John Locke, 1632～1704）就開啟這個學說之端了。依他說來，人是一種理性的動物，所以人類在自然狀態中，就有所謂「自然法」，與每人都具有的「自然權利」（Natural Right），非他人所能加以侵犯和剝奪。為要保障此種自然權利起見，於是國家和政府，遂應運而產生。但是把天賦人權說發揮得較有系統而徹底的，不是17世紀英國的洛克，而是18世紀的法國民主主義大思想家盧梭（J. J. Rousseau, 1712～1778）。

註2：「人民知的權利」，並不是一項法律，它是由記者、編輯以及專業學者所共同定義出來的，他們認為人民有追尋大眾感興趣的事物以及重要資訊的權利；另一方面，為了保障人民知的權利能發揮其應有的功能，公共資訊一定要確保是可被記者取得、自由傳布。

註3：蘇蘅／病毒疫情與假新聞的共伴效應 2020-02-22《聯合報．名人堂》
新冠疫情狀況發燒，假新聞也滿天飛。每個人都自信不會被假新聞所騙，但是英國最新研究發現，約四成英國人相信至少一種「陰謀論」。美國或世界其他地區可能更多。
新冠病毒剛在武漢爆發，就爆出一個謠言，說這個病毒是中國政府製造的生化武器，想造成全世界疫情；謠言傳播的速度比病毒還快。
雖然《紐約時報》和科學雜誌Scientific American一再駁斥，澄清根據大學研究，這個傳言沒有證據，完全不實。但很多民眾深信不疑。
甚至最近，在川普御用、偏頗聞名的「福斯新聞」中，阿肯色州共和黨參議員科頓（Tom Cotton）公開大談，這個病毒來自武漢一個「戒備森嚴」的生化實驗室，是生化武器失控結果。這種說法一開始透過英國八卦小報《每日郵報》和《華盛頓時報》等國際媒體傳開，川普的選舉功臣班農更在「戰情室：流行病」節目邀請《華盛頓時報》這名記者大談生化武器論。
這次疫情從中國大陸中部爆發，蔓延到全球，造成二千多人死亡。世衛組織說，這個病毒是不分種族、國界。然而不少社媒群組、甚至幾個知識分子居多的網路群組，經常轉來吃洋蔥或大蒜罹患武漢肺炎機率低，喝印度奶茶有助解毒等令人啼笑皆非的假訊息。

為什麼疫情假新聞傳播又快又廣？除了民眾對新冠疫情疑懼不安外，禍首之一是媒體，尤其有些電子媒體和社群媒體為搶收視率或點閱率，會放自己都半信半疑、甚至不相信的消息，成了假新聞最好媒介。

另外，不論是政客、網紅，甚至連神棍都搶搭病毒順風車，講些五四三言論。對於假新聞製造者來說，簡直就是耶誕節提前到來。

Dcard最近公布網路五大假消息包括：病毒源於「蝙蝠湯」、故意製造出來的疫情、中國當局研發的「一種生化武器」、疫情涉及「間諜活動」、中國確診患者「超過九萬人」。也不乏想推倒習近平的謠言。

達特茅斯學院和西班牙一所大學最近發表研究，發現人們愈恐慌，愈會簡化解釋因果關係，甚至錯誤理解訊息。他們用民眾對茲卡病毒的解讀做調查，發現如果太過害怕，就連世衛理事長的話也飽受質疑。

中華民意研究協會最新民調顯示，四成五民眾認為新聞媒體很多疫情假新聞，六成五認為網路平台假消息多，可知民眾真的很擔心被疫情假訊息誤導，可是不去滑手機，卻也不放心，深怕漏了什麼自我保護的方法。

但如果民眾誤信社群平台不實傳言，不但誤導自我保護和健康照顧行為，反而承擔更大風險，更可能導致喪失生命。

另外不透明訊息、翻來覆去前後矛盾的官方說法，都是謠言的溫床。就像政府動用許多醫師，鋪天蓋地宣傳「健康的人不用戴口罩」，卻沒說為什麼？「為什麼面臨『無症狀傳染』的病毒，我可以不戴口罩？」光靠「我是醫師，聽我的就對了」的宣傳，很難消除民眾「是不是缺口罩」才這麼說的疑惑。

甚至這兩天美國把台灣列入明顯社區傳播，台灣官方卻說不是，哪個是假新聞？民眾究竟要信誰？都莫衷一是。

假消息就像病毒，碰上媒體，就像遇到最佳「宿主」。病毒疫情與假消息，本來就是相生相伴。假新聞也像一些病毒一樣會演化，有2.0、3.0版。就像我們永遠要跟病毒鬥爭一樣，也要永遠跟假新聞鬥爭。（作者為政治大學新聞系教授）

新聞報導模式

第一節　純淨新聞報導
第二節　精確新聞報導
第三節　調查性報導（Investigative Reporting）
第四節　報導文學化
第五節　當前新聞報導觀念之檢視

目前新聞工作者普遍使用的新聞報導模式，大約可以分成四種。就是一般新聞報導的「純淨新聞報導」、運用社會科學研究方法所完成的「精確新聞報導」、把純淨新聞報導深化的「調查性報導」，以及用文學寫作的技巧將「報導文學化」。這四種模式可以分別運用在不同的新聞事件中，使新聞報導更活化，更能吸引閱聽人的閱讀、視聽興趣。

第一節　純淨新聞報導

一、何謂純淨新聞報導？

（一）涵義

純淨新聞報導（Straight News）是指完全根據事實所作的報導，新聞記者不爲新聞加註任何觀點或意見，只是把一件事件發生的經過，忠實地報導出來。另一方面也可以根據中文字義，純淨新聞是指沒有被曲解的報導。

（二）要件

1. 純淨新聞報導追求事實（fact）與眞實（truth），強調客觀、正確、完整與即時（時間非常短促）等特色。
2. 純淨新聞報導力求簡單、清楚、易懂，因此必須使用簡易通俗的文字敘述故事內容，避免用詞艱澀。

（三）表現方式

以倒寶塔式（Inverted Pyramid）的寫作方式呈現。把新聞的最重要部分寫在最前面，並清楚交代5W1H，讓閱聽人以最快的方式得知全部新聞事件內容。（5W1H指何人「Who」、何時「When」、何地「Where」、發生何事「What」、爲何發生「Why」、結果如何「How」）。

> 藝人文英今天上午11點因肺癌病逝於台大醫院，享年73歲。在演藝圈多年，文英在電視、電影和主持界都有代表作，還曾多次入圍金馬獎。和文英有姐妹情誼的藝人白冰冰將出面協助辦理後事。
>
> 本名黃錦涼的資深藝人文英，今年二月檢查出罹患肺癌第三期，經過治療原本病情改善，但兩個星期前病情急轉直下，再度住進台大。由於動過腦部手術，這幾天文英都是昏昏醒醒的。
>
> 十七歲加入黑貓歌舞團，五十一年台視開播時，就進入台視演戲的文英，擔任過電視劇、電影演員及主持人，在演藝圈擁有好人緣。她病逝的消息令許多藝人非常惋惜，而白冰冰早年和文英在節目中認識，兩人以姊妹相稱，白冰冰也承諾哪天文英走了會幫忙辦理後事。（取自中廣新聞網劉映蘭報導）

這是一則典型的純淨新聞報導，只是把一件事件發生的經過，忠實地報導出來。客觀、正確、即時、簡單易懂，沒有艱深的字詞與敘述。把新聞最重要的部分，寫在最前面「藝人文英今天上午11點因肺癌病逝於台大醫院」。然後依序報導她發病與治療的經過，和她一生奮鬥的簡要過程和成就。對一個閱聽人來說，第一段導言的第一句，就已經交代了who、when、where、what、與why；導言的後半段，也交代了How。可以說已經獲得了「完整報導」的內容。（純淨新聞的報導與寫作，留待下章討論）

二、客觀（Objectivity）報導

由於純淨新聞報導中，有正確、客觀等要件，其中正確的要求應無疑義，但對於客觀，卻有不同的見解。因爲簡單的報導容易做到客觀，但對於需要加以解釋或深度報導的新聞，能否做到絕對客觀，值得商榷。

（一）客觀報導之意涵

曾任中華民國駐美大使的董顯光博士（曾任中央通訊社董事長），於1957年在接受母校美國密蘇里大學新聞學院授與當年傑出校友獎，在頒獎典禮上演說時指出：

> 所謂客觀報導，簡言之，即是公正的報導、超然的報導，或不具成見的報導。這是對於問題抱著一種虛懷若谷、自己事先不含有任何觀念的態度；同時內心具有一種要保持公正態度，不受外來影響的不變願望。

報人班內特（Jemes Gordon Bennett）1835年創辦《紐約前鋒報》之發刊辭：

> 我們不支持任何黨派，以免成爲一黨一派的御用出版物。我們不理會任何選舉，由總統乃至警察局主管、任何候選人，莫不皆然。我們對有關公眾事物，僅限於事實的紀錄。

《紐約時報》的信條：

> 「不懼不偏，無黨無派，不論地區或利害，公正無私報導新聞。」（To give the news impartially, without fear or favor. Regardless of any party. Sect or interest involved.）

從以上兩位新聞界前輩的說法及《紐約時報》自訂的信條，客觀報導是指：公正、超然、無黨、無私、不具成見與只記錄事實的報導。

（二）客觀報導的源起

美聯社（1848年成立）原爲紐約六家報紙爲聯合採訪新聞而成立的港口新聞社（Harbour News Association，1857年才改名Associated Press），因必須供應新聞給政治立場不同的報紙，故主張客觀、公正報導新聞。

不過也有學者質疑這種說法，他們認爲當初美聯社的作法，只是美聯社爲追求自己生存、爭取客戶的一種手段，美國報紙並不認同，也沒有理由要跟進以之爲模範。

十九世紀中至十九世紀末，報業經營者的觀念，認爲正確客觀的公共事務報導，才能吸引讀者。此種轉變，可能肇因於媒體對當時政黨報業，及包括黃色新聞等不負責任報導的一種自律行動，因此在1930年以前，客觀報導蔚爲風尙。

（三）客觀報導的挑戰

十九世紀末、二十世紀初，紐約《世界報》（The World）的普立茲（Joseph Pulitzer），與《紐約新聞報》（New York Journal）的赫斯特（William Randolph Hearst）之間的黃色新聞（Yellow News）競爭，根本就沒有所謂的客觀報導的理念。隨後雖然客觀報導受到重視，但黃色新聞的遺毒始終存在。聳動不具事實的報導，仍然吸引讀者的注意力。

解釋新聞（Interpretative Reporting）觀念的出現：1933年，羅斯福總統爲對抗經濟大恐慌而實施新政。記者不了解經濟大恐慌的原因與新政內容，總統派經濟學者協助，各報改採解釋性報導。既然要加「解釋」，恐怕就很難絕對客觀。

美國新聞自由委員會（Commission on Freedom of the Press）在1947年提出「自由而負責的報業」（A Free and Responsible Press）的「社會責任論」（Theory of Social Responsibility），主張：報紙應對每天發生事件的背景，做眞實、廣泛而生動的說明，使事件更富有意義。「生動的說明」，是否客觀，見仁見智。

「有聞必錄」產生負面評價，甚至成爲野心家與謊言者的傳聲筒。尤其是「麥卡錫事件」更爲諷刺。

1956年，美國威斯康辛州選出的國會參議員麥卡錫，指控陸軍部已經被共黨分子滲透。他在國會的發言，每一字均經媒體向大眾刊布。即所謂「盲目的客觀」。（註1）

提倡事實與意見融合的報導模式。亨利．魯斯（Henry Ruce, Time Newsweek創辦人）首創署名報導（By Line），要求新聞報導除報導事實外，應可融入意見，但必須署名以示負責。

1950年代電視出現後，報紙在新聞的即時性與視覺上，無法與電視競爭，只好加強解釋性報導與深度報導，來爭取讀者。

（四）正面與反面的論述

1. 支持客觀報導反對解釋報導者

（1）「客觀」一詞，意義很廣，包括：正確、事實眞相、不偏不倚、不涉自我、極端意見矛盾的平衡、眞理等。作爲一個記者，其立場的公正客觀，應屬他的天職。

（2）很少記者有能力對複雜的現象，做適當的分析和解釋。

2. 反對客觀報導者

（1）「新聞的客觀報導和寫作是不會有的，因爲眞理沒有絕對的，至少人類還不知道什麼是絕對的眞理。」（Curtis D. MacDougall, 1948, Interpretative Reporting）

（2）客觀報導方式，將新聞定義限制在新聞事件本身，對於新聞事件眞正涵義及可能造成的影響，則常被忽略。

台北商業大學校長張瑞雄，在一篇討論「客觀的報導還是眞相的報導」的文章中說道：「中立和客觀一直是人們要求新聞報導的基本，但若記者明明已經知道事實，卻還是對眞相遮遮掩掩，甚至找一些相反的意見來代表自己的客觀中立，就不算稱職。等而下之的不僅掩蓋眞相，甚至將新聞往錯誤或負面的方向帶領，就更不應該了。」

張瑞雄不是新聞學者，也不是新聞工作者。他的說法正也是代表一般大眾內心的見解，值得新聞工作者警惕。

（五）結論

1. 從人類本性角度觀之，絕對客觀是不可能存在的。Dr. Mott, Frank L.認爲：「就是傀儡也不能得到完全的客觀，因爲創造傀儡也需要一顆心在後面操縱著。」
2. 不含成見的客觀報導，是新聞報導工作者所應奉行的職業操守，儘管那是那麼不容易達成的目標。
3. 雖然要做到完全客觀是很困難，但追求眞理的目標是不變的。那怕眞理沒有絕對存在，但「虛懷若谷」（董顯光語）之心不能無。
4. 解釋新聞是必要的，儘管新聞記者以豐富的學養和經驗，仍然不能避免有失客觀，但只要能儘量做到公正不倚，不具成見，則其所作報導之於社會貢獻，其利必然可大於弊。
5. 保持相對客觀的方法

（1）註明新聞來源：顯示所報導之事實非憑空揑造，而是對消息來源負責。

（2）兼顧雙方意見：包括給予同等地位，指版面、位置、標題、篇幅、時段等，以顯示公平公正。

（3）報導中不夾帶意見：也就是在新聞報導中，不夾雜任何意見。讓報導只報導事實，意見則透過評論的方式表達。鄭貞銘教授說：「新聞與意見分開後，新聞尚客觀、意見尚權威，兩者各有分際，不可混淆。」

（4）利用公開並具公信力或說服力的數據。

（5）避免出現錯誤。

第二節　精確新聞報導

一、何謂精確新聞報導（Precision Journalism）？

（一）涵義

運用社會科學的研究方法，探究一個新聞事件的眞相，提高報導的眞確性，並使新聞呈現更鮮活的生命力。

故其涵義包括：

1. 探究新聞事件眞相
2. 提高報導的眞確度
3. 運用社會科學的研究方法

電腦處理資訊的能力大幅提升後，對於精確新聞報導的運作幫助很大。

（二）爲什麼需要有精確新聞報導？

王洪鈞教授認爲：「人類社會日趨複雜，傳統新聞報導在若干問題的報導方面遭遇瓶頸，乃引進社會科學之研究方法，不僅用以尋求事件或現象之深度意義，更用以測知觀念、態度，乃至行爲模式等隱性之事實。」（王洪鈞，2000）

政大教授羅文輝綜合McCombs與Hage等的說法：「以往新聞記者的主要職責，只是被動地報導與解釋『新聞事件』（News Event），很少主動挖掘新聞事件背後『隱藏的事實』（the Hiden Truth）；精確新聞報導的出現，使記者能採用系統性的科學方法，主動蒐集新聞資料，進而挖掘隱藏的事實，無形中改變了記者被動報導的工作習慣，也促使學者們重新思考新聞的定義。」

二、精確新聞報導的源起與發展

北卡羅萊納大學教授邁爾（Philip Meyer）1967年在擔任《底特律自由報》（Detroit Free Press）記者時，有一次採訪底特律黑人暴動新聞。請兩位社會學者合作，以隨機抽樣的方式，訪問了437名黑人，並將訪問所得到的資料輸入電腦，運用社會學統計的方法，分析黑人暴亂的原因，再依據分析結果，寫成系列新聞報導。

支持邁爾精確報導的主要依據，就是科學的民意調查方法。在更早的1932年，蓋洛普（George H. Gallup）首先運用科學的抽樣方法，成功地預測了選舉結果。1936年的總統大選（蘭登〔Alf Landon〕VS 羅斯福〔Franklin Roosevelt〕）更準確地預測到羅斯福當選，而使蓋洛普聲名大噪。

到了1968年，媒體已經開始自己做民調。以後每逢大選（1972、1976），民調預測選舉結果已經蔚然成風。邁爾的積極推動精確新聞報導的觀念，也使媒體更進一步體認其重要性。他後來轉任大學教授，並把他從事精確新聞報導的心得，寫成《精確新聞報導》（Precision Journalism）一書，成了這個領域中的最權威著作。

1970年以後，美國各大新聞傳播學院，開始重視研究方法課程，精確新聞報導在新聞教育體系中受到重視。更重要的，電腦的發展提高了資料處理的能力，使媒體更有信心投入精確新聞報導。

國內符合科學方法做民調的媒體始於民國72年，《聯合報》在民國72年成立的「海內外新聞供應中心」，77年成立「聯合報系民意調查中心」，是台灣第一個專責的媒體民意調查部門。《中國時報》在74年有臨時性的民調小組，後來正式編制在特案新聞中心底下。目前國內多家平面媒體和電視台，都有專責的民調部門，他們不只做選舉預測，很多公共議題也成爲調查報導的標的。

三、精確新聞報導的功能

精確新聞報導的標的，大都與公共事務有關。除了選舉民調之外，政府的施政成績、政治人物的聲望民意支持度，以及對各種公共事務的看法

等。因爲透過科學的民調，有合理的依據，因此愈來愈受民眾的信賴，執政者也愈來愈重視媒體的精確新聞報導。

精確新聞報導有以下幾個功能：

1. 反映民意

對一件公共事務議題，透過民調，用科學的方法反映最普遍的民意，其效力接近公民投票。

2. 監督政府

普遍的民意，加上媒體的傳播，形成一股監督政府的力量。

3. 避免錯誤訊息

新聞記者依賴新聞來源，有些消息來源便利用記者放話。記者如果沒有深入調查，就成了消息來源的傳聲筒。有了科學民調依據，即可避免受到控制或利用。

4. 扭轉錯誤印象

民眾常常憑主觀的印象，去評斷一件事情的是非，新聞報導如果也採此種態度，將會非常危險。尤其在台灣，意識型態對立十分嚴重，非藍即綠、非黑即白。新聞媒體應該用科學的依據，去報導眞正大多數人的認知，以免以訛傳訛。

不過近年來由於通訊科技的發達，以及民眾使用媒體習慣的改變，民調機構常用的電話調查方法，開始遭到挑戰。傳統電話民調習慣以住宅電話作爲樣本，但現在年輕族群普遍使用行動電話，因此住宅電話訪問的對象可能無法涵蓋年輕族群，恐怕會使調查失眞。

第三節　調查性報導（Investigative Reporting）

一、涵義

1. 刻意揭發某些人或團體，他們所處心積慮想去隱藏的祕密。所謂「刻意」即是指媒體有目的、主動去進行的工作。

2. 具有改革傾向，例如揭發政府、政客或商業上的腐化。
3. 是傳統新聞蒐集方法的一種強化，致力於蒐集更廣泛的資料，以驗證某些事是否前後一致。

二、調查性報導的沿革

1. 19世紀末的扒糞運動（muckraking），以揭露政府的腐敗，及企業專橫跋扈醜聞爲主要訴求，一時蔚爲風尚。當時由於大企業的興起，罔顧法紀跋扈專橫，使得民眾的利益受到極大傷害，於是由新聞界首先發難，各種揭露政府與大企業貪腐的報導大量出籠。
2. 1920年代仍延續扒糞運動的薪火，批評性的雜誌持續發展。
3. 1960年代末期，美國各大城市報紙開始建立調查報導小組。國內報紙則在編輯部設有專欄組，專事專題報導任務，其性質與調查性報導相近。

三、表現方式

1. 綜合報導
2. 分析性特寫
3. 訪問特寫（見聞特寫）
4. 議題特寫
5. 人物特寫
6. 人物專訪
7. 圖片配合

簡而言之，就是將所調查採訪到的資料，以多元的方式呈現。包括整個新聞故事的內容、新聞發展的來龍去脈、可能造成的影響，以及對相關人士的專訪或特寫等，做完全的呈現。

有些調查採訪，可能會在第一天暴露後，還會有後續的發展，都必須繼續做追蹤報導。

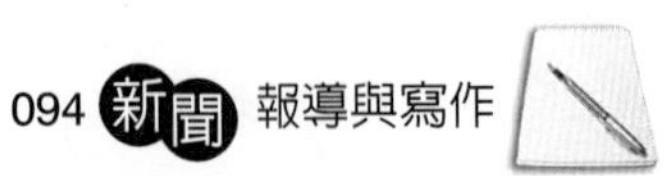

四、執行方法

1. 觀察、研判：從經驗上去觀察、研判新聞的特殊意義，以確定是否有追蹤報導的價值。

   例如：電影導演齊柏林拍攝紀錄片《看見台灣》。雖然名目上它是一部紀錄片電影，但他從構思到行動，必有很多觀察研判的過程。他以空拍的方式，把台灣的山川之美、人文之美作最美的呈現，但也把遭到破壞的山河，忠實記錄了下來，發人深省。

2. 資訊、資料研判：從現成的資訊資料中，找尋具有價值的線索。採訪者必須消化資料、訪問相關對象、調查求證相關事實，才能寫出有價值的內容。

   例如：記者可以從河川汙染的「現象」，去找尋相關的水文資料、河川沿岸的工廠排放水資料等，去研判可能的汙染源，再去訪問相關人士（包括居民或汙染防治專家），即可完成完整的報導。

在美國史上第一位因醜聞而下台的美國總統尼克森，就是由媒體所發動的調查性報導所導致，堪稱調查性報導的經典之作。（註2）

> 2013科技人亞馬遜的創辦人，危機入市買下了巨幅虧損的華盛頓郵報，竟然在短短不到三年的時間，數位讀者數就超越了紐約時報。貝佐斯以科技人的觀念，強調重視大數據分析，「不盲目追求即時新聞，而是又快又有深度。數據顯示，年輕讀者和數位讀者最愛看政治新聞和調查報導，『這正是華郵的強項』。」
>
> 華郵對川普新聞鍥而不捨追蹤，「通俄門事件」中川普和幕僚的談話、女婿庫許納可能涉入，以及最近司法部長受指示評估調查希拉蕊柯林頓的新聞，都由華郵率先報導。巴倫說，華郵今年一月更成立八人調查報導小組，專門伺候川普，「給讀者看最棒的調查報導」。（蘇蘅，2017/11/30，聯合報．名人堂）

第四節　報導文學化

一、涵義

記者在報導新聞時，將自己融入新聞中，或運用文學寫作的技巧，使新聞增加魅力和生命力。

二、表現方式

1. 對話式

以一問一答的方式，很清楚的將問題點出。讀者可以容易掌握報導的精要及閱讀的興趣。

2. 獨白式（敘述式）

記者以第一人稱的型態出現，彷彿將讀者帶入一個親眼目睹的實境中，使報導更具可讀性。

3. 小說式

將新聞故事小說化，讀者會忍不住要繼續閱讀，以知道最後結局。

4. 散文式

像文學創作一樣，用很美的詞彙或情境描述，像在欣賞一篇精彩的散文。這種表現方式，被稱爲人情味的新聞寫作（Humannistic Newswriting），它們常以特寫的型式出現，有時以第一人稱寫作。其共同的特點，就是運用很多感性化的辭或句子，以提高人情味的程度，讓人讀完（或看完、聽完）後會因感動而引起一種情緒上的反射。

Alex S. Edelstein & William Ames：「這是一種個人化的寫作方式，希望讀者藉由報導了解別人的生活經驗中，人們能夠更了解別人，他就不會感到孤獨，也更能面對各種事件的發生。」

稍作等待，導覽便開始了。鐵門緩緩拉開，志工阿姨帶領我以及三位從北京來的女生展開了這次路程。長長的步道在轉彎處變成了停機坪，高高的樟樹遮掩著昔日顯要觸碰過的石桌與石凳。

到達中興賓館之前便是如此移步易景的風光：密集包圍整個陽明書屋的大片竹林，以及其中一處毀於大風的小缺口，意外地收獲了一片好風景。在這位大人物離開四十餘年後，我們這些來自天南地北的小平民反倒在他的地盤，領略了一片他看不見的絕壁風光。這大概也是高處的淒涼吧。因爲很喜歡在森林公園散步，所以這裡蓋了一棟賓館居住下來的人，卻沒有辦法知道密密環繞的竹林之外的天地。（摘自王呈偉參訪「陽明書屋」報導之片段）

這是一種「獨白式」的報導寫作，透過對實境的描述，將讀者帶入場境中。

第五節　當前新聞報導觀念之檢視

一、當前新聞報導的偏差觀念

隨著媒介表現方式的改變（電視、網路、社群網站、手機傳訊），人們對媒體的要求出現了重大變化。過去重視媒介提供有用的消息與知識，現在卻要求要有及時的八卦題材。新聞記者已經逐漸喪失其應有的本分與責任，而產生報導觀念的偏差，這是新聞學者們所最憂心的。作者觀察當前媒介現象，歸納以下幾點重要缺失，希望能有助於對問題的了解。

1. 採訪權力至高無上，經常侵犯人權

媒體雖有轉報公共事務的權力，但非關公共利益之個人隱私，應受到保護。

但現在媒體對公眾人物的私人生活，常採取長期跟監的狗仔手法，嚴重侵犯個人隱私。從三十年前的賈桂琳．甘迺迪．歐納西斯，二十年前的

黛安娜王妃，到近幾年的陳水扁女兒陳幸妤、馬英九女兒馬維中，幾乎都完全籠罩在媒體的威脅中。

2. 讀者的need與want

need是指提供給讀者有意義的內容；want是指純爲滿足讀者好奇心。一個是主動經過篩選出來的；一個是被迫要去迎合的。

媒體應主動提供有意義的內容給閱聽人，並富有教育的功能。這是針對閱聽人的need。現在卻有很多媒體，專以八卦新聞迎合讀者的口味，而忽視了應有的職責。

3. 市場利益取向

爲了爭取市場，社會新聞與低俗新聞占去很多版面，尤以24小時不停播放的有線電視新聞爲最。有些新聞其實不具SNG（Satellite News Gathering）現場採訪的必要性，記者竟無力判斷新聞價值，而以SNG採訪，這不只是一種浪費，也排擠了閱聽人對其他更具意義新聞的選擇。

4. 英雄主義

各媒體使盡全力爭取獨家報導（Exclusive），雖然無可厚非。但過度競爭常錯誤百出，甚至對無辜者造成傷害就不可取。

5. 內容雷同度太高

報紙張數大量增加，電視新聞不停的播報，造成對稿量的需求大增，以致無法篩選有意義的新聞，不只同業間內容的雷同度太高，即同一個電視台不同時段，也一再播放雷同新聞。

6. 公共事務報導受政治立場影響太深

台灣大部分群眾，在政治立場上藍綠對立嚴重，已至是非不分、眞相不辨的地步，而媒體更是帶領此種對立的最大元凶。

二、分級與分眾的觀念

新聞寫作是否可以分級，以適應不同教育度的讀者，這和傳統新聞學所說，要用最簡單的寫作去適應不同教育程度的讀者，有相當程度的差

異。所幸現在媒體（報紙）版面很多，像《聯合報》每週附有「紐約時報專刊」，就是鎖定不同層級的讀者。

分眾時代，媒體必須爲不同的讀者、觀聽眾服務讓他們各取所需（媒體因而型塑出其風格）。而如何切割全國性角度與地方性角度，也是個重要議題。基本上，台灣的電視新聞應該都是全國性的，但目前各家電視新聞台的政策，完全不予區分。例如：屏東一則小車禍新聞（嚴格說起來不算新聞），也可以上晚間七點的全國新聞。

三、競爭性取捨

在競爭的環境下，媒體爲求生存，在新聞的取捨上，還有以下幾個現象，值得檢討：

1. 重視焦點新聞，次要新聞被犧牲了。（很多人情味新聞因此被忽略）
2. 動態新聞優於靜態新聞。（動態新聞比較缺少理性思考的空間）
3. 對複雜新聞的興趣高過單純新聞。（但民眾常對複雜新聞的解析分辨能力不足）
4. 扒糞思想超越了對人情味新聞的重視，與闡揚光明面的使命。
5. 追逐內幕報導蔚爲風尚。（《蘋果日報》的功與過，是揭弊或八卦？值得討論）
6. 服務性報導受重視：基於市場性考量，以及媒體篇幅大量擴增的需求，更多非強烈時間性的內容，愈來愈受到重視，包括生活、消費、旅遊、資訊、娛樂等。
7. 置入性行銷愈形大膽：媒體爲爭取廣告，廠商爲利用媒體，將廣告新聞化的手法愈來愈不知（不顧）掩飾，嚴重影響媒體格調。（註3）

註釋

註1：麥卡錫主義（McCarthyism）是在20世紀50年代初，由美國參議員約瑟夫．麥卡錫（Joseph Raymond McCarthy）煽起的美國全國性反共「十字軍運動」。

麥卡錫是共和黨人，原在威斯康辛州擔任律師，1942年任巡迴法庭法官，1946年當選為參議員，1952年連選連任。他任職期間，大肆渲染共產黨侵入政府和輿論界，促使成立「非美調查委員會」（House Committee on Un-American Activities），在文藝界和政府部門煽動人們互相揭發，許多著名人士如演員查理．卓別林和原子彈之父——羅伯特．奧本海默等都受到迫害，被指控為向蘇聯透露機密和為蘇聯充當間諜。

1950年2月，他公開指責有205名共產黨人混入美國國務院，但未能提供任何具體的姓名。6月，一個開列黑名單的團體發表了《赤色頻道：共產黨在廣播電視中的影響的報告》（Red Channels:The Report of Communist Influence in Radio And Television）。這本專著列出了150多位廣播、電視雇員的名單，建議不要相信他們是忠誠的美國人。聯邦調查局逼迫紐約市攝影聯盟解散。隨著開列黑名單成為尋常作法，出於恐懼和怯懦，做忠誠宣誓之風盛行一時，甚至影響到了大學校園。同時《時代》、《生活》、《芝加哥論壇報》以及赫斯特報系的一些報刊也大肆鼓譟「赤色」問題。

1953年德懷特．艾森豪威爾擔任總統，麥卡錫和共和黨領導人決裂。1953年6月19日科學家朱利葉斯與艾瑟爾．羅森堡夫婦為此被判上電椅死刑，造成了美國的白色恐怖。在廣播、電視、電影和廣告業內，很多人屈從壓力同意將某些作家、演員、製片人和導演列入黑名單（只因有人指稱他們跟共產主義有「某種關聯」）。根據20世紀末解密的文件，其時控制演員工會的雷根也起了推波助瀾的作用，並威脅迪士尼也揭發迫害部分演員。

1954年，他指控軍隊和政府官員從事顛覆活動，為此舉行了長達36天的聽證會，同時向全國進行電視直播。美國國內外的輿論開始指責他是「蠱惑民心的煽動家」，11月中期選舉共和黨失去參議院的多數，麥卡錫被免去非美調查委員會主席的職務。 8月的一項蓋洛普民意調查顯示，只有36%的民眾對他有「好感」。12月2日參議院以67票對22票通過決議，正式譴責麥卡錫「違反參議院傳統」的行為。因而結束了「麥卡錫主義」時代。

麥卡錫主義的影響

部分右翼人士認為：在美蘇軍事對抗下，麥卡錫主義阻止了反對民主自由的共產主義在美國的入侵，美國自由民主的基石能得以穩定。

但當今美國主流觀點則認為：麥卡錫主義不僅迫害和逼走優秀人士，同時更嚴重的影響了美國的民主自由形象，由於對媒體機構尤為嚴重，麥卡錫主義也長期被蘇聯等共產主義國家作為反擊美國對蘇宣傳的事實。其盛行之時期是美國歷史上最黑暗的時期，以致後來小布希總統頒布的《愛國法案》被一部分美國人認為是麥卡錫主義的復辟。

註2：水門案（Watergate scandal，又稱水門醜聞），是1970年代發生在美國的一起震驚世界的政治醜聞。

事件開始於1972年6月17日凌晨，當時美國民主黨全國總部所在地水門綜合大廈的保安人員偶然發現，從地下車庫通往大廈的門鎖兩次被膠布貼住，他便立刻報警。前來的兩名便衣特警出其不意地抓獲了5個潛入民主黨全國委員會總部安裝竊聽器和拍照文件的嫌犯。之後，聯邦調查局找到了這夥人的活動資金，這些錢中有不少連號的百元大鈔，由此追查發現，其來源竟然是總統競選連任委員會的政治捐款和經費。

1973年7月，案件的證據，包括前白宮幕僚在聯邦參議院水門委員會的證詞，都開始指向白宮幕僚。而受到調查的白宮幕僚為了脫身，主動交代出總統上任後曾在整個白宮安裝有由語音自動啟發的錄音系統，並錄下了白宮中幾乎所有的談話。而根據對這些錄音帶進行監聽後發現，尼克森總統在水門竊聽案發前後，都曾經明示或暗示過，應該掩蓋其上任後，無論是由其本人還是下屬，所有過的一些並不完全合法的行動。

經過一系列的司法訴訟，聯邦最高法院作出判決，要求總統必須交出錄音帶，尼克森總統最終服從了最高法院的判決。

面對國會眾議院幾乎可以肯定會通過的彈劾總統的動議，並且也很可能會被參議院定罪，1974年8月9日，尼克森發表電視講話，正式宣布辭去美國總統職務。福特繼任成為新的美國總統後，於9月8日宣布赦免他的一切刑事責任。當初爆出有人闖入水門大廈民主黨競選總部新聞後，由於後來發現與共和黨的連任競選委員會有密切關係，才開始被媒體大做文章，特別是《華盛頓郵報》、《時代》和《紐約時報》有關調查的報導。透過匿名人士協助，《華盛頓郵報》記者鮑勃·伍德沃德（Bob Woodward）和卡爾·伯恩斯坦（Carl Bernstein），暴露出許多驚人的訊息，他們將這名匿名人士的消息戲稱為「深喉」（Deep Throat）。33年後的2005年，該名人士的身分被證實為美國聯邦調查局前副局長馬克·費爾特（Felt）。他祕密會見了伍德沃德，告知很多驚人的內幕。兩人的最後一次會面，是在凌晨2點於維吉尼亞州羅斯林一處地下停車庫。費爾特警告伍德沃德自己可能被跟蹤，不要對電話交談放下戒心。費爾特還將情報洩漏給《時代》、《華盛頓每日新聞》和其他出版商。

在水門事件的大部分案情被揭露之後，鮑勃·伍德沃德和卡爾·伯恩斯坦於1974年和1976年先後出版了兩本關於水門事件內幕的書《總統班底》（All the President's Men，又譯《驚天大陰謀》）和《最後的日子》（The Final Days）。兩位記者在書中詳細記錄了採訪、報導以及挖掘整個事件的全部過程。1976年，根據《總統班底》一書改編拍攝的同名電影在第49屆奧斯卡頒獎典禮上，獲得包括最佳改編劇本獎、最佳藝術指導等在內的共計四項大獎。

大部分媒體早期未能掌握醜聞的全部涵義，報導都集中在1972年總統大選。被定罪的一位竊賊寫信給希來卡法官，稱高層試圖掩蓋真相後，情報被揭露，媒體開始轉移重點。《時代》雜誌形容尼克森每天「活在地獄裡，很少信任人」。

尼克森主動辭職下台後，國會中止了彈劾案的進程，但他仍然有可能受到來自聯邦或州的刑事起訴。繼任總統的福特於1974年9月8日宣布給予尼克森全面且無條件的豁免權，讓他不會再因為任何擔任總統期間，「犯下或可能犯下或是有部分責任」的罪行遭到起訴。

在對全國發表的電視講話中，福特表示他認為這樣的豁免是最符合國家利益的，他還說，尼克森一家的情況「是一個我們都有部分責任的美國悲劇，而且這樣的悲劇可以一直持續下去，或是誰主動來結束它。我覺得只有我有能力做到這一點，而且既然我可以，我就必須要做到。」

尼克森直到1994年去世時仍然表示自己是無辜的，在對豁免所作的正式聲明中，他認為自己「應該更加果斷和光明正大的處理水門案，特別是當其已經進入司法程序並逐漸從一個政治醜聞演變成一個國家悲劇的時候。」

一些評論人士認為，福特之所以在1976年美國總統選舉中落敗，就是因為他豁免了尼克森，還指控兩人達成了祕密交易，福特以承諾給予豁免來換取尼克森的辭職。（摘自維基百科）

註3：「置入性行銷」源自行銷學的「產品置入」（product placement）概念，又稱「品牌置入」（brand placement），係指以付費方式將品牌、產品、商標等以聲音、視覺等方式置於大眾媒體內容中（Karrh, 1998）。

Neer（2004）認為，產品置入是行銷手法的一種，目的在將產品、品牌名稱及識別、商標、服務內容策略性地置入廣播、電視節目、電玩等各種形式之娛樂商品。

簡言之，產品置入是將產品置入電視、電影及其他傳播媒體的內容情節，希望消費者在不知不覺中對產品產生印象。例如：在電視與電影中出現的跑車、手機、手錶、飲料等，藉由與戲劇情境結合自然呈現，讓觀眾不知不覺地接受這些產品並加深印象。因此，王毓莉（2005）指出，置入性行銷與其他行銷手法之主要差異，即在於係廠商付費及未明示廣告主或贊助單位。

「產品置入」的歷史源遠流長，早在1920年代美國企業界就已使用此類手法將產品、品牌置入好萊塢電影（Schudson, 1984; Segrave, 2004）。雖然在1930年代產品置入手法就已經出現在好萊塢電影，但到1980年代才真正受到行銷界重視（Galician, 2004）。

行銷界在1980 年代開始重視「產品置入」，主要因為這種手法對置入之產品有出乎意料的促銷效果。最著名例子是美國Hershey公司將其出產的麗絲巧克力（Reese's pieces）置入名導演史蒂芬·史匹柏（Steven Spielberg）拍攝的外星人電影《ET外星人》（E.T. Phone Home），銷量在電影推出三個月後爆增65%。另一個有名例子，則是演員湯姆·克魯斯（Tom Cruise）所配戴的雷朋（Ray-Ban）太陽眼鏡也在電影《保送入學》（Risky Business）推出後，銷售量增加三倍。

新聞寫作

新聞寫作的遣詞用字，或文體的體裁，可能會因政治、社會或文化的變遷而改變，但不變的是，它必須清楚易懂，而且不要太費邏輯思考。因爲閱聽人一向好逸惡勞，太麻煩或不容易懂，就不容易吸引他的目光。

一百多年前，梁啟超的文章被稱爲「新民叢報體」，抗戰時期張季鸞文章報國，篇篇擲地有聲。以今日環境觀之，那些文章可能都是必須具備有相當國學素養的人，才能完全消化。今天的新聞寫作，雖然不一定要做到連小學程度的人，都能順利閱讀，但儘量平易清楚，應該是不變的原則。

第一節　基礎寫作與新聞寫作

良好的新聞寫作，必須具備好的寫作基礎。如果沒有良好的寫作基礎，永遠不可能有好的新聞寫作。尤其是要寫出清楚易懂的文章，其困難程度，說不定要超越很多善於文史寫作的高手。因爲你寫的文章要顧慮到閱聽人的接受程度，需要有更好的技巧。

良好寫作是從事新聞報導工作的基本要件。報紙雜誌記者因有良好寫作能力而能做清楚的新聞報導，可以寫出精采的新聞特寫或專欄；電子媒體記者可以做清楚而完整的報導，包括現場清楚而流利的描述，或感人的旁白。此外，因爲有良好的寫作能力，記者採訪新聞時也可以有良好的問話技巧。

一、寫作能力的重要

良好的基礎寫作能力，除了是新聞寫作的必備要件之外，還有以下幾項重要性：

1. 可以提升表達能力：說一個人的表達能力好，是指包括「說、寫、演」的能力。寫文章讓人覺得好，必定是：

（1）因爲詞彙豐富：詞彙豐富才能在遣詞用字上多所變化，而且巧妙。所謂「詞窮」，就是指用詞平平，見不出功力。

（2）因爲文句流暢優美：流暢指的是詞意通順，優美是指文詞能表達出一番意境，美詞佳句令人讚賞。

「她已經走到了我的背後，已略顯蒼老的臉上明顯有著生活折磨的痕跡，聲調卻是只有母親才會有的溫煦和決斷」。

「他伴在我萬念俱灰的時辰，借著他的半星溫暖，我才涉過命運的深寒。」（蔣棠珍：卻道海棠依舊）

（3）因爲內容豐富感人：有豐富的內容，讓人讀了有所獲；有感人的情結，才能震動人心。

能夠有很好的使用詞彙能力，才能成爲一個出色的演講者。而一名優秀的表演者，很多時候必須有良好的詞語表達。

2. 可以讓人感覺到你的工作能力也會很強。例如寫一份企劃書，寫作能力好的人，會因爲表達得條理清楚就占優勢。
3. 能寫好文章的人大都善於言詞表達，因爲詞彙豐富，自然就能出口成章；而文詞流暢的人大都口語流暢，因爲思緒流暢，口語自然流暢。
4. 提升思想組織能力：寫好文章必須要有良好的文章結構組織，因此也可以應用在一般處理事情的思考上，顯得較爲細密；寫好文章也必須有豐富的思考，才能讓人感覺內容豐富；另外，寫好文章必須要能善用各種可用的材料，這些都是顯現一個人的組織能力的重要條件。所以能寫好文章的人，他的思想組織能力也一定會受到肯定。

二、寫好文章的難處

1. 缺乏好的內容：也就是作文材料缺乏，因爲沒有豐富可用的材料，自然寫不出有豐富內容的文章。材料來源包括：學識、思想、經驗、觀察、想像、靈感等。這就是我們一再強調加強閱讀的重要。不論是新聞報導評論專欄，或者是文學散文小說，閱讀愈多，累積可用的材料就愈豐富。

2. 作文技巧欠佳：指有豐富的材料卻無法做最好的表達。包括：不知如何開頭、結尾；如何布局、表現。這也可以靠多閱讀好文章，來得到模仿學習的機會。
3. 可用詞彙太少，修詞能力不佳，常常詞不達意，或用詞不當。由於詞彙不足或修詞素養欠佳，就寫不出感人的句子。

某一家財經台的記者，在報新聞的時候說：「台北股市現在上漲了二十一點的點數。」後面三個字「的點數」顯然畫蛇添足，但也因爲詞窮，找不出更好的詞來用。

所謂修詞能力欠佳，還包括寫作者能否寫出夠程度的詞彙。例如：小學畢業時，給同學紀念冊上題字，「百尺竿頭，更進一步」。這樣的詞句，如果用在大學畢業時寫給同學的勉詞，就會覺得有「程度」上的差異。

以下再舉一個關於北宋文豪歐陽修的故事，來說明寫作能力的差異。（既然是「故事」，表示眞實性有待考證，並且諸多版本說法不一。）

且說歐陽修某日在返家途中，遇到兩個與自己同路，且分別以「詩才」、「詩絕」自居的秀才。兩人的高談闊論，十分引人注目。行至某處，看到河岸邊有兩隻白鵝，正朝水中走去，一時詩興大發，於是吟道：「看見兩隻鵝，慢慢走下河。」吟畢自覺眞是天才之作而得意不已。

但忽然間，竟想到有「天才短命」之說，卻又不禁嗚咽哭了起來。一旁的歐陽修過去問明原委，就安慰兩人說，不用擔心，「我只須幫你們補上兩句，就不算是你們兩人的創作了。」歐陽修補的兩句是：「白毛浮綠水，紅掌撥清波。」兩人對歐陽修笑道：「呵，老兄，你還眞能胡謅兩句，不過比我們前面兩句，還是差一點！」「這樣好了，聽說歐陽修就住這附近，我倆想去找他讓他來評評我們的詩作水準，你要不要跟我們一道去啊？」歐陽修一聽，才知原來他們是來找他，便笑而不答。待三人踏上渡船，「詩才」、「詩絕」又吟起來了：「三人同一舟，去訪歐陽修。」歐陽修聽罷，實在受不了了，馬上接了下句：「修也不知雨，雨也不知修（羞）」。

其中歐陽修補的兩句，是引用唐初文豪駱賓王七歲時的詩作。他在描述白鵝時當著客人面前吟出「鵝！鵝！鵝！曲項向天歌，白毛浮綠水，紅掌撥清波」。

這就是所謂寫作程度的差異，有好的修詞能力，又能引喻申義，才能寫出好文章。而不學無術之人，相較之下高低立見。

三、一般文章寫作的結構

一般文章寫作，除文學詩歌創作，有獨特的結構外，論述性的文章（即俗稱論說文），大都不外「起、承、轉、合」四大原則。分述如下：

1. 起

也就是把要敘述的主題導引出來，又稱破題。

例如：行政院決定，動支820多億元發放消費券，不分老少一律發給新台幣3,600元，用以擴大內需，刺激景氣。

2. 承

把主題的內容擴散延伸，這時候要提出知識性的論述和見解。可以有好幾段或好幾個角度。

續前例：

（1）政府過去什麼時候有做過這樣的措施？效果如何？
（2）世界其他國家過去曾有哪國實施過類似措施？效果如何？
（3）目前有哪些國家宣布（或已經）實施這類措施？他們的內容如何？
（4）發消費券的用意是什麼？為什麼不設「排富條款」？
（5）為什麼不採用退稅或發放現金的方式比較簡便？

3. 轉

一個議題可能會有的負面說法，必須把它拿出來討論，用以佐助正面論述的力量。

(1) 發消費券一定會有刺激經濟的效果嗎？會衍生出什麼樣的負面效應？例如：民眾如果只用於民生必需品的消費，就沒有太大效果。

(2) 會債留子孫嗎？

(3) 如果沒有其他配套措施，恐怕效果有限。

4. 合

就是結論。

(1) 如果必須肯定正述，但對負面部分的說法也要提示其不可忽視的理由。

(2) 引用經濟學理論來支持自己的見解。

(3) 引述學者專家的論點來支持自己的見解。

(4) 提出呼籲與建議。

「起承轉合」式的一般寫作，在新聞寫作中的評論寫作、專欄寫作、或新聞特寫等，也都適用。但在以強調報導的報導新聞寫作，就不適用。

第二節　新聞寫作的基本要求

一、用詞

1. 用大多數人看得懂的字詞。例如：兩人發生「齟齬」，不如寫成「口角」或甚至說「吵嘴」還比較清楚。
2. 儘量減少抽象程度。例如：「他長得很高」（抽象），不如「他身高180公分（具體）。
3. 避免使用冗詞。台塑上漲了3元（的幅度）；到場加油的球迷有三千人（之多）。減少冗詞也可以使句子更加精簡。
4. 避免陳腔濫調。如：「一片汪洋」、「掌聲雷動」、「如火如荼」、「盛況空前」。

   有些語詞使用過度，會令人厭煩，就是所謂的陳腔濫調。這些語詞如果經常出現在新聞報導中，就證明使用者的詞彙不足。例如美食節目常出現「入口即化」。除了厭煩外，還因爲只是爲使用而使用，而出現自相矛盾的現象。某電視台記者就曾報導過「吃起來很有嚼勁，入口即化」。

5. 慎用流行用語。例如：「三不五時」、「喬事情」、「機車」、「撿屍」。有些是由台語演變過來，有些是年輕世代自創的用語。只要它具有相當的普遍性，新聞寫作都可使用，但要注意場合。

二、可讀性

可讀性（Readability）是指一篇文章（不論是否爲新聞寫作），引起讀者願意閱讀，並且讀後受到感動的程度。一段句子或一篇文章，出現愈多讓人感動的地方，必會讓你愈想讀下去，這就是可讀性。

1. 句子的長度

「正在中部教師研習中心參加新聞寫作實務課程講習的來自全國各地的一百二十名公務員和教師們」（四十二個字）。一口氣唸不完，不宜。可修改成以下加兩個逗點，就好多了。

「來自全國的一百二十名教師和公務員，正在參加一項新聞寫作實務講習，這項活動在中部教師訓練中心舉行。」

2. 字詞的難易程度

早在民國40、50年代，還在使用鉛字的時代，《聯合報》的自動鑄排機，就選用了常用字2,376字，就新聞寫作而言已經夠用。換句話說，在寫新聞的時候，儘量不要超過常用字的範圍，不只鑄排方便（註：現在用電腦key in已經沒有鑄排問題），讀者也不會讀到艱深難懂的字。

美國學者肯寧（Robert Gunning），把使用艱深的字詞，或語意不詳不易理解的字句，稱爲含霧指數（Fog Index），有一套公式可以計算。凡是一篇文章中出現的含霧指數愈高，它的可讀性就愈低。

3. 人情味表現

一篇文章能否吸引讀者閱讀，要看它是否有人情味的表現，包括：

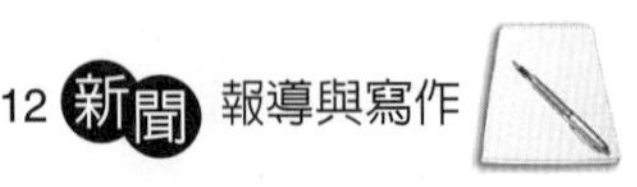

（1）有沒有視覺誘力。是不是讀者很想知道的事情？一開始的敘述就能吸引讀者的目光？

例如：「從松山到大阪的廉價航空機票，來回不到五千元。」這樣的新聞一播出來就很吸睛。

（2）字彙是否多變化。也就是不要用陳腔濫調的字詞。

例如：「張三對他的行爲非常懊悔，他因爲一時衝動殺死了同居人，在逃亡三天後被捕，非常懊悔。」

（3）是否有感人的描述。

「因爲劉炯朗的低調，洪曉慧事先只知道，有位更生會的宋博士來會客。待一進會客室，看到滿頭銀髮、一臉慈祥的劉校長，洪曉慧立刻激動得淚如雨下。沒想到劉校長沒有忘記她，更沒想到在新聞熱潮褪盡後，還有人關心她。」（彭芸芳／中國時報）

「美國詩人貝里曼（John Barryman）的父親死於舉槍自盡，在父親死後，他寫下了沉痛的詩句：

發發慈悲，我的父親，不要扣下扳機
否則，我要用一生來承受你的憤怒
及停止你所引發的一切」。（彭蕙仙／中國時報）

這些感人的描述，大大提升了文章的可讀性。

（4）是否有佳句。讓人讀了感覺美好的句子，稱爲美句或佳句。一篇文章出現愈多的佳句，愈有可讀性。

「台北市文化局長龍應台形容台北之家，像是一個在叢林裡沉睡的美人，在二十多年後的現在，再度睜開眼睛，用更美麗的姿態展現給世人。他的這一段滄桑史，也爲這一棟結合政治與藝術情節的建築，平添了許多動人的故事。」

4. 生動與流利

文章要能生動，必須多用動詞，少用形容詞。因爲形容詞具有相當主觀性，有時更是言過其實變成誇大，讀者未必感動。例如「這位享譽國際的」、「空前熱烈地展開」，都是有誇大之嫌。

與其用形容詞，不如用現場描述：

「下午一時三十分，劉敬德頭部露了出來，他轉了轉頭，還能用手把臉上的土石撥開，一下子見到睽違多時的陽光，他不適應而短暫昏厥—」

「高齡一百零五歲，兒孫繞膝的柯老太太，穿著一席紫紅色的新衣，坐在廳堂上，喜孜孜地接受了市長和親友們的道賀。老太太露出了三顆稀疏的牙齒，久久合閉不攏。」

流利是指一篇文章，或一段文字，讓人讀了一氣呵成，不要拐彎抹角，讓人不能立知其意。換句話說，就是要取其逕直。

例如：「我不相信沒有一個人不愛她的國家」，一個句子用了三個否定，不如用「每一個人都愛她的國家」。

冗辭過多也會影響到流利。通常在文字寫作上較不會出現，但在電視廣播現場播報時，有很多人會有慣性的口頭禪，例如「對於這件事情來講的話」，出現冗辭自然就影響流利。

以下這篇文章，可以更進一步體會到什麼叫做「可讀性」。

女兒，回家幫媽買袋麵包，好嗎？

——記得爸媽曾經爲我們所做的一切——

那天是週末，春日的黃昏有新搾橙汁的顏色與氣息。

老早說好了要和朋友們去逛夜市，母親卻在下班的時候打來了電話，聲音裡是小女孩一般的歡欣雀躍：「明天我們公司去踏青，妳下班時幫我到提拉米蘇麵包坊買一袋椰蓉麵包，我帶著中午吃。」

「踏青？」我大吃一驚，「啊，妳們還去踏青？」

想都不想，我一口回絕，「媽，我跟朋友約好了要出去，我沒時間。」

跟母親討價還價了半天，她一直說：「只是買一袋麵包，快得很，不會耽誤妳……」

最後她都有點生氣了，我才老大不情願地答應下來。

一心想著速戰速決，剛下班我就飛奔前往。

但是遠遠看到了那家麵包店，我的心便一沉，店裡竟是人山人海，排隊的長龍一直蜿蜒到了店外，我忍不住暗自叫苦。

隨著長龍緩慢地移動，我頻頻看錶，又不時踮起腳向前面張望，足足站了快二十分鐘，才進到店裡。

我站得頭重腳輕眼冒金星，想起朋友們肯定都在等我，更是急得直跺腳。

春天獨有的暖柔輕風繞滿我週身，而在新出爐麵包薰人欲醉的芳香裡，卻裹著我將一觸即發的火氣。

眞不知道母親是怎麼想的，週休日不在家休息，還要去春遊，身體吃得消嗎？

而且和公司同事出去玩，一群半老太太們在一起，有什麼好玩的？！

春遊，根本就是小孩子的事嘛！

媽都什麼年紀了，還去春遊踏青？

前面的人爲了排隊次序爆出了激烈的爭吵？便有人熱心地站出來，統計每個人買的數量和品種，給大家排順序。算下來我是第三爐的最後一個，多少有點盼頭，我鬆口氣，換隻腳接著站。

就在這時，背後有人輕輕叫一聲：「小姐。」

我轉過頭去，是個不認識的中年婦人，我沒好氣：「幹什麼？」

她的笑容幾乎是謙卑的：「小姐，我們打個商量好嗎？妳看，我只在妳後面一個人，就得再等一爐。我這是給兒子買，他明天遠足，我待會還得趕回去做飯，晚上還得送他去補習班。如果妳不急的話，我想，嗯……」

她的神情裡有說不出的請求，「請問妳是幫誰買？」

我很自然地回答她：「給我媽買，她明天也要踏青。」

眞不明白，當我回答時，整個店怎麼會在剎那間突然有了一種奇異的寂靜，所有的眼光同時投向我。

有人大聲地問我：「妳說妳買給誰？」

我還來不及回答，售貨小姐已經笑了：「哇，今天賣了好幾百袋，妳可是第一個買給媽媽的。」

我一驚，環顧四週才發現，排在隊伍裡的，幾乎都是女人，從白髮蒼蒼到綺年少婦，每個人的大包小包，都註解著她們主婦和母親的身分。

「那妳們呢？」

「當然是給我們小皇帝的。」不知是誰接了口，大家都笑了。

我身後那位婦女連聲說：「對不起！我沒想到，我眞沒想到。這家店人這麼多，妳都肯等，眞不簡單。我本來都不想，可是兒子一定要。一年只有一次的事，我也願意讓他吃好、玩好。我們小時候遠足，還不就是想著要吃零食？」

她臉上忽然浮現出神往的表情，使她整個人都溫柔起來，我問：「妳現在還記得小時候遠足的事啊？」

她笑了：「怎麼不記得？現在也想去啊，每年都想，哪怕只在草坪上坐一坐曬曬太陽也好，到底是春天！可是總沒時間。」

她輕輕嘆口氣，「大概，我也只有等到孩子長大到妳這種年紀的時候，才有機會吧！」

原來是這樣，踏青並不是母親一時心血來潮，而是內心深處一個已經埋藏了幾十年的心願。而我怎麼會一直不知道呢，我是母親的女兒啊？

她手裡的塑膠袋裡，全是飲料、雪餅、果凍等小孩子愛吃的東西。沈甸甸地，墜得身體微微傾斜，她也不肯放下來歇一歇，她向我解釋：「都是不能碰、不能壓的。」

她就這樣，背負著她那不能碰、不能壓的責任，吃力地、堅持地等待著。

她的笑容平靜裡有著喟嘆：「誰叫我是當媽的？熬吧，到孩子懂得給我買東西的時候就好了！」

她的眼睛深深地看著我，聲音裡充滿了肯定，「反正，那一天也不遠了。」

只因爲我的存在，便給了她這麼大的信心嗎？

我卻在瞬間想起我對母親的推三搪四，我的心，開始狠狠地疼痛。

這時，新的一爐麵包熱騰騰地端了出來，芳香像是原子彈一樣地炸開，我前面那位婦女轉過身來：「我們換一下位置，妳先買吧！」

我一楞，連忙謙讓：「不用了，妳等了那麼久。」

她已經走到了我的背後，已略顯蒼老的臉上明顯有著生活折磨的痕跡，聲調卻是只有母親才會有的溫煦和決斷：

「但是妳媽已經等了二十幾年了。」

她前面的一位老太太微笑著讓開了，更前面的一位回身看了她一眼，也默默地退開去。

我看見，她們就這樣，安靜地、從容地、一個接一個地，在我的面前，鋪開了一條小徑，一直通向櫃檯。我站在小徑的頂端，目瞪口呆，徘徊不敢向前。

「快點啊，」有人催我，「妳媽還在家裡等妳哪。」

我怔忡地對著她們每一個人看了過去，她們微笑地回看我，目光裡有歲月的重量，也有對未來的信心，更多的，是無限的溫柔。

剎那間！我明白地知道，在這一瞬間，她們看到的不是我，而是她們已經長大成人的兒女。

是不是所有母親都已經習慣了不提辛苦，也不說要求，唯一的、小小的夢想，只是盼望有一天，兒女們會在下班的路上爲自己提回一袋麵包吧。

通往櫃檯的路，一下子變得很長很長！我愼重地走在每一位母親的情懷裡，就好像走過了長長的一生！

從不諳人事的女孩走到了人生的盡頭，終於讀懂了母親的心。

（小註：本文是透過網路廣泛傳布的文章，作者不詳，引自http://ibook.idv.tw/enews/enews1261-1290/enews1286.html）

這篇文章顯現了前述的幾個特點：句子段落都很短，也見不到任何艱澀的字詞，更重要的是，它充滿感人的描述，生動流利。

一篇好文章，常常必須用一個生動的故事來襯托，再加上生動的佳句，才會使文章更具視覺誘惑力。一般文學寫作如此，新聞寫作也同樣重要。這篇文章，將故事鋪陳得像小說，逐一剝開精采的情節，而且處處出現感人的佳句，讓人讀了感動。

第三節　新聞寫作的結構

一、標題—導言—軀幹

一則呈現閱聽人面前的新聞，是由標題（Headline）、導言（Lead）、和軀幹（Body）三部分組成。標題是用來吸引讀者注意，或快速掃瞄，屬於編輯的範疇，不在本書討論之列。導言和軀幹，則是報導性新聞寫作的兩個主體。

二、新聞的六何（5W1H）

是指一則新聞發生後，讀者在第一時間所想要知道的內容。通常是以六個「何」來表示。分別爲：何人（Who）、在何時（When）、何地

（Where）、發生了何事（What），以及爲何（Why）會發生，和結果如何（How）。

> 「馬英九總統（Who）今天上午（When）搭乘華航班機（Where），啟程前往巴拉圭訪問（What）。馬總統此行目的爲參加巴國新任總統的就職大典（Why），他將先在美國洛杉磯過境停留一夜後，再搭包機飛往亞松森（How）。」

新聞的「六何」也是在提醒記者，報導一則新聞，必須注意其完整性。如果能隨時檢視，就不會遺漏掉重要的內容。

三、導言

顧名思義，「導言」就是指放在一整篇報導最前，引（誘）導讀者去續讀本文的一段文字。新聞導言通常被要求必須精簡，主要目的就是希望達成下列功能：

1. 讓讀者迅速知道新聞故事大要。
2. 吸引讀者產生閱讀整篇新聞的興趣。
3. 方便編輯（包括掌握新聞重點與製作標題等）。

> 【合眾國際社】「美國總統甘迺迪，今天在達拉斯遇刺身亡。」

十分精簡的導言，已經清楚交代了新聞中的五項要素。即Who（總統）、When（今天）、Where（達拉斯）、What（遇刺）、How（身亡）。

四、導言寫作的變化

導言寫作最主要功能在讓人迅速了解新聞之外，更富有吸引讀者繼續閱讀的任務。如果爲了清楚交代所有的新聞故事，而使導言過於冗長，則非本意。因此好的導言爲求精簡，常在第一段選擇某幾個最重要的元素先寫出，等第二段以後才再做補實。也就是說，導言其實也是可以不只一段，只要第一段很精簡，就是好導言。

「由於導言必須交代許多事實，不能侷限在一個段落之內，乃見導言可由兩個或三個段落所組成，以說明各項主要之事實。亦見有導言的一段僅爲一句話，接下去再用幾段文字，組成完整導言。然則開頭的一段或一句便是主導言，以後段或數段則爲輔助導言。」（王洪鈞，2000）

（一）選擇新聞重心

如果新聞事件中的5W1H全部放在導言中，會過於冗長的話，那就必須從六個要素中，看哪一項是這則新聞的最重要部分，以那一項來作爲寫作的主體。例如如果整個新聞以人的要素最重要的話，那就必須以人爲重心。

1. 以人（who）為重心

以同爲司法新聞爲例：

「陳水扁前總統昨天獲台北地方法院無保釋放。」（註：指當年地檢署檢察官向台北地院聲請羈押時，台北地院做出無保釋放的裁決。）

「十二年前因爭奪男友而殺人，並以王水毀屍的洪曉慧，在服刑將近十一年後，今天終於獲准交保，重獲自由。」

以上兩則新聞比較，陳水扁獲釋，他的「人」就是新聞重心；洪曉慧案，因很多人一時間並不知洪曉慧爲何人，倒是當年她以王水毀屍的事件讓人留下記憶，因此新聞把how放在最前面，作爲重心。

2. 以何事（what）為重心

「署立新營醫院北門分院今天凌晨發生大火，造成十二人死亡的慘劇。」

3. 以何故（why）為重心

「由於中央銀行今天上午公布一口氣將基準利率降低三碼0.75個百分

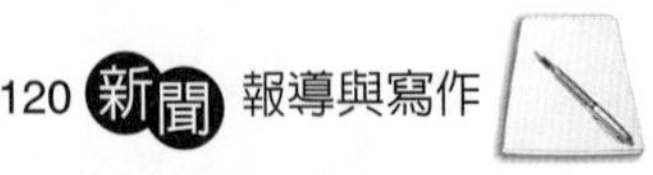

點，台北股市早上開盤立即應聲上揚150多點。」

4. 以何地（where）為重心

「位於台大醫院東大樓四樓的開刀房，今天晚間突然發生火災，一名正在接受食道癌開刀的患者○○○不幸死亡。」

此新聞另兩個重點「開刀房發生火災」（what），與「開刀病人死亡」（how）都很重要，但很多人第一時間會關心「台大醫院什麼地方發生火警」了。

5. 以何時（when）為重心

「今天是冬至，一大早南門市場賣湯圓的店家都忙得不可開交，生意似乎並未受到這波不景氣影響。」

6. 以如何（how）為重心

「行政院確定從明年1月18日起發放消費券，消費券的面額將分成500元六張與200元三張兩種。」

（二）導言的變化

導言的目的在吸引閱讀的興趣，因此不一定要一成不變，只是繞著5W1H，可以視情況以較輕鬆的方式來表現。其中除了新聞本身有值得變化的條件之外，也必須記者本身有很好的素養。

1. 對比式導言

以兩個極端的情況排列對比，更能加深印象。

「底特律的汽車公司執行長們，昨天竟都坐著私人噴射機，前往華府請求政府爲汽車業紓困，顯得格外諷刺。」

2. 問話式倒言

用一個未來可能出現的結果，以問話的口氣，激起讀者好奇心。

「拿到三千六百塊的消費券後，你最想花在哪方面呢？根據調查，有47%的人要花在吃上面。」

3. 懸疑式導言

違背倒金字塔式的寫法，把結果暫時放在後面，以達到懸疑的效果。

「警察今天說，一名偷去行李的賊，可能會受到極大的驚嚇。

警察說，一個小偷從此間京都火車站偷走一只箱子，那只箱子裡面裝了六十四條蛇，其中四十條毒蛇。箱子的主人是一名四十歲的職業捕蛇者。」

4. 警語式導言

用大家所熟知的警告語，以提醒讀者對某一事件的重視。

「『喝酒不開車！』儘管警方已密集加強路邊攔檢酒測，去年一年中，仍有五百多起因酒駕引起的車禍。」

5. 引語式導言

引用某一個重要人物的一句話作開頭，以凸顯那一句話的重要性。

「『馬上會更好』，國民黨總統候選人馬英九，昨天呼籲選民把票投給他，他保證將來在他執政下，台灣一定會更好。」

五、軀幹與倒金字塔式寫作

寫完導言之後，接下來就是整篇新聞報導的軀幹，也可以說是一篇報導的完整本文。和一般寫文章不同的是，它不需要「起承轉合」，但是在敘述一件完整的故事時，必須考慮到讀者的期望。也就是要讓讀者如何對你的報導產生吸引力，而願意繼續讀下去。

從新聞報導實務上區分，大概有三種方式（或稱文體），即：（1）倒金字塔式、（2）正金字塔式、（3）折衷式。

所謂「倒金字塔式」的寫作，是將新聞的最重要部分寫在最前面，然後依次將愈不重要的放在愈後面，有如一個倒立的金字塔。圖示如下：

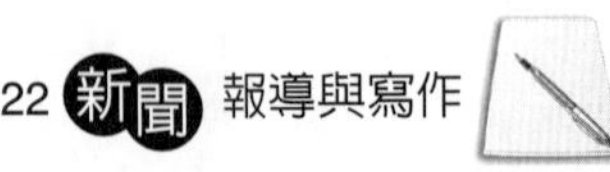

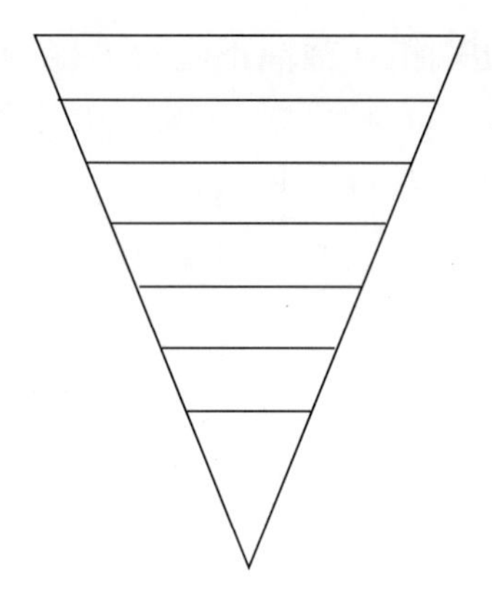

「倒金字塔式」的寫作，有幾個作用：

1. 方便讀者閱讀。
2. 方便編輯。

讀者在閱讀新聞時，可以在很短的時間知道新聞的重要內容，如果時間不夠，後面的部分來不及讀，也不會有太大影響。

對編輯來說，如果因爲稿擠，必須刪掉部分內容，那麼只須從後面刪，影響不是很大。

據說美國南北戰爭時期，記者隨軍採訪，發稿回報社時，按照過去習慣，以事件發生順序落筆。結果在傳電報時，常因電訊中斷，而收不到最後戰況結果，讓主編跳腳。於是告訴前線記者，將新聞倒過來寫。也就是先寫結果，再寫經過，愈不重要的寫在愈後面，這樣即使電訊中斷，也不會有太大影響。後來便因此逐漸發展成倒金字塔式的寫作。例如報導籃球比賽，先報導甲隊100比95勝乙隊，再報導比賽的過程。

「倒金字塔式」的寫作有幾個特色：

1. 分段特別多，一個細節就可以成一段，可以不必和其他段落產生關聯，因此即使被整段刪掉了，充其量只是少交代一個細節而已，對全篇結構文意影響不大。如果是傳統的「起承轉合」，少掉某一段可能就會不通了。
2. 新聞寫作的段落，也是一樣力求其短，有時甚至一句話就可以成一段。
3. 把愈重要的放在愈前面，依重要性順序一段一段鋪陳，而不是以時間先後爲順序。這就可方便編輯在篇幅不夠時，從後面刪稿。

「牙買加短跑名將波特，昨天以九秒六九，刷新自己保持的世界紀錄九秒七二，勇奪本屆奧運男子百米金牌。」

「牙買加短跑名將波特，是當今世界上跑得最快的男人。

他昨天以九秒六九，刷新自己保持的世界紀錄九秒七二，勇奪本屆奧運男子百米金牌。」

以上兩則導言寫作，各有擅長，但第二則在第一段倒言的用字更爲精簡，把重要的成績紀錄，放到緊接的第二段去補充。

軀幹連接：

「昨天深夜進行的這項男子百米決賽，千里達多巴哥的湯普森，以零點二秒之差屈居銀牌。銅牌是美國的迪克斯，成績九秒九一。

身高一百九十六公分的波特打破世界紀錄，並不令人意外。他在稍早的準決賽中，就已飆出了九秒八五，是奧運史上的第二快成績。

原先媒體看好的美國名將，世界田徑錦標賽冠軍的蓋依，在準決賽時就被淘汰，他在一個月前拉傷大腿。而前世界紀錄保持人美國包威爾，只拿了第五名。

這次八名晉級決賽者，美國兩名，其他六人全來自加勒比海小國，牙買加就有三名快腿。此外，這次前六名都跑進十秒內，是奧運有史以來的最高水準。

波特在比賽的前半段，落後給湯普森，但隨後身體狀況步入巔峰，輕鬆壓線奪冠。

其實兩百米才是波特的強項，他表示將全力尋求兩百米的冠軍。他在今年以前，在職業田徑賽跑百米只是玩票，今年「不小心」變成世界紀錄保持人。」

以上這則新聞，就符合了上述的「倒金字塔式」的特色。分段多、段落句子短、愈重要的放愈前面，並且可以從後面刪稿。

正金字塔式的寫作，是將新聞按故事發生的先後順序鋪陳，往往甚至於把最高潮的部分放在最後，像寫小說一樣，產生懸疑的效果。它的好處是可以運用較優美的章句，吸引讀者從頭讀到尾；缺點是讀者不能立即知道結果，對較忙碌或缺乏耐心的人較不具吸引力。

折衷式的寫作，可以稍微彌補正金字塔式的缺點。就是先將故事的結果告知，有如倒金字塔式的導言，然後再以正金字塔式的方式表現。

一般來說，正金字塔式與折衷式，在報導軟性新聞時使用的機率較高，例如遊記類的報導或趣味性新聞。在比較具影響性或重要性的新聞中，還是以倒金字塔式爲主。

讓子女從母姓 竟多曲折

讓婚生子女從父姓或從母姓，應該是夫妻雙方協議就可以了。但是如果父親是個外籍人士，問題就變得複雜許多。賴柏穎小朋友之能姓「賴」，就有一段曲折的過程。

台灣籍的賴小姐大學畢業後赴美留學，認識了同校的美籍青年相戀。英文名字Monica的賴小姐畢業後回台工作，男友Joseph Madson唯恐兩地分隔感情生變，於是與Monica一起來到台北。他想來這裡學習中文，也藉機接近Monica的父母，希望贏得好印象，不要排斥異國婚姻。Joseph除了勤習中文之外，也在各補習班及安親班教英文，很受歡迎。一年後賴家父母同意他們結婚，再一年後產下一子，即賴柏穎。

Monica與Joseph商議，小孩的英文姓氏Madson沒問題，但中文要姓什麼，男方沒意見。可是問題來了，Joseph入境台灣後，必須用中文名字到銀行開户，Monica根據音譯，幫他取名「梅家修」。於是户政事務所告訴他們，按照我國《民法》規定，婚生子女須從父姓，那就要姓「梅」。Monica聽了深覺不可思議，連雙方約定要從母姓都不行。因爲根據我國《民法》規定，除非Monica沒有兄弟才可以，但是她有一個哥哥。

户政人員告訴他們，除非能夠證實父方的國家，沒有規定必須從父姓的法律，那麼由該國出具證明文件，就可以從母姓。於是Joseph寫e-mail給他的本籍，美國華盛頓州政府請求協助。華盛頓州政府相關人員很快回信給他，「美國沒有任何法律規定子女須姓什麼人的姓，姓別人的姓都無所謂。」Monica把這封回信印下來，拿到户政事務所。但是户籍人員說，一封信怎能當證明，一定要有美國政府發出來的正式公文書，並經過認證的程序才有效。

於是Joseph再度mail給華盛頓州政府提出要求，幾天後由華盛頓州政府健康局長具名簽署的公文，寄到了住在華盛頓州Joseph的老家。Joseph的父親收到後，再把這封公文寄到我駐美西雅圖辦事處，繳了一百塊美金的認證規費。西雅圖辦事處經過查證確認該公文爲眞，才簽下認證章，寄回給Joseph的父親，再轉寄台北。

認證的程序還未完成，這封信經Monica翻譯成中文之後，送往一家有地方法院公證處委託的律師事務所，核對中英文內容無誤後，律師蓋章認證，才完成了所有程序，賴柏穎終於可以姓「賴」了。

兩年後我國《民法》修改，再也沒有這樣規定。定居美國的Monica與Joseph，他們第二胎女兒出生的時候，就直接在我駐西雅圖辦事處領到中華民國護照，她的中文名字當然姓「賴」，再也不必那麼麻煩了。

這是一則標準的正金字塔式或折衷式的寫作，因爲新聞一開始，只是點出了問題的所在，而隨後複雜曲折的過程，充滿了趣味性，所以必須從頭到尾一一道來。

第四節　專欄寫作與評論寫作

除了主要的新聞報導之外，新聞寫作其實還可以包括：新聞專訪寫作、新聞特寫，以及專欄寫作與評論寫作。新聞專訪與新聞特寫，本書將另以第七章及第八章專章討論。本節討論專欄寫作與評論寫作。

一、專欄寫作

（一）何謂專欄（column）？

1. 在形式上凡是排成固定的欄，並有一個欄的名稱，而由固定一個人署名發表的文字，即可稱爲專欄。（如下例：「小康生活」是個固定在《聯合報》繽紛版上的專欄，作者：賴德，每週固定日期見報一次。）
2. 不一定是由固定的人所寫，但有固定的「欄名」，固定的位置，不定期的發表，亦可稱爲專欄。（如下例：「我見我思」，有固定的欄名，但不一定每日或每週固定時間見報，作者也不固定某一人。）

（二）專欄的種類

1. 新聞評論性專欄

（1）評論專欄（如我見我思）、（2）新聞解析專欄、（3）內幕專欄。

2. 外稿（非社內人士所撰寫者）

（1）學者專欄、（2）學者專論、（3）星期專論、（4）雜談專欄（設計一個欄名，對外徵稿）。

3. 生活性專欄

（1）主婦專欄、（2）醫藥保健專欄、（3）小康生活專欄。

4. 休閒性專欄

（1）美食專欄、（2）旅遊專欄、（3）嗜好專欄如：「象棋春秋」、「橋牌天地」。

（三）專欄的性質

1. 評論性：大部分都是針對時事問題提出評論。
2. 分析性：針對新聞事件做簡要分析，據以導入觀點或評論。
3. 知識性：藉以提供新知，或傳達一個新的觀念。
4. 趣味性：讓讀者感到趣味，增添生活情趣。

（四）一篇好的專欄應具備的要件

1. 要言之有物，有深度，讓讀者有知識上的收穫。
2. 必須有獨到的見解（專精），而不是泛泛之論。
3. 要使人讀了能獲得情緒上的滿足，例如：講出他心中所想要講的話（他一直無力表達）。或者，以感人的文字，勾動讀者的內心情緒反應。
4. 滿足情境欣賞

（1）文字簡練、流暢、緊湊。

（2）幽默雋永，能引起共鳴。（雋永：有風趣而又耐人尋味的話）

（3）佳句，妙喻，好詞。

（五）專欄寫作的結構

1. 引言——揭示本文欲論述的重點或方向

（1）用一段論述導入

例：「幽默風趣，是促進良好人際關係的利器，在社交場合裡少不了它。在生活中，在家庭裡，它更是促進幸福和諧的良方。」

（2）用一個小故事導入

例：「鄰居潘先生最近笑逐顏開，追問之下，原來是媳婦有喜了，即將在今春生下一個千禧寶寶。這對已過了花甲之年的潘先生來說，當然是一個天大的喜訊。」

2. 論述

（1）接續引言直接論述（所有論述都繞著主題）

例：「其實綠營基本上並不算輸，還比原有的增加一席。」

（2）敘述一個故事（用以佐證主題），或舉一個實例。或連續舉幾個故事（實例）

例：雷根「你得留三分鐘讓我講個笑話」；林語堂「演講要像女人的裙子，愈短愈妙。」

（3）闡述一個觀念（從前面的故事引發出來的）

例：「與其說是擔心無後為大，倒不如說是為了接納一名家裡的新成員的喜悅。」

3. 結尾

（1）發出一個呼籲

例：「在決定離去之前，多看看生者，把愛她們的心情，化作一個真實的擁抱、化作一個溫柔的眼神相對；再看一眼，請務必再看一眼。」

（2）用一句雋永的話作結語

例：「家，永遠是一個需要豐富內涵的地方。」「如果你沒有天生幽默細胞的話，那就學學雷根吧！」

（六）專欄寫作者應具備的條件

1. 學識豐富，至少應是某個領域的專家。
2. 常識豐富，對很多問題都有一定的素養。
3. 資料豐富，包括各種典故、歷史、笑話、名人軼事等。
4. 文筆精練。
5. 富邏輯思考能力，能歸納演繹一番道理。

例：趣味性專欄　製造幽默氣氛

幽默風趣，是促進良好人際關係的利器，在社交場合少不了它。

在生活中，在家庭裡，它更是促進幸福和諧的良方。

幽默性格或許來自天生，但如果存心製造，也可以有很好的效果。前美國總統雷根常在電視機前表演他的幽默，一方面固然是因爲他天生具有幽默細胞，但其實也是他在這方面特別用心。

有一次，雷根的祕書爲他準備了一個20分鐘的演講稿，他看完了之後說：「稿子寫得很好，但能否刪成17分鐘？」祕書說：「可是那場演講，給總統的時間是20分鐘啊！」雷根回答：「我知道，不過你得留3分鐘讓我講個笑話。」

已故文學大師林語堂以幽默著稱。他有一次應邀在中國文化學院（現已改爲中國文化大學）演講時，上台第一句便說：「演講要像女人的裙子，愈短愈妙！」那個時候正在流行迷你裙，大師的話經媒體傳布，竟成了名言。

幽默用辭，有時在名人間高來高去，具見功夫。故英國首相邱吉爾，在第二次世界大戰後沒幾年，聲望跌至谷底，幾乎很少人上門找他。大文豪蕭伯納有一次新作上演，便派人送了兩張票給邱吉爾，順便附上一封信。信上這樣寫著：

「新戲上演，特奉上戲票兩張，歡迎你和你的朋友前來觀賞，如果你還有朋友的話？」

蕭伯納當然是在挖苦邱吉爾，人緣差到了極點。不過，邱吉爾也不是省油的燈，他不慍不火地提筆回信，要來人順便把戲票帶回去。他的信這樣寫著：

「謝謝你的戲票，不過我實在太忙未克前往觀賞，希望下次你還能邀請我，如果還有下次的話？」

他們雖然互相挖苦，可是始終不失友誼，這就是幽默效應的極高境界。

有些人在家裡裝得很嚴肅，好像這樣才有做父親的尊嚴。我倒認爲，與其一家人終日冷峻相對，不如製造一些幽默氣氛，家裡也必會顯得生氣蓬勃些。

小康家庭的幸福快樂是要靠營造的，如果你沒有天生幽默細胞的

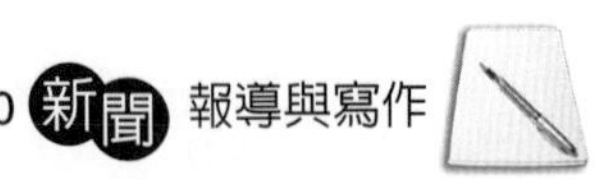

話，那就學學雷根吧！（賴金波／「小康生活」專欄）

二、評論寫作

（一）關於新聞評論

新聞評論就是新聞媒介表達意見的工具。以報紙來說，評論的工具包括社論、短評、專論、專欄、漫畫、讀者投書等。社論與短評，爲表達報社意見的文章，故不署名。專論、專欄、漫畫、讀者投書等，都是表達個人的意見，故須署名。

報社主管言論權責者，稱爲總主筆（editor/editor-in-chief）。歐美報紙之總主筆，爲主管新聞之總編輯的上司；我國報紙之總主筆只管報社之言論，主管新聞之總編輯地位與之平行，非屬報社言論之署名評論文章，亦歸總編輯主管。

歐美報紙設有專業之言論版（editorial edition），我國報紙則除第二版社論之外，其他評論性文章散見各版，目前則有專版之讀者投書。

（二）社論

社論（editorial）是一個報紙或雜誌表明其總主筆或領導人意見的文章。

> 「社論是一種事實與意見的精確、合理與有系統的表白，爲了娛樂，並影響公眾，也爲了要解釋新聞，使一般讀者能夠了解其重要性。」（Lyle Spencer，Editorial Writing，錢震譯文）

社論的種類：

1. 宣示性：發刊詞、節慶、或對人物的歌頌、追悼。
2. 申論性：發表主張、條陳見解、解釋疑義、分析情勢。
3. 辯駁性：攻擊與防衛，申訴與駁斥。

社論之功能：（錢震，新聞論）

1. 分析解釋事實
2. 贊助與防衛
3. 反對與攻擊
4. 主張與提倡
5. 提出問題
6. 提供娛樂

社論寫作守則（美國社論作者協會，National Conference of Editorial Writers，1944年制定）：

1. 社論作者必須忠實地、完滿地提供事實。
2. 必須從已宣布的事實中找結論，要有證據。
3. 不能存有任何自私自利的目的，應保持自身的清白。
4. 應讓不贊成其意見的人，也有管道表達不同意見的機會。
5. 應根據任何可以得到的消息，隨時檢討自己所做的結論。
6. 絕不寫任何違背良心的東西。
7. 應保持言論的一貫性。

（三）短評

屬於篇幅較小的輕鬆社論。由於文短（通常只有五、六百字，不超過八百字），因此常須小題大作，也就是抓住一個小關鍵點，強力發揮。所以他必須用字精簡、論述扼要，在簡單的論述之後，很快地做出結論。而且筆調活潑，甚至可帶諧虐。

因此短評不在用數據說服，而在強力的批判。由於文短，其可讀性常超越社論，是報紙言論部分的「重要工具」。

《短評　台灣公道》
不自生，故能長生

台灣立委大選結果，泛藍陣營依舊保持過半優勢，使得信誓旦旦以為必扭轉大局的陳水扁總統，頓感受挫。預料未來三年，在朝小野大的局面下，亂象恐難平息。

其實綠營基本上並不算輸，還比原有的增加了一席。但在選前強力的操作下，反而因議題控制失當，而未能達成目標，更讓民眾感覺到政黨惡鬥的可怕。

從選前陳總統與綠營一再拋出的議題來看，包括教科書的去中國化、正名問題等，可能滿足了一些擁綠人士內心的期望，卻讓泛藍群眾和部分中間選民感到心寒。

所幸選舉過後，陳總統能體察情勢，再次提出謙卑執政的訴求，也期望在野陣營，能棄一己之私，共謀為國。

老子說：「天長地久，天地之所以長且久者，以其不自生，故能長生。」他的意識是說，天地因為不是為自己而生存，所以能夠長久生存。以此論台灣政局，陳總統應該要真真正正做個全台灣人的總統，他也必須是不要為自己的政治利益，才能照顧到全民的利益。

老子又說：「聖人之治也，虛其心、實其腹、弱其志、強其骨，常使民無知無欲，使夫智者不敢為也，為無為，則無不治。」陳總統當前應當努力的正是如此，使人心純樸（虛其心），沒有奸詐巧思；使人民溫飽（實其腹），經濟繁榮；使人民身體健康（強其骨），那麼喜施巧智的人就不敢妄為了。

老子的無為而治，雖被批評為消極，但就謙卑執政的信念而言，陳總統果能做到無私無欲，那麼又何懼在野黨之興亂也。在野陣營也應深思，如果僅是為了私利，為反對而反對，到時候和「無私」的陳總統相比，雖然「朝小野大」，又豈能撼動他？

專訪

專訪是指基於某種目的，對某一個人物作專門（單獨）的訪問，因此都是獨家的。並且是不同於一般新聞採訪，而是更深入與廣度的採訪。

第一節　專訪在新聞報導中的角色

一、專訪的涵義

1. 專訪通常是指在新聞蒐集過程中，有必要對某人做更深入的訪談，使新聞內容更具深度與廣度。

   例如：在2020總統大選前一個月，國民黨副主席郝龍斌對於不分區立委的提名，和黨主席吳敦義有一些不同意見。郝龍斌在2019年12月14日接受momotv《大雲時堂》李四端專訪，談國民黨的勝選妙計，並解釋與吳主席的關係。

2. 專訪通常需經過設計，受訪者也必須是最具資格者，因此訪談內容常有許多珍貴材料，很受讀者或觀（聽）眾的歡迎。

   例如：馬英九總統在歷經88水災、美牛進口、H1N1疫苗問題、ECFA議題，以及國民黨三席立委補選全輸等連續衝擊下，施政滿意度跌到只剩23%。中視記者沈春華對他作特別專訪，總統的每一句回答，都具高度新聞性。

3. 專訪有時可視爲另一種型式的解釋性報導。

   例如：專訪衛生福利部長陳時中，談有關新冠肺炎的防疫問題，可達成解釋性報導的目的。

二、專訪與一般新聞採訪的不同

1. 一般新聞採訪只是爲尋求一個即時新聞的答案，來不及建構較深度的訪談。

   新聞專訪必須愼選題材與受訪者，並以意見反映居多。

   例如：在立法院財務委員會外面走廊，堵著當時的衛生福利部長邱文達，詢問關於頂新正義假豬油案的查辦進展，那是一般新聞採訪。但是約好與一位食衛專家談政府對該案應有的偵辦原則，與食安問題要如何防治等，雖不一定有意外的「新聞」出現，但其訪談，不管是對該案的背景可以增加思考空間，或是對很多食品安全相關的常識、問題得以解惑，都有很重要的意義。

2. 一般新聞採訪不一定要事先約訪，有時可對當事人伺機當面發問。專訪則要事先約定，並讓受訪者事先知道要訪談的主題，讓受訪者有所準備。

三、專訪的時機

1. 專訪焦點或熱門新聞中的關鍵人物，聽取他對於新聞事件的看法。

   例如：專訪前衛生署長楊志良，聽取他對當前新冠病毒擴散問題的看法，以及台灣地區應如何看待此疫情的未來發展。

2. 重要新聞發生時，對於此事件有專精的權威人士，可以專訪聽取他的分析。

   例如：拜登當選美國總統，專訪美國政治情勢專家，分析未來可能發展以及對我國當前處境的影響。

   兩岸簽署ECFA（經濟合作架構協議），對於我國經貿發展有何影響？可以專訪的對象，包括政府官員（如經濟部長）、企業界重量級人士（如張忠謀）、中小企業人士、學者專家（包括支持者與反對者），從多面向來聽取各種不同的看法。

3. 人物本身具有特殊值得報導條件者，不一定是熱門新聞有關人物，但要有一定的知名度。這類專訪的內容可包括他的家居生活、人生觀或對某些問題的看法等。

   例如：大學學測國文命題，詩人余光中的作品出現在試題中最多。余光中是何許人？他的成就、他對一些問題的看法，乃至他的人生觀、家居生活等，都是專訪的題材。

   選擇專訪的人物要注意是否夠資格或恰當。新聞中的關鍵人物、新聞議

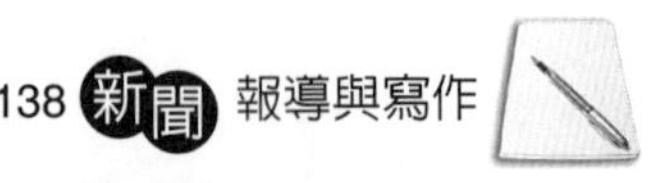

題的權威人士，以及有特殊條件者，都是必須慎選的，也是一篇專訪能否具有價值的重要關鍵。專訪不一定都要選擇嚴肅性的公共議題，有時一個小人物的故事也會非常感人。（TVBS新聞節目主持人方念華，每週日晚上製作一個人物專訪的節目，不見得都是名人。）

專訪是新聞報導中相當重要的部分，有很多的專訪，在訪員的技巧詢問下，常常無意間透露了驚人的新聞內幕；也有受訪者說出了不為人知的感人故事。這些內容，讓讀者（聽觀眾）獲得了相當程度的滿足感。有時候即使未能從受訪者口中獲得「新聞」，但聽聽受訪者內心世界的感受，也很有價值。

例如：在馬英九聲望最低迷的時候，他找回了當年市府團隊的金溥聰來擔任國民黨祕書長，社會媒體有很多的評論。再加上98年底的三席立委補選，國民黨全敗。馬英九面對來自各方的批判，他是如何看待的。很多過去支持馬英九的「馬迷」，可能迫不及待地想知道答案。於是中視主播沈春華就安排了一場馬英九的專訪，獲得很高的收視率，隔日許多平面媒體也紛紛刊載了精選內容。

第二節　專訪的性質與分類

一、專訪的性質

媒體設計專訪無非是幾個目的：

1. 針對新聞作更深入的探討，提供更廣與更深的內容。

   例如：美國國會眾議院，在2020年3月4日，以415票贊成、0票反對，通過「台北法案」（Taipei Act），要求美國行政部門，以實際行動協助台灣鞏固邦交，及參與國際組織，並增強雙方經貿關係。

   除了報導該法案的內容，以及完成該法案尚須走的程序之外，可以訪問專家談未來台美關係的進展，以幫助閱聽人更了解該新聞的更廣深的內容。

2. 幫助群眾解惑，能夠了解某些事的幕後（背景），或某些人內心的想法。

例如：美國聯邦準備理事會主席鮑爾（Jerome H. Powell），突然宣布降息兩碼（一碼爲0.25個百分點）。其原因與未來影響深受關注，可以訪問權威的經濟學家解惑。

（註：此新聞爲2020年3月3日，全球受新冠肺炎影響，聯準會無預警的突然宣布降息兩碼，以挽救美國經濟。）

3. 顯示媒體的素質與權威。能訪問到愈權威或地位愈高的人士，愈能顯現該媒體的素質。

例如：華視記者陳月卿，有一次專訪到前蘇聯總書記戈巴契夫，這是一位舉世矚目的大人物，大大提高了媒體的聲望和權威。

二、專訪的種類

針對上述目的，專訪的作法便有以下兩種方式：

1. 訪人談事

（1）訪問受訪者談新聞事實

媒體覺得一般新聞報導不夠深入完整，因此期待能從對相關當事人的訪問中，獲得更進一步的新聞內容。

例如在新冠病毒流行期間，民眾搶購口罩。中央疫情指揮中心，祭出口罩購買「實名制」的作法。一般民眾對這個制度的內容不是很清楚，因此再訪問相關官員做更詳細的解說。

（2）發表看法與意見（包括評論）

例如：前述美國聯邦準備理事會主席鮑爾，突然宣布降息兩碼。這種突然的舉動，對全球經濟會帶來什麼影響？專訪前行政院長陳沖，談談他的看法。（陳沖爲財經專長官員）

範例：

專訪教育部長吳思華

【聯合報／記者林秀姿】

一◯五學年大專新生數預估將驟減二萬多人。教育部長吳思華面對高等教育的「一◯五大限」，表示要勇敢掀開壓力鍋，把大學倒閉潮導致的教授失業，變成「高級人力重新分配」的轉機，將在年底前成立專案辦公室，轉介適合教師到產業界，協助產業升級，創造雙贏。

吳思華昨接受本報專訪表示，高級人力重新分配方案包括由企業成立研究中心，教育部轉介適合的教師轉職到研究中心，協助企業研發；二是獎勵輔導教師創業；三是輔導教師轉進公部門，比如文化部、交通部需要專業的文史工作者、觀光產業規劃人才；四是海外辦學，協助教師到海外授課研究。

吳思華表示，台灣碩、博士畢業的高級人力有七成集中在大學，但國外只有四成留在大學、六成分散在社會各領域，這凸顯台灣高級人力過度集中學界，對國家發展很「不健康」。

各大專院校現都嚴陣以待一◯五年新生數驟減的「虎年海嘯」，次年兔年新生數還要再減一萬多人，兩年共少三萬多新生，可能造成二千多名大專教師失業。吳思華表示，要把大學數從現在的一百六十二所，減至較符合經營效益的一百所左右，估計將有一萬四千多名教師失業。

吳思華透露，教育部正和經濟部、科技部等進行跨部會研議，規劃高級人力重分配，讓台灣可以順利轉型成知識型社會。他強調，大學退場造成的教師失業，絕不只是失業救濟問題，政府與社會都有責任創造機會，讓高級人力從教學現場移動到產業界。他說，拋出這些議題、掀開壓力鍋，是爲了讓產官學各界及早規劃，年底前提出跨部會高級人力規劃報告，且在教育部成立專案辦公室，成爲產業界與學界的媒合平台。

吳思華接受最新一期《評鑑雙月刊》專訪也談到，大學退場作法上有三種可能的規劃，包括提前退場、合併、轉型。他提到韓國轉型經驗，韓國漢陽大學位於郊區的校區鼓勵企業進駐設立研發中心，讓學界與產業有更多連結，也是讓高級人力協助企業轉型的好例子。

2. 訪人談人

（1）談本人（即所謂人物專訪）

人物本身有受訪的價値，則對該人物進行專訪。其主題重點放在對該人物的描述，包括諸如奮鬥故事、居家生活等，其中即使有一些受訪者的「論事」，其目的也大都是在襯托人物。例如訪問嚴長壽，談他的奮鬥歷程。

人物專訪嚴長壽

23歲，他只是美國運通的傳達小弟；28歲，他已經是美國運通的總經理；32歲，他當上亞都麗緻飯店總裁。從小弟到總裁，嚴長壽只有高中畢業，到底在成功背後，他的祕訣是什麼？

每個人對於成功的定義都不同，不過將「成功」二字用在亞都總裁嚴長壽身上，應該沒有人會不認同。整齊的頭髮、黑到發亮的皮鞋配上永不疲倦的笑臉，這就是Stanley，嚴長壽。

高中學歷卻能成爲五星飯店的總裁，嚴長壽謙虛的說：「那是個時勢造英雄的時代。」民國60年，台灣經濟開始起飛、從無到有，美國運通的主要業務是發行信用卡（針對美軍俱樂部）、美金支票，另外當時旅遊部門正在籌劃階段。嚴長壽就是在這麼樣的一個情境下，進入美國運通做傳達小弟（送送文件，跑腿的人）。進入一家小公司卻有快速的擴充和成長，嚴長壽說，這就是他的機運。如果他進入的是一家要裁員的大公司，命運可能完全不一樣。

嚴長壽形容自己是個無可救藥的熱誠者，說的通俗點也就是「無可救藥的雞婆」。不過雞婆不代表不好，這樣的個性反而成爲了Stanley邁向成功的關鍵。當時的旅遊部門正在籌劃階段，而美國運通還有幾個關係企業，人手不足，每個人的工作負擔都很重，他就自願去幫別的部門做事，也從中學習。嚴長壽有個「垃圾桶哲學」，就是別人不想做的事，他都會去「撿」來做。例如有一回公司發電報的小姐下班趕著去約會，而文件又一直傳不出去，他就自告奮勇的幫忙做收尾工作。雖然一直反覆撥號到深夜，不過他也因此學會了發電報的技術。

「機會是留給有準備的人」這句話套用在嚴長壽身上，可說是最適合不過。他說後來美國運通一直在擴充，要徵求機場代表（到機場負責打理行李的人），資格都是要大學畢業。只有高中學歷的Stanley，在公司做傳達已一段時間。原先美國運通並沒有想到可用Stanley，直到面試了幾個人都看不順眼後，老外上司才想到那個常在公司加班的嚴長壽。才說：「要找別人，爲什麼不讓Stanley來試試看呢？」就這樣他開始擺脫了「小弟」的身分，當上了「機場代表」。他說，這印證了一個道理，「學歷」，是踏入的一個門檻，一旦進入裡面後，你的努力很容易就被人看到。

談到成功的原因，嚴長壽說：「機運、努力、態度都很重要。」所謂機運指的是大環境的趨勢，其次是自己的努力，還有一個就是不計較待遇的工作態度。這裡的大環境，指的就是整個國家正面臨經濟起飛的階段，而自己所服務的公司，又正處於迅速擴張的階段（美國運通在五年內由七人增至一百多人）。Stanley在美國運通時每半年就跳升一個職務，由傳達、總務、機場代表、國際領隊、業務代表到總經理，就是因爲有許多因擴充而製造出來的機會，再加上他的努力與不計較的工作態度。他回憶說：「我那時在做傳達，我已經在幫別人做別人的事，那都是人家下班叫我做的，我等於是在學習另一個職位的經驗。等到我換到另一個工作後，我又在做另一個職位的東西，重點是我沒有跟別人計較這些，我不是爲了升職才去做的，所以別人也沒有戒心。」這是一種良性的循環，他努力做，公司便幫他升職。爲了回饋公司，他又更努力地去做。

同樣「不計較的態度」，也成爲他與周志榮先生（亞都飯店董事長）結緣相識的原因。「周先生是美國運通的房東。我在運通當總務，水管破掉、房子漏水都要找房東。由於我的態度都表現得很誠懇，久而久之，周先生夫婦對我這個人的態度頗爲欣賞。後來我當業務，周先生夫婦也常參加我帶的團出國。就這樣，雙方建立起互信和友誼。」

當時周志榮正在籌劃亞都飯店，嚴長壽因爲常常帶團到國外，看過很多旅館，他直覺認爲亞都在籌劃過程犯了不少錯誤。出於天生的熱心，而給了這個建議：「不行，你們做的都是以前的東西，找的是以前幫統一的設計，這樣怎麼會做得起來呢！」當時嚴長壽正好要到新加坡出差，而新加坡有幾個新的飯店，便請周先生夫婦一同去。「我們在新加坡、馬尼拉、香港走了一圈，到了香港，周先生馬上打長途電話回來叫建商『先別動了，做不對了。』」就這樣也因此確立了周志榮要嚴長壽來主持亞都飯店的決心。那時28歲的嚴長壽在美國運通已是總經理，還是第一位華人總經理。基於對飯店管理實在不懂，且充滿著未知數，嚴長壽一直不願接下亞都總裁一職。Stanley說：「周先生帶著我到律師行，當場要我簽下合約，我不肯。周先生又找上我哥哥動之以情。中國人有句話叫『士爲知己者死』，我哥說『從沒看過一個人可以對你這樣信賴』，於是我便答應去幫周先生了。」

放棄賓士260的座車、外出頭等艙的禮遇，嚴長壽堅持錢不用多，美國運通給多少，亞都就給他多少。不用承諾、不用談條件，他只要求給他五年的時間，做不好，他自己會走。

談到只有高中學歷卻能成爲飯店總裁，嚴長壽也說「是有些機運的成分在，但學歷是我心中一輩子的遺憾。」就算是做到美國運通總經理，那壓力都還是很大，是一直無法釋懷的一件事。

嚴長壽說，現在是個資訊爆炸的時代，如果要靠自己去讀，來不及。他以爬山爲例：一座山有十條路，哪裡知道哪一條路較快，唯有靠老師的經驗，才知道哪一條路好走。因此，他鼓勵年輕人，還是要受大學教育。他特別強調的一點，受教育是一種捷徑，但要懂得學，不是老師要教你什麼，而是你要問些什麼！這是一種認清自己想要什麼的智慧，也是要邁向成功道路的先決條件。嚴長壽自認在讀書方面是差了一點，但他清楚知道自己的長處在於與人接觸，以及敏銳的觀察力。「認清自己在技術面和態度面上的優勢」，因此選擇服務這個行業，也造就了他今天的成績。

坐在亞都地下二樓的辦公室，嚴長壽暢談自己一路走來的過程。一句「從最辛苦的開始」，道盡他成功的祕訣。即便是自己的孩子，嚴長壽從高中起就讓他到亞都門口幫人開門。

沒有埋怨、從不喊苦，磨練過後的成就是無可比擬的。嚴長壽的故事不是個傳奇，他用努力開創了自己人生的成功道路，其實，成功就是這麼簡單。

附記：成功路上的小陷阱

在嚴長壽任美國運通總務時，曾發生過兩段小插曲。一是當時的老外上司想買狗，嚴長壽便陪著上司夫婦到寵物店選狗。那時只要是外國人由中國人帶去的，老闆都會覺得你是要從中賺一筆的。因此，當他們詢問老闆價錢時，老闆表示若四千元成交可以給他賺一些。嚴長壽跟老闆表示不需要，只要把狗的價錢便宜一點，讓優惠到客人身上。沒想到後來那隻狗死了，原來那隻狗原本就有點毛病，買了兩個禮拜就死了，後來嚴長壽硬是要老闆賠錢。他說，假設那時拿了錢就很難看了。

後來又有一次，公司要買打字機，對方派人拿了一個包包給嚴長壽。他不懂，一打開裡面是錢，他一看是錢就馬上交給了老外上司。結果送來的是水貨，嚴長壽堅持退貨，對方卻傳話給他的上司說：「你們有人不但拿回扣，還刁難廠商。」上司一聽大笑，回說：「那件事我當時就知道了，而錢在我這裡。」

這幾件小事，嚴長壽笑說：「我可能是很呆啦！不過現在想想，要是我做錯了任何一件事，那影響可能是一輩子的。如果有小貪反而成爲自己的陷阱，現在想想每走一步都是危機重重。」成功路上有許多陷阱，所以要走的很踏實，信譽比什麼都重要。也是因爲這幾件小事，建立起老外上司對嚴長壽的信賴，讓他能謹愼的走到今天的成就。（文：高華君）

（2）談他人

某一個人物有被報導的價値，但無法訪問到本人，則或可訪問相關人士，來談該人物亦有特別意義，於是可以選擇「相關人士」作專訪。

例如訪問楊萬運談他的父親楊森。

訪楊萬運談楊森的養生之道　「多福 多壽 多子孫」

在台灣市井上，一直流傳著許多關於楊森的傳說。大都是有關他妻妾眾多，採陰補陽而至健康長壽等。雖然楊森已過世多年，但略長一輩的民眾，對於他的興趣未減。這些疑問，或許可以從對他女兒楊萬運教授的訪談中，得到一些答案。

楊森原名楊淑澤，字伯堅，生於清光緒十年（西元1884年2月20日）。他曾是雄據一方的四川軍閥，做過貴州省省主席、當過重慶市市長。到台灣後他致力於推動體育發展，曾任全國體協理事長、中華奧林匹克的委員會主席。不過他最令人津津樂道的莫過於他的「健康長壽」，擁有28個子女、活了將近一個世紀，堪稱是一位中國歷史上的傳奇人物。

中國古諺「人生七十古來稀」，指的是中國人能活到70歲的很少。楊森將軍卻以98歲高齡才辭世，不僅活了超過70歲，更曾於95歲時登上松山頂峰，親題上「九五峰」三個字勒石於峰頂，自此那裡被稱爲「九五峰」，健康長壽四個字可以說是對楊森最好的形容。

楊森年逾90時，身體仍然十分健朗。90歲時還與親友一同登上高達三千多公尺的台灣第二高峰大霸尖山，他的女兒楊萬運回憶說：

「我們一共花了五天的時間，三天上山、兩天下山。登到頂上時，我們在白色的羽絨外套上蓋上大霸尖山的印章，那是很難得的經驗。當初父親找我去時，我還怕自己爬不上去，一度不願意參加，一個90歲的老人反而和我說不用怕，才堅定了我上山的決心。」

楊森驚人的事蹟還不只這一項，楊萬運說：「爸爸最不可思議的是在80歲還拿到了solo pilot的執照，也就是可以駕駛飛機的執照。他在生日時也開著飛機在台北『秀』了一下。」若稱楊森將軍是最酷的老人，應該沒有人會不同意吧。

提到楊森身體硬朗，很多人馬上聯想到的就是他是怎麼補身的。楊萬運笑說：「有一回，我到金門旅遊，在參觀酒廠時，廠長介紹說『楊森都是喝我的酒，才會如此健壯長壽』，後來廠長知道我是楊森的女兒，就馬上改口和我說『令尊的身體很好。』」可見很多人都想和楊森的身體沾上一些邊。

同樣的，楊將軍的健康也幫助了許多人的荷包。在他的老家四川一帶，就出了很多「楊森酒」，幫那個地區賺了不少錢。事實上，楊萬運說，她父親是不抽菸，也不大喝酒，除了偶而一小杯舒筋活骨作爲養生外，平時是不再喝其他酒的。楊萬運的說法，顚覆了在很多連續劇中一個軍閥將軍大杯飲酒、大口吃肉的形象。楊萬運說，她父親在飲食上的節制，應該才是他能如此健康長壽的原因。她說：「我父親吃東西方面很簡單。」從大陸來到台灣後，每個月就是靠政府所給的兩萬元官餉過生活，配上一個廚師、一個司機，他的生活並不奢華，當然也不是靠著昂貴的補品在補身。

「早睡早起身體好」，也是楊森身體健康的一個主要原因。規律的生活，睡的比較早、起的比較早、吃東西也很簡單，一點點魚肉就很滿足。楊森就曾在電視上說：「大家對於他的生活飲食，都太『過講』了。」楊森在新店的家，連自來水都沒有，用水還是由山上接天然泉水的。

除了規律的生活、簡單的飲食，楊森將軍喜愛運動是出了名的。從年輕時期就喜愛網球和游泳，老年則偏好登山。新店的家就是在一個小山丘上，每天楊森就拿著一根枴杖，爬下來再爬上去。他走路的速度不快，但體力卻不會比年輕人差。有時候看到小蛇，還會拿起枴杖敲敲牠的頭，顯示出楊森將軍好玩的一面。熱愛體育的他，曾是全國體育協會理事長和中華奧會的主席，92歲那年他還帶隊到墨西哥參加奧林匹克運動會，領著台灣選手繞場，是全場最老的人。

談到休閒活動，楊森在新店的房子有一塊小空地，有時他會在那打打靶，他還喜歡騎馬。新店有一些養馬場，通常很少人去騎，一方面是不容易借出來，另一方面是常人沒那個好體力，楊萬運說：「父親有時會騎著馬在新店郊區的山路上轉，這是他最好的休閒活動。」

楊森將軍是一個相當平易近人的老人，因爲健康長壽知名，因此也無意中幫了不少人，而且都很有趣。

有一回楊萬運和楊森去看電影，經過一個算命攤位，那算命的一見到楊森就拉著他，要他坐下來算個命，楊萬運對爸爸說：「你又不相信，幹嘛坐下來給他算？」楊森卻說：「我去坐一下，他的生意就會變好，何樂不爲。」果然楊森走後，那算命攤就馬上貼上廣告，說連楊將軍都在我這算命，生意眞的就好起來。

還有一次，他們兩個到華西街，經過那些賣蛇攤位，因爲楊森長壽健壯，老闆們都搶著跟他合照，想將照片擺在門口招攬生意。楊將軍一向都不會拒絕別人，現在經過那些店面，還能看到許多當時的照片，寫著「楊森就是吃我這個……」。

幫助別人使得自己身心愉快，而多福、多壽、多子孫後，又有更多人來找楊森將軍幫忙，希望感染到他的福氣，這樣不斷的良性循環，也就是他健康長壽的不老祕訣。

活到101歲的建國元勳張群先生有一首不老歌：「起得早，睡得好，七分飽；常跑跑，多笑笑，莫煩惱；天天忙，永不老。」楊森將軍的生活，也就是這首歌的最佳寫照吧！

談到楊森那麼多子女，是不是連名子都叫不出來。楊萬運說：「他很注重每個小孩的教育，也很細心，我們28個兄弟姊妹，每個人的字跡他都認得，一看到就知道這是誰寫的。」楊萬運小學三年級，

有一回考了第一名，楊森將軍問她喜歡什麼，她說毛衣，後來楊萬運生日時就拿到了一件金色的毛衣。還有一回，楊森在外打仗，他寄了一個包裹回來給楊萬運，那是一面日本國旗，上面還布滿很多洞洞，是槍砲所打出的洞，原來那是打勝仗後得到的旗子。他跟楊萬運說：「我打勝仗，妳也打勝仗。」楊森對子女都非常的疼愛，也很關心他們的教育。他雖然長年在外，卻仍在家中請了家庭教師，專門教導小孩們的英語。這也使得楊萬運有著一口好英文，她在台大唸到博士學位後，再到美國進修，回國後便在台大任教，現在是中國文化大學外語學院的院長。

該嚴格時嚴格，該疼愛時疼愛。楊萬運說：「我兒子從美國唸書回來時，留了一頭長髮，父親看不順眼叫我兒子剪掉，兒子不肯，他就說：『那我們一起到街上逛逛吧！』隨即就脫下上衣，露出半個肩膀，對兒子說『你不怕，我也不怕！』兒子想說這樣哪能出去見人，因此妥協將頭髮剪短。」由此可知，楊森在教育晚輩上有一定的堅持。

祖父活到八十幾歲、父親活到近百歲，楊萬運認爲，長壽或許是跟家族遺傳有些關係。而楊森自己則常說「每一個人都可以長壽」，只要別去做會傷害自己的事情，不要讓自己身陷險境，跑到危險的地方，不吃喝嫖賭使身體不好，大家都是可以長壽的。

楊森老年常幫別人證婚，大家都說他福氣好。甚至有人孩子生不出來，找楊將軍過去，說「只要他一來，孩子馬上就會出來。」事實也果眞如此，他一到，孩子就順產。

壯年時期戎馬生涯，老年時期致力推動體育，年輕時養成的勞動習慣，讓他一生健康享用不盡。98歲時，他帶著一個一百多人的團到菲律賓開楊氏宗親會，回到台灣因爲有點小咳嗽而到醫院檢查，發現肺中有一個小黑點，醫生建議作手術將黑點拿掉。大家都擔心一個年齡近百的人能否經得起這樣的手術（必須先將肋骨拿掉兩根），醫生說：「我們不看年齡，只看身體狀況適不適合。」或許，這是醫生們對楊森將軍健朗的肯定，但在手術中不愼造成肺漏氣，因此楊將軍以高齡98歲與世長辭。生前可以說是非常健康、少有生病，而他的健康形象至今也還一直深深烙印在大家的心中。

楊萬運教授是楊森將軍的女兒，在楊將軍的28個子女中，排序第12。她不諱言，她有六個媽媽。但她強調，她父親雖然妻妾眾多，但每一個都是明媒正娶的，從不勉強。對於民間流傳楊森有幾十個小老婆，乃至「採陰補陽」之說，她認爲這是以訛傳訛，無須多作辯解。

這類的專訪，可以看出它都不具時間性，但因所描述的人物都具知名度，因此任何時間刊出，都具可讀性。

三、人物專訪與人物特寫的差異

1. 專訪是在請受訪者談人或事，因此一定要有實際的訪問

當然，以現在的通訊科技角度，訪問人與受訪者未必要眞的面對面接觸。有時因時間緊迫，透過電話訪問也可以達成目的；或者用e-mail等方式，將訪題先傳給受訪者，再由受訪者將答案回傳，也是一種方式。

2. 人物特寫不一定要訪到人，有時甚至可以根據資料來撰寫

雖然特寫也會「談到人」，卻並不一定要從受訪者的口中說出；會談到人的「意見」，也可以從該人物其他場合的談話或文章中引述。（請另參閱下一章「新聞特寫」）

第三節　專訪的表現方式

專訪如果是在訪問對新聞事件的看法或意見時，通常訪員會事先寫出題目，交給受訪者，讓他可以有充分準備。這樣受訪者在回答問題的時候，會思考得比較周全，回答的內容也會比較有深度。

不過這也有一些缺點，記者很期望受訪者，能在無意中透露一點重要訊息，它有可能是另一個重要新聞，或者是一個重要線索。這在受訪者有

充裕準備的情況下，是比較不容易有意外的。

有經驗的記者，常會在預期的問答中，隨時從談話間找到新的問話點，這個超出預期範圍的問話點，往往可能會有新的訊息出現。這就是一個新聞記者表現他的採訪功力的時候，通常只有優秀的資深記者才有可能做到。

專訪有時是爲了訪問當事人的心理感受。這種訪問，談論新聞事件意見的比率會降低，記者把重點放在對當事人的感情訴求上。

例如訪問一對分隔海峽兩岸四十年的夫妻，雙方始終信守承諾，都未再婚或改嫁，終於能再重逢。故事內容會著重在這兩人四十年來的辛酸遭遇，以及重逢後的喜悅。從他們嘴中說出來的每一個字，都可能感人熱淚。

專訪如果是訪問當事人做現場描述，例如家居生活、工作現場寫實報導等，屬於報導性之專訪特寫。這樣的專訪要把它硬區分爲「報導」、「專訪」或「特寫」是不容易的。

例如訪問國家文藝獎得主林懷民。或許記者對於請林懷民再來談舞蹈藝術的發展問題，已經缺乏興趣，反而更想知道林懷民如何從一個新聞系的畢業生，走向舞蹈藝術創作的心路歷程或轉折過程。甚至於對他的居家生活、他的居家擺飾、他除了工作以外與家人的互動等。這些角度，都是一篇專訪的好題材。

一、專訪前的準備

一般新聞採訪報導，是爲了打聽一個尚未知的故事，所以比較沒有時間做事前的準備。專訪的目的是要對一個問題作深入探討，目的不是爲了「最先得到最後消息」，所以應該作充分準備，以使專訪更完整。

當然有很多專訪還是有時間性的，通常當天發生的重要新聞，讀者或觀聽眾很需要對某些問題能夠「解惑」，那麼專訪的準備時間就會非常短促。不過不管時間如何短促，準備是不可忽略的程序。

1.要有好的訪問計畫

包括訪問主題是否有意義，訪問對象是否恰當。有意義的專訪其實隨時可見，但是要成爲一篇好的專訪，就必須有很好的企劃。因此必須考慮到幾個問題：

（1）新聞事件本身，有沒有值得進一步去對某人作專訪的必要。包括：他的重要性、複雜性，以及必須解惑等。

（2）對於專訪的人選、預備探討（訪問）的內容要事先討論規劃。

一般程序，都是由主跑線的記者提出構想（企劃案），送呈上級主管（組長、主任）過目，如果有必要，或牽涉跨路線的議題，則由主管召集一個小型會議來做討論。

也有些方式是主管主動要求線上記者，要配合整體新聞的規劃，進行對某人的專訪，甚至還會要求要訪問到什麼內容，訪問時的提問問題，也經由討論後定稿。

這種程序大都在非常重大新聞發生的時候才會做。一般來說，都是由主跑線的記者自行判斷，上面只看訪問出來的內容，決定是否要刊登（播出）。特別是有些非常專業的問題，或是非常私密的問題，只有線上記者最清楚，他所提出的採訪內容企劃（提問問題），通常會得到上級的尊重。

2. 先釐清新聞事件的來龍去脈

重大或複雜新聞的發生，一定都有他的來龍去脈可循。記者要報導後續發展新聞，或要爲讀者分析解惑，第一步就是先把問題的來龍去脈弄清楚，才能發現問題的焦點。

如果記者自己對問題弄不清楚，想借重受訪者的幫忙，一方面除了無法判斷受訪者透露內容的眞僞外，對問題不深入，也必然問不出深入的問題來。

例如：黃世銘爆出王金平與柯建銘疑涉關說，卻又演變成黃世銘疑似洩密案，記者考慮專訪一位資深法界人士，談該案未來可能的發展。記者在訪問前，就必須把「截至目前爲止所發生的任何狀況」，都掌握得十分

清楚，才能規劃訪問的細節。

3. 掌握新聞事件問題的關鍵點

不要把寶貴的專訪時間，用在可事先查到的問題上。因此需先做背景知識的了解，才能提出具體、實在而又具有深度的問題來。

例如要訪問經濟部長談ECFA，記者一定要先對ECFA的內涵與問題點有所了解，不能在訪問時，還問「什麼是ECFA？」或「ECFA是哪四個英文字的縮寫？」

4. 對人物背景充分了解

對人不了解，除了提不出有價值的問題之外，也會讓對象感覺不夠用心與不禮貌。

一般來說，如果專訪是爲了談公共事務議題，而訪問政府官員，例如專訪經濟部長，因爲重點不是在談人，因此對經濟部長的學經歷，或過去有什麼表現，比較沒那麼重要。

但如果專訪內容牽涉到人，那就需要先做功課，對該人物的背景有充分的了解。例如訪問郭台銘，談他將投入國民黨總統初選的抱負與想法。那麼對郭台銘的學經歷、個人的性格風格、經營企業的成就，以及對他投入選戰的態度等問題，都要先做了解。

了解一個人有很多方法。有些公眾人物因爲曝光的頻率很高，加上記者本身很資深，對該人物的背景早已如數家珍，那麼可以不必花太大的功夫準備。

但如果對於對象並不是十分熟識，那就要去找資料。例如訪問嚴長壽，可以先閱讀他的一本書《總裁獅子心》，再蒐集一些他個人的背景資料。所幸現在網路發達，要蒐集一個新聞人物的背景，並沒有太大困難。

5. 相關數據及內容應事先蒐集完備

事先準備讓人覺得你很關心用心而願意與你合作，也讓對方不敢輕易打發你。

一個記者有沒有事先認眞做功課，受訪者只要和你交談幾句，立刻就可以感覺出來。如果你對相關問題的數據，都蒐集得非常詳盡，相關的背景資料，只要是曾經公開過的，你都有充分掌握。此時受訪者就會感受到，你是不能隨便敷衍的，也不敢隨便用不實的內容來欺騙你。另一方面，由於記者準備充分，都能問到問題的核心，也容易贏得受訪者對記者的尊敬。

記者運用資料的來源包括：

（1）政府的公開資料。

（2）可透過正常程序獲得或閱讀的資料。

（3）民間機構或企業依法公開的資料。

（4）非公開的政府或民間資料。

現在網路上蒐集資料十分方便，只要能分辨出資料的眞實性，可參考的資料很多。

二、如何約訪？

1. 直接聯繫

和受訪者已建立了相當交情，或甚爲熟稔，當然可直接聯繫。有時候一個夠份量的媒體，也可以用寫信或打電話的方式，聯繫關鍵或具份量的受訪者，請求接受專訪。

2. 透過祕書或幕僚安排

交情沒那麼夠，但對方也認識你，則可透過幕僚安排。例如想要專訪重要政治人物，一方面對方有一定的地位高度，不輕易接受訪問；另則對方確實是公務繁忙，所有行程都必須由幕僚安排，記者必須尊重循此管道。

3. 透過適當管道協助或引薦

不熟又沒交情，除非是在關鍵情勢下，不得不接受專訪。或者媒體本身的份量讓對方覺得不夠（例如新聞科系的學生實習媒體），要約訪成功確實會有些困難。此時就必須透過各種可協助的管道，幫忙安排或引薦。

4. 機動性掌握適當可以進行專訪的機會

　　很難約訪的對象（包括不願受訪或實在排不出時間空檔的人），就只好看他的行程找機會了。這種專訪通常只能問幾個關鍵性的問題，對方也有可能簡短回答，因此較難滿足專訪的目的。

三、專訪之進行

1. 對於深入而又複雜的問題，可以先寫好問題，讓當事人先做準備，以使問答配合得更圓滿。但專訪時應掌握主控權，避免受訪者岔開話題。
2. 在事先準備好的回答資料中，記者仍可再就其回答內容中，找出新問題請求受訪者回答。
3. 對問題的深度與複雜性，要有相當程度的掌握，以便能隨時注意受訪者是否有欺瞞或誤導利用記者的情形。
4. 重要訪談可在對方同意下記筆記或錄音，尤其是人名、地名、專有名詞、數字等更應特別注意避免差錯。
5. 適度注意身分地位和禮貌。
6. 急迫時可用電話訪問，但缺乏面對面接觸，無法施展勸服本領來挖出更多的消息。只有在與受訪者有很深的交情，同時對議題也十分熟悉的情況下，才可以用電話專訪。這種方式通常比較接近一般新聞採訪，其深度性較受限制。
7. 現在通訊技術進步，在受訪者同意且對方也有使用能力的情況下，可以採用電子網路的方式專訪。

四、發問的技巧

1. 把問題寫下來，訪問時不一定逐條發問，要儘量讓受訪者能自由表達。
2. 預先設計問題可便於控制訪問，針對訪問的目的而設計，避免受訪者天南地北亂發高論。
3. 可直接了當開門見山，或迂迴繞彎的方式開口。
4. 避免設計太封閉性的問題，讓受訪者以「是」或「不是」簡單回答，要讓受訪者有說話的餘地。

5. 別以爲自己口才好而滔滔不絕，把應由受訪者說的話全說了。
6. 受訪者如果對主題不太熟悉（指受訪者是關鍵人，但非此問題的專家），或不太會用一些必要的技術名詞，記者應先做解釋再問問題。
7. 所提出的問題最好是有關受訪者的切身經驗，而不是普通的經驗或一般人就可能具有的常識。
8. 注意語氣與表情，眼睛專注對方，可增強受訪者的自信；點頭或回應，讓受訪者感覺到記者很欣賞他的意見。

五、受訪者不合作時怎麼辦？

1. 受訪者拒絕接受訪問的原因

（1）覺得來訪媒體的份量不夠。

（2）不習慣接受媒體採訪，個性羞怯。

（3）不願談私人祕密，害怕談太多會損私人利益。

（4）被同樣的訪問詢問過太多次了，不勝厭煩。

2. 對策

（1）受訪者如覺得你份量不夠，只能透過各種私人關係，或運用組織的力量協助達成目的。

（2）受訪者若不自在，則要設法與他溝通，先對他表示認同，說明你能了解他的處境。

（3）避談他人祕密者，可引用已知的指控，或具有特別說法的證據，讓受訪者知道其實並不是在透露什麼不可告人的祕密。

（4）可直接了當向受訪者說明這篇專訪的性質，或有特別理由爲什麼一定需要他的協助。

六、專訪寫作

1. 問答式

所謂問答式就是開頭先有一段提示，以敘述式表現。導入內文後，即以問答式進行。每一問答之間要注意全文的連貫性，每一環節不可有相互矛盾之處。

茲舉《聯合報》記者林上祚專訪麥可．波特爲例：

波特：經濟策略與政治 不該混爲一談

【聯合報／記者林上祚／專訪】全球競爭力大師麥可．波特（Michael Porter）應遠見天下文化事業群邀請來台，並於昨日接受本報系專訪。針對反服貿論述，波特表示，中國大陸國力永遠會比台灣強大，中國向來主張台灣是中國一部分，也未排除對台灣動武，「選擇不與中國貿易，無法改變上述事實」，務實的作法是藉由兩岸經貿協議，讓台灣與其他國家建立經貿協議。（註：此即爲開頭先有一段提示，以敘述式表現。）

以下是專訪內容：

問：四年前您曾對兩岸簽署經濟協議（ECFA）給予很高肯定，今年台灣發生反服貿學運占領國會事件，不少民眾對兩岸協議有很深的疑慮，從全球競爭力角度，您有什麼看法？

答：中國大陸是台灣最大貿易夥伴，從地理、語言文化角度，中國太大，兩岸貿易往來必須簽署協議建立機制，否則會導致不公平競爭，兩岸貿易正常化必須持續，尤其是服務業貿易，畢竟台灣服務業相對封閉。

我了解服貿議題在台灣有很多爭議，但坦白說，反對陣營論點並沒有任何經濟基礎，完全是政治論述，擔憂服貿影響台灣主權獨立；但服貿簽訂，對台灣幾乎沒任何損失，不僅提供服務業成長機會，也爲學運學生在內的年輕人，創造更多工作與加薪機會。

服貿辯證存在太多情緒，對於中國大陸，台灣有二條路可以走，一是停止與中國經貿正常化，轉而與其他國家簽訂協議，這是反對陣營希望的；二是透過中國貿易框架協議的落實，開啟其他國家的貿易協議，但其他國家與台灣簽訂貿易協議，係著眼於兩岸框架協議。

很多人擔憂台灣對大陸的貿易依存度過高，但相較於加拿大與墨西哥對鄰國美國出口比重高達七成，台灣對大陸出口比重約四成左右，台灣在貿易分散程度已經做得很好；事實上，台灣這幾年對東協的出口成長率，已有超過中國大陸的趨勢。

問：全球競爭力理論，過去二十年是否有因中國崛起等因素，有任何調整？您認爲台灣與中國經濟高度連結，是台灣競爭力的關鍵之一，但兩岸經濟高度連結，是否可能對台灣經濟未來造成威脅？

答：以墨西哥爲例，墨國經濟繁榮與美國高度相關，墨國近年出口已開始拓展到拉美國家，但其發展最初是拜鄰近美國市場之賜。

台灣不該將經濟策略與政治混爲一談，鄰國願意以公平價格向台灣進口產品，從經濟角度，台灣沒有理由拒絕，除非是從政治角度思考。台灣已被這樣的政治可能性給困住，相關辯論毫無實質價值，到目前爲止，服貿辯證完全與經濟無關，而是關於台灣國家主權獨立性。但中國大陸國力永遠比台灣強大，也向來主張台灣是中國一部分，也未排除對台灣動武，「選擇不與中國貿易，無法改變上述事實」，務實作法是與中國維持經貿關係，讓台灣可與其他國家建立經貿關係。

我認爲台灣若要保持獨立，最好作法就要與對手保持有價值的關係，對手國若要併吞自己也會產生損失。活在巨人陰影下，永遠是一種挑戰，台灣必須發展生存策略，讓經濟持續成長，不用每天擔心中國威脅，同時又能與其他國家發展正常關係。

反服貿陣營過去常持專擅角度（absolutist），主張所有經貿正常化措施，均將導致中國擴大對台控制力，「我們必須關起門來保護自己？或把門打開？」相關討論已有人格分裂傾向。台灣民眾不該把協議每一項條款都政治解讀，必須從策略思考角度，評估兩岸協議本身是否能企業競爭力、創造就業、提升薪資等，不是把每一項政策都解讀成台灣主權的流失。（2014.10.25）

這篇專訪即符合上述問答式的表現方式，開頭先有一段提示，以敘述式表現。

導入內文後，即以問答式進行。不過這篇專訪只有兩個提問問題，推測可能是利用波特的演講空檔，選擇兩個最重要的問題向波特請教，而受訪者也很樂意地做了相當詳細的敘述。

2. 敘述式

類似一般新聞寫作，可以先有一段導言做開頭。內文之敘述可以依所提問題之順序進行，文中可隨時引述被訪問者的談話。

本章前段實例對嚴長壽之專訪與楊萬運之專訪，即爲敘述式之表現方式。

七、專訪問題的設計

專訪問題的設計，攸關專訪的成敗。有好的提問，才能採訪到好的內容。因此一篇好的專訪，常常取決於記者設計問題的功力。有時媒體策劃重要專訪，常常必須由更高層主管一起開會討論，仔細斟酌設計。甚至要預擬各種可能發生的變數（例如當事人拒談某問題時），有何應對方案。因此，好的問題設計，和一篇好的專訪是密切相關的，至少要考慮到以下幾點：

1. 釋疑

專訪的主題有沒有需要對閱聽人釋疑的地方，需要請受訪者回答。例如專訪馬英九前總統，爲什麼要找金溥聰來做國民黨的祕書長？是爲了國民黨改革呢？還是爲了選舉？

2. 受訪者的專精

訪問當事人對某一議題的意見，一定要是很有特殊見解的意見，而不是很多人都能說的一般見解。因此，所提的問題必須是受訪者所專精的。

例如：爲施打H1N1疫苗的問題，訪問成大醫學院教授蘇益仁，他是國內流行病學的權威，也曾做過衛生署疾病管制局局長，他在這個問題上所發表的意見，一定是最專精而權威的。

3. 符合受訪者的身分

有些人會因爲他的職務或身分，可以對某些特別問題表示意見。例如談到海地大地震的國際救援工作，可以訪問中華民國紅十字總會長陳長文的見解。因爲紅十字會有過很多國際救援的經驗，陳長文的看法符合他的身分。

4. 閱聽人很想知道的故事

有些受訪者本身就還有很多不爲人知的故事，都是閱聽人很想知道的。特別是名人的軼事，閱聽人都有窺視的心理，如能在專訪中有所透露，可以滿足閱聽人的期待。例如在訪問林志玲時，除了想知道她成功的心路歷程之外，也希望探索她的感情世界。

八、一篇好的人物專訪的條件

1. 釋疑：受訪者所提出的見解，能否解釋疑點。
2. 新觀點：受訪者的見解，能否提出令人感到有價值的新觀點。
3. 人物背景的介紹，是否與訪談主題有密切關係。
4. 訪談的內容是否集中在一個主題上，而不是多元主題卻又互不關聯。
5. 對新聞現場的專訪，是否與新聞報導區隔。
6. 良好的寫作。

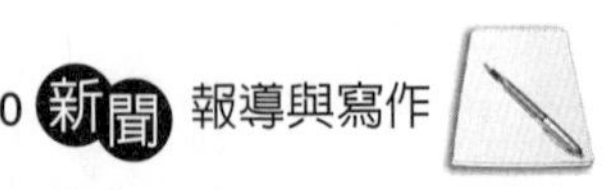

九、其他應注意事項

1. 專訪寫出受訪者的個人背景，是爲了襯托訪談議題之用，而不是從頭到尾寫一個人的背景，因爲那樣就成了人物特寫。
2. 專訪通常都只談論一個主題，或與主題有密切相關的議題。
3. 專訪與特寫混合型，多半出現在談一個人的奮鬥歷程，一方面寫他的成長背景，一方面訪談他如何克服困難逐步成長。
4. 訪問一個人，談某一個新聞故事，那是新聞報導，或可稱專題報導，但不叫專訪。專訪的重點放在訪問一個人的意見或看法。
5. 專訪是意見重於對人的描寫，寫受訪者的背景是爲了襯托議題。特寫對人的描寫重於意見表達，表達意見是爲了能更有助於對此一人物特質的彰顯。

十、專訪的策劃

1. 媒體的屬性

專訪會因媒體屬性的不同，而有不同的策劃思考。例如：重視政治新聞的媒體，與重視財經新聞的媒體，在設計訪問對象與專訪主題，就會有很大的差異。《聯合報》訪問剛卸任的內政部長李鴻源，可能會較著墨於他與行政院長江宜樺之間的情結問題；《經濟日報》可能會更重視都市更新計畫的問題，是否會因此遭受阻礙。

重視本土化的媒體，比較會選擇在地化議題；較重視兩岸關係的媒體，會對大陸的動向、領導人的談話，或兩岸經貿關係議題較感興趣。媒體屬性的不同，主要閱聽人感興趣的議題也隨之有異。因此，設計專題採訪，一定要先思考自己媒體的屬性，與主要閱聽對象的差異。

2.專訪的動機

所有的專訪都一定有它的動機，大部分的專訪都會跟最近發生的新聞有關。另有一些是特別設計的專題企劃，不一定是最近發生的新聞。但有一個共同點，它必須是現在閱聽人感興趣的話題。

例如：TVBS專訪藝人郭書瑤，因爲她主演電影《志氣》得了金馬獎的最佳新人獎。而這部電影結合的景美女中拔河隊，最近又獲得了世界拔河比賽冠軍。「瑤瑤」當然成了專訪的對象，是一個訪人談人的專訪。

3.受訪者背景的了解

專訪前應對受訪者的背景作深入了解，包括他的學經歷、專長、著作，必要的話，甚至包括他的家庭。

4. 設計問題

這是專訪最重要的部分，要能訪問到你所期望的內容，要能引導受訪者講出有深度的內容，才有可能成爲一篇具有價值又有可讀性的專訪。

範例（註：本書出版目的之一爲，作爲新聞系學生上課用教科書，故舉學生刊物爲例）

專訪中國文化大學校長李天任博士

一、媒體與閱聽對象：新聞系學生實習刊物《文化一周》，發行對象以文大師生爲主。

二、專訪動機：李天任校長於103年8月1日剛就任文大第八任校長，這是他第二度當上文大校長。文大師生雖然對他並不陌生，但畢竟二度當上同一所大學校長，不僅是文大前所未有，其他國內大學也幾乎未見。他的二度接任，除了極具話題性之外，師生們也對於他是否能有特殊的建樹格外期待。因此，就以文大師生爲對象的《文化一周》而言，有極高的專訪價值。

三、受訪者背景

學歷：

中國文化大學印刷系學士、新聞碩士、美國加州大學洛杉磯分校（UCLA）視覺藝術碩士（Visual communication, MA）、美國紐約大學（NYU）文化與傳播博士（Culture and Communication,

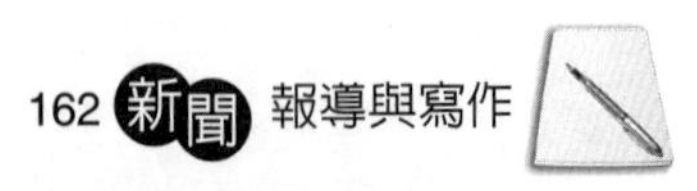

Ph.D）

經歷：

企業經歷：裕台印刷廠總經理

學術經歷：中國文化大學講師、副教授、教授、總務長、資訊中心主任、印刷傳播系主任、資訊傳播系主任所長、新聞暨傳播學院院長、校長

其他經歷：全國大專院校體育總會總會長、中國文化大學校友總會總會長

學術專長：數位媒介、視覺藝術、電腦繪圖與動畫研究、知識管理、色彩學

提問：

1. 您曾在2003至2009年，作過兩任（一任三年）的文化大學校長，爲什麼在事隔六年之後，再度回鍋。是興趣還是使命？或有其他因素？
2. 您是認爲文大目前還有很大的改進空間嗎？所以要進來改革。
3. 如果是的話，您認爲文大現在最需要改進的地方在哪裡？例如學校聲譽？學術風氣？學生素質？財務狀況或其他？
4. 如果您覺得這些都是負面的話，請問你做了校長，是否有把握可以努力扭轉？您打算怎麼做？
5. 文化大學的財務狀況是所有私校當中最好的，您曾經擔任過六年校長，應該很清楚學校的財務狀況。您認爲這樣的優勢，是否能有助於提升文大的經營績效，讓文大永續發展？
6. 您對一所好的大學的定義是什麼？您希望文化大學在您的帶領下，能達到這樣的標準嗎？請談談您的想法。
7. 國內大學數量眾多，可是將來在少子化的效應下，有人認爲將來私校的招生將會愈來愈困難。您認爲文化大學會發生這樣的危機嗎？您覺得應該如何因應？
8. 您對開放大陸學生來台就讀的政策看法如何？對我們國家的整

體發展有利嗎？對國內學生的權益有影響嗎？對私校的發展有幫助嗎？

9. 教育部最近決定調高教師鐘點費，但對私校並不強制。請問文大會跟隨調高嗎？您對兼任教師的比率看法如何？以目前文大而言，您覺得太多或太少？
10. 能否談談您個人，好讓文大師生們對您有多一些認識。包括您的成長歷程、您的家庭，還有您希望師生們覺得您是一位什麼樣的校長？

新聞特寫

第一節　新聞特寫之內涵

一、何謂特寫？

把一件新聞的深度與廣度表現出來，用特殊的寫作方法，使之更富有趣味更具意義，稱之爲特寫（Features）。

這裡特別要強調，新聞特寫和新聞報導不同，報導只是告訴你新聞的內容發生經過。特寫是要針對報導中有很多疑點部分，加以釋疑。（容後詳細討論）

二、特寫之演進

早期美國報紙的特寫是用來塡版面用的，大多爲詩歌或論述之類的文章，有點像中國報紙的副刊。

19世紀時，各種雜文都歸入特寫中。紐約《太陽報》（The Sun）的丹納（Charles C. Dana）強調採用「人情味故事」作爲寫作題材。《太陽報》的文章寫作優美，有「報人之報」的美譽。

19世紀末，美國報紙的周日版，大量刊載富吸引力的新聞故事和特寫。兩次世界大戰後，簡單的新聞報導已不能滿足讀者的需求，特寫愈受重視。除了提供娛樂性的文章之外，讀者期望報紙能提供更多的資料和分析，這些都是特寫的功能。

三、特寫的種類

（一）從特寫的性質區分

1. 脫胎於新聞，針對新聞做另一個角度之解析，或和新聞有關問題之探討。

   例如：學生占據立法院，抗議「兩岸服貿協議」事件，可以討論的議題就很多，記者可從很多角度切入，深入探討相關議題。

2. 未必和新聞有直接之關係，但可因新聞事件而引申或類比，提供相關之特寫。

例如：俄羅斯進兵克里米亞，導致歐美國家的經濟制裁，對國際經濟會有什麼影響？對台灣會有什麼影響？都是可以關心的議題。

3. 和新聞完全無關，或許配合節令，或者是最近熱門的話題，範圍很廣。

例如：端午節到了，有很多的民間習俗，或季節性的食物，都可作爲題材，不過這類特寫和報導很不容易區分。

（二）從特寫的內容區分

1. 人物特寫：以寫人爲主軸，包括寫這個人的背景，以及其人其事。
2. 議題特寫：以分析一個新聞事件爲主，包括事件發生的背景、幕後、事件所引起討論的議題，以及事件未來可能的發展等。
3. 趣味特寫：內容具趣味性，趣味當中也帶有知識性。
4. 分析性特寫：與議題特寫一樣，也可屬於議題特寫的一部分。單純的分析性特寫，比較著重在對事件的分析，議題特寫則偏重在對議題的討論，嚴格說來，兩者差異不大。
5. 隨行特寫或見聞特寫：相當於軟性新聞報導，只是報導只限於把隨行見聞記述，特寫常會加一些感想和評語。

（三）從特寫的目的（功能）區分

1. 知識性特寫：以提供讀者更多新知爲訴求，讀者讀了以後會增加很多知識。

例如：「兩岸服貿協議」事件，透過各個角度的分析，讓閱聽人知道更多的服貿內容、相關法律或立法程序、爭議焦點，以及其他國家處理類似議案的過程等，提供更多元的知識內容。

2. 資料性特寫：提供更多的背景或佐證資料，幫助讀者做事件的背景分析。

例如：俄羅斯與烏克蘭對於克里米亞的爭議，媒體提供了烏克蘭的人口、領土、經濟情況、軍力等相關資料，讓閱聽人對烏克蘭有更深入的

了解。

3. 評論性特寫：除提供資料外，也對議題做評論，幫助讀者思考。
4. 休閒娛樂性特寫：提供休閒娛樂性的內容，接近新聞報導。

第二節　人物特寫

人物特寫是寫人，或其人其事。它的重點必須是完全針對人，有時候可能也會加入這個人對某些議題的意見，但還是以呈現人物的特質為主軸。

一、人物特寫與人物專訪有何不同？

一般讀者不大容易分辨，但是對於專業的新聞工作者，是不能不清楚區分的。大體來說，可以有下列的要件：

1. 人物特寫是在描寫（這個）人；人物專訪是在訪問（這個）人，請他對某個議題發表看法。
2. 人物專訪一定要訪問到這個人，不可虛構採訪事實，因為你必須確實從這個人口中聽到他對某個問題的意見；人物特寫不一定要對人做訪問，只要有足夠的資料就可以寫。當然如果訪問到人，而這個人，他也對某些事發表了看法，但因重點在寫人，因此意見只是用來做襯托這個人的功用。
3. 人物專訪對受訪者未提到的內容，不可杜撰；人物特寫不需要當事人同意就可以寫，當然其內容也都必須是真實的，不可虛構。

二、寫人物特寫的時機

1. 人物本身最近有特殊成就（或出任重要職務），並且在近期未有特寫介紹過者，值得向讀者介紹其背景。
   例如：楊泮池出任台大校長，因其職務為眾所矚目，故值得為他寫一篇人物特寫。

台大醫師柯文哲出來選台北市長，雖然過去他常以名醫的身分在媒體曝光，但在政治上他卻是個素人。因此他的動機、風格甚至家庭背景，都很具有寫人物特寫的條件。

2. 人物最近有特殊事件發生，成爲新聞焦點。

   例如：學運領袖林飛帆，是服貿事件中的焦點人物。這類人物通常是過去很少在媒體曝光者，現在突然成爲新聞焦點人物，就很值得寫人物特寫。服貿事件中也牽扯到很多政治人物，就未必有價值。例如王金平就沒有再寫人物特寫的價值。

3. 人物本身成爲爭議焦點。

   例如：黃世銘檢察總長暴露王金平與柯建銘涉嫌關說案，意外引發洩密案，使自己身陷政治與法律風暴中，本身成爲爭議焦點。讀者對此人物的背景、風格、情操等人格特質，就很有興趣。

4. 過氣的新聞人物，因某些原因而引起社會注意或懷念。

   例如：李國鼎、孫運璿，在討論當前台灣經濟困境時，不免讓人懷念當年他們對台灣經濟起飛的貢獻。

5. 某些名人突然過世，引起大家對他的懷念。他在世時的一些事蹟，大家平常不大注意，此時即可加以整理，寫成人物特寫。

   例如：美食作家韓良露，突然傳出因罹患子宮內膜癌，以57歲盛年病逝，其人其事，都很引人關注。

6. 特殊設計，對某些曾爲知名之人物，做特殊採訪報導，他符合了知識性、趣味性（娛樂性）。

   例如：前副總統李元簇，他卸任後隱居苗栗，很多人幾乎忘了他，他現在的生活如何，對老一輩的人來說，還是有「知」的興趣。

三、寫人物特寫的準備

1. 平時就對此人物有相當的認識和了解，確知他是在哪一個領域的專家。
2. 從各種管道蒐集此人物的個人背景資料。如果這篇人物特寫是需要知道個人背景，包括學經歷、家庭狀況等的話，現在有很多管道可以查得

到。

3. 從該人物的長官、同事、僚屬、親友口中探詢。主要是要了解一些個人的行事風格。

4. 直接向本人採訪求證。這是最不得已的，因爲見了面就應該直接切入專訪的主題。

四、人物特寫的表現方式

1. 表現一個人物的人格特質

（1）從成長過程看。

（2）從求學過程看。

（3）從做事態度看。

（4）從家居生活觀察。

2. 表現一個人物的處理事情的能力

（1）從過去的經驗論斷。

（2）從媒體的評價觀察。

（3）從接近他的人（僚屬、朋友、長官、親人）的口中評述。

3. 描寫一個人的行事風格

（1）從過去的表現論述。

（2）當事人自己對自己的描述。

（3）媒體或接近他的人對他的描述。

4. 敘述一個人物的功過

（1）從歷史文獻找資料。

（2）媒體或接近他的人對他的描述。

五、人物特寫的角度

1. 正面的：推崇該人物的成就或正面的形象。

2. 評論的：就該人物的事蹟功過，持平論述不具色彩。雖有褒貶，都應有所依據令人心服。

3. 負面的：通常帶有極尖銳的批判語氣，所引述的事實也以負面居多。但這並不代表可以憑空揑造，誣陷一個人的人格。

六、人物特寫的結構

1. 引言先導出要寫這篇人物特寫的動機或理由

（1）有新聞背景。

（2）沒有新聞背景，便須另舉要寫這篇人物特寫的動機或理由。

2. 本文可以分很多段論述

（1）寫該人物目前的情境。

（2）寫該人物過去的成績表現論其功過（對國家社會的貢獻）。

（3）寫該人物的行事風格或個人特質。

（4）寫他的成長過程、居家生活，展現其柔性的一面。

3. 結尾

可以用一句話、一個小故事，或一段對未來發展的預測，或用史家的語氣來下評語，作為結束。

茲以《聯合報》記者詹建富於2013年3月12日，撰寫「楊泮池當選台大校長」這篇人物特寫，分析其結構如下。

台大醫學院院長楊泮池昨天經台大校長遴選委員會票選為新任校長，也是台大創校以來首位非官派的校長。（寫作動機：有新聞背景）

面對眾多角逐者，尤其是雲林科技大學前校長楊永斌、頗孚學生聲望的國科會主委朱敬一等強敵環伺，楊泮池以學術成就及醫界建立豐沛的人脈，終讓他脫穎而出。（目前情境）

外型斯文、說話不疾不徐但條理清楚，是楊泮池給人的第一印象。「在台大醫院眾多優秀的醫護人員中，楊院長是位絕頂聰明的人」，一名台大醫師說，楊泮池從擔任台大醫院內科部主任，到2006

年獲選爲中央研究院士、隔年又接任台大醫學院院長，一步一步攀向學術殿堂高峰，「如今楊成爲台大準校長，也是他人生目標之一。」（目前情境）

不少人都會好奇楊泮池的名字由來。他的友人說，由於楊生於台中，家中長輩寄望他將來成一個讀書人，於是以台中孔廟櫺星門內一座半月型的「泮池」爲名，可以像古時高中的狀元「入泮」。楊也從台中一中畢業後就考上台大醫學系，果然不負長輩的期許。（個人特質、成長過程）

值得一提的是，身爲台大高材生，楊泮池並沒有選擇放洋，而是再攻讀台大臨床醫學研究所博士，也是中研院諸多院士中，極少數本土培育出來的博士之一。當時中研院前院長李遠哲就稱他爲「MIT（Made in Taiwan）院士」。（個人特質、成長過程）

楊泮池專長是胸腔疾病。當年SARS（嚴重急性呼吸道症候群）爆發時，楊泮池臨危受命，帶領研究團隊在短短一個月內就從病人呼吸道檢體培養出病毒，並研發「免疫螢光檢測法」來檢查病人的抗體，作爲臨床診療佐證之一。

此外，楊泮池也是享譽國際的肺癌權威，他所帶領的肺癌分子醫學研究成果，曾多次獲刊在國際知名期刊。他說，肺癌是台灣癌症頭號殺手，但國人罹患的肺癌類型與歐美不同，而且容易轉移，因此他致力於尋找可能造成肺癌轉移的基因以及抑制基因。（成績、功過、貢獻）

身爲台大名醫，楊泮池吸引許多政商名流指名求診。藝人林志玲在大連自馬背上墜落返台就醫，楊就是主治醫師，一度被媒體封爲「全台灣最幸福的男人」；其他如法務部前部長陳定南、廣達董事長林百里及董氏基金會終身志工孫越等人罹患肺癌，也都是找楊泮池求醫。

楊泮池的夫人在台北市立聯合醫院醫檢部門，兩人育有一子一女，都學醫。目前長子也在台大醫院服務，女兒則還在就讀，看到子女可以克紹箕裘，他感到無比欣慰。他說，未來會把重心擺在校務

上，仍會保留一小部分時間看門診，「因為當校長只有幾年，當醫師才是我畢生最喜歡的工作。」（結尾）

七、人物特寫導言寫作式例

1. 背景式

以新聞背景，導入你想要描述的人物故事主軸。

「誤打誤撞，許純美在媒體上成了話題女人，但不容否認的，她是這幾個星期以來，街頭巷尾的熱門人物。」（註）

2. 評論式

以批評的口氣做開頭。

「許純美真的紅了，電視邀約上節目接踵而來，價碼一次直逼二十萬。這個讓人覺得毫無道理的奇特現象，究竟反映了什麼社會心態，值得深思。」

3. 引語式

「所謂上流社會，就是要有上億的財產，幾台賓士轎車……」用赤裸裸的物質條件來為「上流社會」下定義，果然迅速贏得了「上流美」的封號，並成了街頭巷尾中的流行話語。

4. 問話式

「上流美」的言行舉止，你覺得有問題嗎？她應該去看精神科醫生嗎？當大家都在談論這個話題的時候，卻又對她善於理財，擁有數億財富的事實，提不出合理的解釋，也難怪她會成為熱門話題人物。

5. 警語式

「不要被無厘頭式的怪異現象所迷惑！」很多人以看笑話的眼光在評量許純美，但是當媒體掌握熱門商機的同時，其實背後可能有一隻看不見的手，正在操弄台上的人物與台下的觀眾。

6. 批判式

許純美現象可以說是我們這個社會的病態，但它確實發生了。我們不忍去批評許純美，但我們不齒那些在操弄這個議題的人和媒體。

7. 描繪式

藍色的睫毛膏，華麗的服飾，鮮豔的口紅，誇張的帽子，再加上一口奇怪腔調的國語，她就是許純美。一個給「上流社會」特別定位，而被媒體追逐的新聞人物。

八、如何評析人物特寫表現

新聞寫作中的人物特寫寫得好不好，試以下列幾個角度衡量之：

1. 分析該篇特寫的結構，共敘述了哪幾個重點，是否都具關聯性。
2. 分析該特寫的角度，是正面的、負面的或持平的。
3. 評析該特寫的寫作表現

（1）有沒有達到特寫的功能：知識性、評論性、娛樂性。
（2）所評論之論點是否合理，能否令人信服。
（3）所述之事實是否正確，有沒有歪曲之嫌。
（4）正面的敘述是否恰入其分，有沒有過度吹捧。
（5）全篇的結構是否層次分明，前後呼應。
（6）文字駕馭的功力是不是很好。

以下實例取自《聯合報》，其先有一則報導，再在同一版面上刊出人物特寫。

【記者彭芸芳／新竹報導】

國立清華大學校長劉炯朗在屆齡退休前夕，專程搭飛機到高雄，台灣高雄女子監獄，探望四年前因感情糾葛殺害同學的清華女研究生洪曉慧，殷殷叮囑她要堅強，多讀書、往前看。劉校長看到洪曉慧立志滌清前非且顯得沉穩懂事，欣慰的說自己可以放心地離開清華了。

劉炯朗對探望洪曉慧一事十分低調，只有最親近他的人才知道。

當年清大發生這起轟動全台的謀殺命案，一直是劉炯朗心頭的最痛。八十七年三月七日，劉炯朗校長才剛上任一個月，輻射生物研究所女研究生許嘉眞被人發現慘死在實驗室，經檢警追查，凶手竟是同班同學洪曉慧。兩人因爲爭奪男友，洪曉慧把許嘉眞毆倒，用昏迷劑使她窒息死亡，再調製王水企圖毀屍滅跡。

事隔近四年，劉炯朗即將在明天卸任，臨去前各界邀宴不斷，各項會議讓他分身乏術，但百忙之中，他仍堅持要把所有清華學生都安頓妥當，包括已被退學的洪曉慧在內。在私下積極找尋了一段時間後，得知洪曉慧現在人在高雄女監，上月三十日，他與中研院資訊所研究員——也是更生團契義工宋定懿二人專程去探視，一圓心願。

宋定懿說，從新竹到高雄的路上，劉校長像個學生一樣，背個很重的大背包。待交給監所教化科人員檢查後，她才知道背包裡原來是厚厚的十本書，都是科技、人文和傳記類。像法鼓山的《科技與人文對話》、寫羅慧夫的生平《戀戀福爾摩沙》、陳建邦《挑燈人海外》及英文"Got You"數學小品故事的中譯本等，還有一本很漂亮的大筆記本。因爲劉炯朗的低調，洪曉慧事先只知道有位更生會的宋博士來會客，待一進會客室，看到滿頭銀髮、一臉慈祥的劉校長，洪曉慧立刻激動得淚如雨下，沒想到劉校長沒有忘記她，更沒想到在新聞熱潮褪盡後，還有人關心她。在短短的會客二十分鐘內，她的淚水沒有停過，對於劉校長溫暖的鼓勵，她不斷點頭，承諾會努力上進。

宋定懿轉述，當時劉炯朗一再叮囑洪曉慧，要把心定下來，好好利用時間多看書，再大的痛苦都撐得過去，要堅強地活著，記得往前看，沒有人是可以被放棄的。劉校長還問洪曉慧：可不可以寫信給他？洪曉慧回答說，依規定，要到今年六月才能寫信。劉校長馬上遞給他名片，還抱歉地說有效期限只到二月三日，但請她六月後一定要寫信給他，學校會幫忙轉信。探視時間結束後，劉炯朗在典獄長的邀請下參觀了女監的各項設施。離開後，在計程車上他非常開心地說，女監的設備和氣氛都很好，洪曉慧可以安心遷善，他很放心，尤其她神情沉穩，應對眞誠，看得出來已脫胎換骨。他相信若幸運的話，洪曉慧五年後獲得假釋，仍有機會對社會做出貢獻。

【記者陳明成／大寮報導】

高雄女子監獄教化科長黃寶貴昨天表示，清華大學校長劉炯朗在卸任前南下探望在監獄服刑的洪曉慧，洪曉慧感動得痛哭落淚，承諾接受法律制裁後，會重新出發，好好生活。

黃寶貴表示，洪曉慧在女子監獄工廠擔任文書工作，每一件工作交到她手上，她都處理得井井有條。平常和其他受刑人相處相當和諧，家人經常前往探視、安慰和鼓勵，生活很平靜，未曾有情緒性反應。

黃寶貴說，劉炯朗到監獄告訴洪曉慧，他剛上任清華校長一個月，就發生兇殺案。現在即將卸任，前來探視，是希望洪曉慧接受法律制裁後，能有所成長，奉獻所學。洪曉慧對校長的用心感動地流下眼淚，答應會依校長的期望，好好的接受制裁贖罪，以後會抱著過新生活的心態重回社會。

「再見阿朗」學生依依不捨歡送
——心繫情殺案兩個無法畢業的清華人　劉校長每年探視許嘉真父母

【記者彭芸芳】

「妳是清大的學生！無論如何妳都是清大的學生。」民國八十七年三月十三日，許嘉真命案發生後數日，清華大學校長劉炯朗到新竹看守所探視洪曉慧時，說了這句話，當時社會上對此頗不諒解。事隔近四年，劉校長卸任前夕，專程探監，仍把洪曉慧當清大的孩子來疼愛，展現不放棄任何一名學生的教育家胸懷。

清華大學的資深教授們都公認，劉校長是台灣少數幾位非常受學生歡迎的大學校長。上月學生們自動自發舉辦一個極大型的「再見阿朗」晚會，依依不捨的歡送他。劉炯朗走在校園裡，隨時有學生請他簽名，把自己的詩、畫送給他留念，有人圍著找他一起吃自助餐和消夜，劉校長在清華網站上每週寫一篇雜談，其中的佳句和笑話被學生廣為傳頌。

溫文儒雅又幽默風趣的劉炯朗，四年內為清華募得七億元捐款，近年媒體所做的大學學術聲譽調查，清華都名列第一。劉校長對清華人的成就深感榮耀，但在他心中，仍有兩個無法畢業的清華人讓他念念不忘：一是被害身亡的許嘉真，一是殺死許嘉真入獄的洪曉慧。

直到前天，劉校長已探視過洪曉慧後，他才透露，近三年來，每年過年前他都會北上探視許嘉真的父母，甚至與他們成為好友。因為許父在台電工作，清大有電力方面的問題，劉校長都會向他請教。

但是近二年來，劉校長依學籍資料尋找，卻聯絡不到洪曉慧的家人，劉炯朗曾向桃園女監詢問，但因他未透露身分，獄方答以須到現場登記才決定是否准許會面，致未能成行。一年多前，洪曉慧所寫的一篇文章在基督教更生團契的雜誌上刊出，更生的義工，也是劉校長任中研院資訊所諮詢委員召集人時的同事宋定懿看到後，把文章剪下寄給劉校長。劉炯朗就試著透過更生團契找洪曉慧，經由總幹事黃明鎮的幫忙，終於查出她在高雄女監。

洪曉慧因清大情殺案以直接故意殺人罪判處有期徒刑十八年、褫奪公權十年、民事判賠兩千四百餘萬元，在案發六天後，洪曉慧剛被收押進新竹看守所，劉炯朗就曾單獨去見她。在社會一片撻伐聲中，洪曉慧被形容成該受到千刀萬剮的罪人，但劉校長仍持續堅定的視她為清大人，無論輿論對他如何不諒解，劉炯朗都沒有多做解釋。

這次看到洪曉慧仍留著長髮，戴著眼鏡，身型略顯清瘦，獄方讚揚她表現良好，劉炯朗幾乎一路帶著微笑從高雄回到新竹。在他心中，仍迴響著當年對洪曉慧說的那句話「無論如何，妳都是清大的學生」；不管做錯天大的事，都要持續的關心與教導。

針對這篇特寫，作者試作評析：

人物特寫評析

標題：「再見阿朗」學生依依不捨歡送

記者　彭芸芳

（一）特寫內容提要

本篇特寫在敘述清華大學校長劉炯朗，前往高雄女子監獄探視洪曉慧的背景（同版面另有報導）。洪曉慧是在民國87年，因殺害同學許嘉員並加以毀屍，而被判處有期徒刑十八年。劉炯朗以不放棄任一名學生的有教無類精神，對洪曉慧表達關懷勉勵之情。

（二）特寫結構

本篇特寫事實上只表現了一個重點，那就是劉校長對洪曉慧的關懷，並以此帶出劉炯朗的治校風格與受到學生歡迎的一面。

（三）全篇對人物的描寫是高度正面的

讚揚劉炯朗是一位眞正做到「有教無類」的教育家。形容他「溫文儒雅，幽默風趣」，是個很受學生歡迎的校長；也描寫他心思細密，擅於關懷別人。例如，他最近三年來每年過年前，都會前往探視許嘉眞的父母，並與他們成好友。

（四）就特寫的寫作表現而言，可分述如下

1. 有很好的文字表達技巧，例如一開頭就用一句引語「妳是清大的學生，無論如何，妳都是清大的學生。」此句亦正是全文主軸。文中許多貼切的描述，也頗令人感動，彷彿看到場景般的眞實。如「這次看到洪曉慧仍留著長髮，戴著眼鏡，身型略顯清瘦，獄方讚揚她表現良好，劉炯朗幾乎一路帶著微笑從高雄回到新竹。」
2. 特寫之功能在於能否表現其知識性、娛樂性與評論性。本篇描寫一位偉大教育家的風範，給「有教無類」立下了一個更具特色的注解，其知識

性超過了任何正統的敘述手法，值得一讀。

3. 本篇因爲另有報導同步處理，故其主要功用在補報導之不足，如果讀過報導，再來讀這篇人物特寫，當可發現特寫人物的風範是值得讚頌的。作者用很多故事來襯托人物，讓人感覺是那麼自然不矯作。
4. 全篇結構：第一段用一句引語開頭，點出全文的重點，是很好的導言。第二段、第三段，都在敘述劉校長這個人，並在末尾再度帶回主題。四、五、六段敘述主題背景，也襯托出劉校長不畏世俗的獨特風格與堅持。末段再呼應導言，也是用那句話來做結尾，前後呼應，結構完整。

（五）結語

一篇好的人物特寫，除了讓我們看到作者對人物的褒貶之外，還會感動，就顯示了作者駕馭文字的功力和素養。這種感動，不是因爲她用了什麼動人的辭彙，而是在她平實地敘述故事時的字裡行間。

如果不是名人，也不是有什麼與該人士有關的新聞發生，純粹只是因爲該人士的「特別」，而有報導的價值。以下這篇「護樹媽媽阿粉姊」，便是這種既是報導，又是人物特寫的很好範例。

護樹媽媽阿粉姊　　【記者 張慧中】（91.2.3　聯合報）

「護樹媽媽」謝粉玉，是苗栗縣大湖一位平凡的客籍婦女。二十年前，先生早逝，阿粉姊獨立扶養三個孩子長大。但也在此同時，阿粉姊開始以自己的力量，救了兩千多棵台灣列管保護的老樹，每棵樹齡八十歲到二百歲。

她貸款購買四塊地，把移自全台各地的老樹，種在路邊給人欣賞。說起樹的故事，她充滿感情，每棵樹的來歷、長自何處，以及「移植前」、「移植後」的對照相片，她就像談起兒女的種種可愛，也像家中的那隻瞎眼老狗，除了疼惜，更有不捨。

但對於自己已積欠銀行超過三千五百萬的事，她卻不好意思告

訴別人，不敢向人開口求助。還把銀行催繳利息的整疊通知單藏起來，深怕別人看到了，會笑她「眞傻呵，自不量力，又沒人教妳作傻子」。

「阿粉姊，我家院子有幾棵老茄冬，最近院子被徵收爲道路用地，拜託妳來把這些樹搬走好不好？」手裡拿著一疊厚厚的銀行催繳利息通知單，腦子正煩惱著要去哪兒挪一筆錢來繳利息，但耳朵聽到有老樹即將遇難，阿粉姊顧不得這許多了，立刻對著電話那頭的人說：「你住哪裡？我馬上來看樹！」

今年五十五歲的謝粉玉，二十年前喪夫時，是一個保守認份的家庭主婦。先生走後，留給她三個孩子、一家小超商及木材工廠。因爲經營木材工廠，阿粉姊時常往山上跑，看到老樹的葉子精神抖擻的迎風搖曳，阿粉姊突然對這些老樹產生感情，再也忍不下心砍了去做木材，於是便關掉木材工廠。

十六、七年前，她貸款買了第一塊地，開始收留別人即將剷除、銷毀的「流浪樹」。從那時到現在，阿粉姊又陸續買了兩、三塊地，前前後後一共救了兩千多棵，合計幾十萬歲的老樹！「老樹萬歲」這句口號，阿粉姊不是用喊的，而是用做。

「我們客家人相信老樹是『樹寶』，會保佑人平安、健康，何況這些樹要經過好幾代才能長得如此茁壯，一砍卻什麼都沒有了，台灣人應該想盡辦法保護這些文化資產才對。」

爲了安置老樹，阿粉姊不辭辛勞的到全省各地移植老樹。「其實冬天才是移植的最佳季節，可是沒辦法啦，公文一批下來，動作不快一點，一、兩百年的老樹，命運就是被銷毀。」有人知道阿粉姊是樹癡，願意自掏腰包買樹，常故意提高價錢，逼得阿粉姊只好咬著牙付錢。

接下來，阿粉姊必須請人移植，同樣是工程浩大。「爲了要增加移植的存活率，一定要幫老樹包上一層層日本製的黑網——每條一萬多塊錢，包上幾層稻草，塗上樹藥，再請工人輕輕搬運，千萬不能摔傷樹心，才有機會救活它。」阿粉姊如今已成了移樹專家。

在阿粉姊心中，這些沒有人要的流浪老樹，不論是櫸木、樟樹、茄冬、榕樹、桂圓……都是台灣國寶，所以不但要想辦法留下來，而且要種在路邊給人欣賞。所以她買的四塊地，全部都在路邊，種不下的，沒錢買地了，只好「借種」在別人的林地上。

「我收容的老樹，最小的一棵都有八十幾歲呢。你看，這一棵一百多歲，要三個人才抱得住，開車路過看起來好舒服，我一看就喜歡！」大樹有情，阿粉姊更有情，尤其一想起五年前，自己雖一再努力陳情，卻因本身財力有限，致大湖綠色隧道兩百一十七棵老樟樹，因拓寬工程而毀於一夕，至今仍心痛不已。

曾經，爲了救樹方便，阿粉姊出馬參選「大寮村社區發展協會理事長」一職。當時五位理事中，只有謝粉玉一個是女的，她卻當選理事長。大湖有十二個村，十二個理事長中，也只有謝粉玉是女的。在當時保守的客家村中，出現這樣的「女強人」，眞的很少見。

如今，在大湖村，常可見阿粉姊開著一部白色吉普車，車頂加了可以綁樹的拉索，車後擺滿了抽水機、水管等澆水設備，輕快地奔馳在鄉間的道路上，模樣眞是帥呆了。但很多人不知道，當忙完了一天的雜貨店生意，阿粉姊還要上山去幫移植不滿三年的老樹澆水，和「他們」聊天作伴，直至半夜才回家休息呢。

基於安全、經濟、媽媽的體力等考量，三個孩子從頭到尾都反對媽媽以救老樹爲己任，也不同意媽媽動念要做「流浪樹之家」，鼓勵國人來認養老樹。

「坦白說，最近我眞的覺得自己像是石壁上孤獨的人。仔細想想：我做得那麼累，是因爲對老樹傷害最大的，就是蓋學校、開馬路。其次就是『風水之說』，只要那棵樹妨礙人升官發財，都要遭殃，所以我永遠也做不完。」

識字不多的阿粉姊，除了「想到就做」外，唯一有的就是「堅持到底」的勇氣。

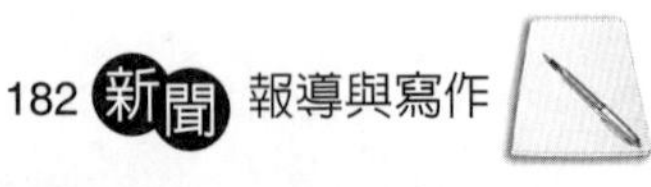

第三節　議題特寫

一、議題特寫的動機

1. 議題事件具重要性，針對該事件所可能造成之影響，做特寫分析。
2. 新聞事件具複雜性，須仰賴特寫加以剖析、整理、釐清，以讓讀者對該複雜事件，能迅速掌握。
3. 新聞事件具爭議性，可剖析正反或多方面觀點，以供讀者研判。

以兩岸簽署ECFA爲例：

1. 簽署ECFA對兩岸經貿關係，或台灣經濟發展前途有重大影響，故符合重要性要件。
2. 新聞具複雜性，可以討論的議題包括：
（1）簽署ECFA對台灣經濟發展的利與弊。
（2）此議題可能引起的各方解讀會是什麼？
（3）大陸方面的動機爲何？
（4）反對黨的反應，是否眞的毫無道理？執政者應如何面對？可提供建言。
（5）對外國資金及國內股市，是不是會有影響？
（6）對遭受損害的部分（如農業）有沒有配套措施？
3. 具爭議性如下：
（1）當前情勢有必要簽署ECFA嗎？（兼論動機）
（2）對馬政府的聲望有加分作用嗎？
（3）簽了ECFA就能和各國簽FTA嗎？

二、議題特寫的準備

1. 平時即須累積對各種議題的認識和了解，故當事件發生後，能以最迅速的方式蒐集資料，並就個人累積之資料提出分析。再以「ECFA」爲例，應蒐集之資料包括：
（1）兩岸簽署ECFA醞釀的背景。

（2）目前的運作情況（包括何時開始提議？何時開始接觸？主要議題有哪些？）

（3）過去這段期間爲何備受質疑？甚至影響到馬政府的聲望？

2. 隨時要掌握各種議題有關的官員、學者專家，以備緊急時諮詢。

（1）多接觸、常請教，建立交情。

（2）多讀書、多研究，會受到專家們的敬重。

3. 隨時掌握各種新聞事件可能發生的背景，除了可以事先嗅出新聞的發生搶先報導外，並可易於掌握可供分析的背景資料。

三、議題特寫的內容

1. 資料

補新聞之不足或提供新知。有些新聞報導本身可能沒那麼周延。

2. 分析

作來龍去脈之陳述，或複雜事件之整理。閱聽人對於太複雜的事可能無法理解。例如食用油的問題，牽扯的範圍除了廠商的黑心之外，還有政府部門是否有人瀆職、有沒有官商勾結、要如何確保食安，以及一大堆的法律問題等，都有待記者去一一剖析。

3. 評論

就事論事，提出觀點，發出呼籲，供讀者參考。

四、議題特寫的要求

1. 所補充敘述之內容，必須均爲事實。應引述權威的消息來源，讓讀者信服。

2. 盡可能地作客觀之陳述，可有評論，亦應嚴守分際，避免誤導讀者。最好是以提供事實資料的方式讓讀者自行研判。

3. 對複雜之新聞事件，要能簡要陳述，條理分明，以幫助讀者了解。

4. 可以旁觀者的角度，提供讀者觀察問題的方向；或提供不同的思考方

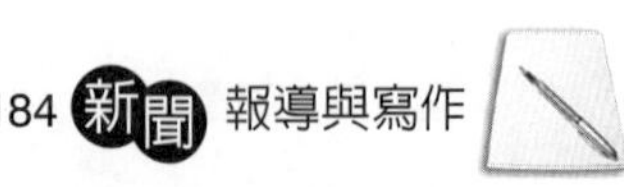

向，引導讀者審愼思辨。

五、議題特寫之結構

1. 導言

以新聞背景爲引言。

例：國道三號七堵段的走山釀成三車四命的慘劇，據專家的說法是因爲順向坡滑動所造成。目前到底台灣各地還有多少順向坡，可能危害到民眾的生命安全，政府主管機關應該全面清查，早作防範。

2. 引介

引介全文預定討論的重點。可以條列式表現，好讓讀者一開始就知道全文將討論什麼內容。（前例導言其實已點出特寫的方向，在此不妨將各種「疑點」以條列的方式表現出來。）

3. 敘述

（1）開始提出資料分析，以佐證導言及引介中所作的各種假設。

（2）針對不同之論點，作反覆之敘述。

（3）從歷史的角度，來析論新聞事件。

（4）以專家的觀點，來析論新聞事件。

（5）從社會法律等各方面的觀點，來析論新聞事件。

4. 結語

用一句話、一個小故事，或一段對未來發展的預測來作結語。

範例：本文爲2014年11月6日，美國期中選舉結果，在野的共和黨大勝，除繼續掌控眾議院外，更在參院取得過半席次。選舉結果出爐的當天，媒體須立刻對此做分析性特寫。

歐巴馬剩兩年任期 要看共和黨臉色

【聯合報／華府記者賴昭穎】2014.11.06

共和黨在期中選舉後主導國會參、眾議院，歐巴馬政府未來在任命官員的人事同意權方面，將面臨在野黨參議員更大挑戰；在政策方面，包括選舉期間成爲候選人攻擊箭靶的「歐記健保」（Obamacare），以及歐巴馬力推的移民改革法案，都面臨行政、立法部門角力。

美國出現行政、立法分屬不同政黨的分裂政府狀態不是頭一遭，尼克森、雷根、柯林頓等人當政時都遇過在野黨掌控國會情況，不過，當年政黨對立不像現在這麼嚴重。而且，對選民而言，上一屆國會被形容爲近代最一事無成的國會，最差也不過如此，因此放心的把共和黨送上參、眾兩院多數黨寶座。

不過，共和黨掌握國會後，在砲口朝向歐巴馬政府之前，內部得先經過一番角力。首先，共和黨穩居眾院多數黨，選舉期間走訪一百七十五個城市、募得一億多美元的現任眾院議長貝納功不可沒，可望穩坐議長位子。現任參院少數黨領袖麥康諾按理會成爲多數黨領袖，不過代表共和黨內保守勢力的茶黨要角克魯茲躍躍欲試，有意挑戰麥康諾。

參院享有人事同意權，新國會明年初才就職，由於還有一大串官員等著參院同意，歐巴馬政府唯一的機會是利用這一屆國會時日無多的「跛鴨會期」清倉。然而，歐巴馬還有兩年任期，未來的任命案要通過恐怕都要看共和黨臉色。

此外，歐巴馬視爲任內最重要政績的「歐記健保」，成爲共和黨這次選舉的吸票機，不少候選人主打廢除這套健保方案；不過，歐巴馬不可能接受，勢必動用否決權回應。爲避免落入朝野對抗，雙方必須透過協商達成修法共識，才能避免僵局。

另外則是移民改革法案。歐巴馬原本有意以發布行政命令方式推動改革，但擔心波及南方州候選人選情，決定延後到選後公布。經過選舉慘敗後，歐巴馬要硬幹或謀定而後動，在他一念之間。

民主黨長期以來推動移民改革法案，爭取讓一千一百萬名非法移民合法居留，但遭共和黨反對。不過，共和黨拿下國會後，如果沒有建樹，在二〇一六年大選恐怕爭取不到少數族裔的支持。因此共和黨如何盤算，將攸關移民改革法案的走向。

第四節　趣味特寫與見聞特寫

所謂趣味特寫，就是只讓人讀來感到趣味的內容，不必像議題特寫那麼「傷腦筋」。它的特性是：

1. 通常都是軟性題材。
2. 要有足夠的趣味故事。
3. 所提出的內容是很少見又極富趣味的。
4. 與其說是趣味特寫，不如說是趣味新聞報導。
5. 寫作語氣力求輕鬆，但不是輕浮。
6. 不宜寫得太長。

以下這篇特寫就符合了上述的要件。

例：宰予「晝」寢？

《論語》中有一段：「宰予晝寢，子曰：『朽木不可雕也，糞土之牆不可圬也。於予與何誅！』」大部分的註解是：宰予白天睡覺（可能是睡懶覺），孔子便說：腐朽的木頭，不能用來雕刻；用污穢泥土所築成的牆，任憑你怎麼粉刷也刷不好。對宰予這個人，我還有什麼好說的呢？

幾年前我突發奇想，在上課的時候，故意「曲解」這一段，以期能搏同學一笑，也故意強調任何問題，都應有多一些思考空間。

我說：其實「宰予晝寢」，應該是「畫」寢才對，是古時候的人筆誤了。你們想想看，從生理的角度來看，一個人偶爾在白天打個瞌睡，是很平常的事。孔子是個很有修養的人，難不成就因爲宰予睡個午覺，就把他罵成「朽木」和「糞土」。我認爲，一定是宰予有了道德上的瑕疵，才會遭到孔老夫子用那麼嚴厲的口氣來責備他。也因此我說，這個「晝」寢，應該是「畫」寢的筆誤。

我甚至打趣說，因爲宰予在寢室裡，貼了很多瑪麗蓮夢露的性感照片「畫寢」，被教官孔老夫子查到，所以才這麼罵他。這則改編的故事，曾經引來同學們哄然一笑。

後來我才發現我實在是孤陋寡聞。原來早在南北朝時的梁武帝，便曾經將它解釋成是「畫」寢，也就是在寢室牆上塗鴉。晚清時，康有爲和梁啟超師生二人，也認爲這「晝」寢，應該是「畫」寢才對。他們的見解是，通常只有心智不成熟的人，才會在牆上亂畫，比如小孩子。因此宰予在寢室塗鴉，顯然是心智不成熟，才會被孔子罵得那麼慘。

最近偶然讀南懷瑾先生寫的《論語別裁》，竟然又有不同的見解。南懷瑾認爲仍應該是「晝」寢，不必將之解成「畫」寢。不過他認爲因爲大家的錯誤解釋，所以害苦了不少人。清朝儒將曾國藩便是一例。據說曾國藩便因爲這一段，而始終不敢睡午覺，以免誤事。實在是疲累得不得了了，才在晚飯後小睡一下（已經不是白天了），然後再起來，讀書或批公文至深夜才就寢。

南懷瑾認爲，孔子應不至於是那麼不通情理的人，因爲宰予的身子骨不好，精神不濟，所以白天難免會打個瞌睡。孔子不忍心苛責他。便說，宰予這樣的身體，有如「朽木」「糞土」般，實在也無可奈何。因此「於予與何誅！」「對於宰予又何必太過苛責他呢！」

經過南懷瑾這麼一解釋，好像變成是一種「愛憐」而不是「責備」，在精神上差異甚大。其實也似乎頗有道理，宰予的名子能數度被登錄在《論語》上，想來他在三千弟子中，也應屬非泛泛之輩。不過後來我在《論語・陽貨》篇，看到宰予向孔子說：「父母過世，守

孝三年太久了，是不是可以守一年就可以了？」孔子便罵了他一句「予之不仁也！」被孔子罵不仁，算是很嚴重了。經過這麼前後對照，是不是還能證明孔子對宰予是出於「愛憐」呢？

這段「辯證」，給了我一些啟示：

第一、白天睡個午覺，或打個瞌睡，是不是一件很迂腐的事呢？算不算是一個人「勵志」上的缺點。

第二、如果在寢室塗鴉，便被視爲有道德上的瑕疵，或如梁啟超所說的心智不成熟，那麼現在很多父母放縱孩子塗鴉，認爲這是心智的解放，又該如何解釋呢？

最後值得一提的是，重要人物講了一句話，總會引起不同的解讀。孔子如此，現在的政治領袖或專家學者亦然。孔子的時代，由於書寫工具不便，或是年代久遠難以考證，造成解讀上的差異。但是現在輿論解放，政治領袖說的每一句話，常常會出現不同的解讀，「選擇性的理解」，左右了太多無法獨立思考者的思維，對現代的人，說不出是幸還是不幸。

在嚴肅採訪行程之外，另寫一些隨行的側記，是爲隨行特寫，亦屬報導。或者是針對某一個地方作旅遊記述，即所謂遊記，也是一種報導。這類報導如同第四章的報導文學化，以優美的寫作引人入勝。

以下範例，是作者參加文化大學教職員工赴雲南旅遊時，所作的遊記報導，刊登於文大校內刊物《華夏導報》，茲摘錄其中部分內容以供參考。

山水甲桂林，古蹟賽兩京，還有那獨特的少數民族風情……
昆明、麗江、大理紀行

文／賴金波

澳門航空客機，劃過晴空萬里白雲。我們這一行八十四人（含三名領隊），絕大部分都是第一次到雲南。雖然大多數人都到過大陸其

他地方，但相對於這次高原城市之旅，大家還是充滿異樣的期待。

果然沒錯，甫抵昆明，就開始有人對高山的氣壓感到有些不能適應。還好調適得也很快，迅速展開頭一天快快樂樂的行程，也拉開了從三月廿九日至四月五日八天行程的序幕。

滇池、大觀樓、菌王餐

第一站最引人注目的是，位於滇池畔的大觀樓。滇池總面積達319平方公里，是中國最大的高山湖泊。秦孝儀先生寫「思我故鄉」歌辭中有一句「滇池三百里芙蓉」，今日終得見其氣勢。池畔的大觀樓雖然沒有宏偉的建築，卻因其懸有清代名士孫髯翁的海內外第一長聯而聞名。這幅長聯，上下各九十字，對仗工整，氣勢非凡。上聯寫景，下聯寫心事，以景喻心，觀景生情，似乎是古今文人共同的心境。

上聯：

「五百里滇池，奔來眼底。披襟岸幘，喜茫茫空闊無邊。看：東驤神駿；西翥靈儀；北走蜿蜒；南翔縞素。高人韻士，何妨選勝登臨。趁蟹嶼螺洲，梳裹就風鬟霧鬢。更蘋天葦地，點綴些翠羽丹霞。莫辜負：四周香稻；萬頃晴沙；九夏芙蓉；三春楊柳。」

下聯：

「數千年往事，注到心頭。把酒凌虛，嘆滾滾英雄誰在。想：漢習樓船；唐標鐵柱；宋揮玉斧；元跨革囊。偉烈豐功，費盡移山心力。盡珠簾畫棟，卷不及暮雨朝雲。便斷碣殘碑，都付與蒼煙落照。只贏得：幾杵疏鐘；半江漁火；兩行秋雁；一枕清霜。」

晚上抵達昆明的第一餐，品嚐當地獨特的菌王火鍋風味餐，相當美味。它的作法是以雞湯爲高湯，放入雲南山區特產的各種菇菌，風味獨特。

西山龍門、金殿、七彩雲南

第二天晨起，發車西山龍門。嚴格說起來可以算是兩個景點。一個是從西山高處眺望滇池；一個是探訪鬼斧神工的龍門石窟。西山位於滇池畔，或謂滇池靜臥西山旁。全覽滇池，或見雲霧渺渺，或覺壯闊無邊，都不是站在大觀樓時看到的滇池所得比擬。

龍門石窟是在西山臨滇池那一面，在懸崖陡壁的原生岩石上，以人工雕鑿而成。始鑿於1781年（清乾隆四十六年），完成於1853年（咸豐十三年），歷時七十二年，工程浩大，亦極險峻。我們搭乘小索道先登山頂，再逐窟往下遊覽，不免讚嘆。只可惜遊人太多，拍張照都很困難，有些掃興。

午餐後遊覽位於昆明東北郊的金殿，這是吳三桂曾據駐的地方。金殿的主要建築太和宮，是一個用200多噸青銅建築的宮殿，連殿前的七星旗也是銅造的。另在文物室內，收藏有吳三桂用過的大刀，不含刀柄，光是刀刃就重達十二斤，與吳三桂的高大身材相稱。離開金殿後轉往漢源茶藝品嚐道地普洱茶，再轉赴七彩雲南晚餐。

七彩雲南是配合1999年世界園藝博覽會的相關建築群，全爲中國式建築。晚餐現場有華麗舞台，正進行雜藝歌舞表演。邊看表演邊品嚐著名的氣鍋雞與過橋米線，入鄉隨俗，也算是收穫。

麗江古城、木王府、納西古樂

第三天清早，搭雲南航空班機飛抵麗江。這一個風景古蹟秀美的小郡，竟是在1996年的大地震過後，才被世人所發掘。自此遊客絡繹不絕，高級飯店也一家一家建起，麗江的質樸之美，成了旅遊團體不可多得的瑰寶。

到麗江的第一站，先到黑龍潭。這是當地主要飲用水源，水質清澈，潭岸垂柳，配以亭台樓閣，處處皆可入鏡。潭邊的「東巴博物館」，保存了現存於世上最古老的納西族活象形文字，十分珍貴。下午遊覽「木土司府」。「土司」乃當時朝廷對當地特殊地方首長之封號，明朝時賜與漢姓「木」，故稱木氏土司。這座「木王府」始建於元代，歷經明清二十餘代木氏土司營造而成的，是麗江木氏土司衙門的俗稱。它雖沒有故宮之氣派，但園內鮮花爭艷，綠樹搖曳於瓦舍間，卻是北京故宮不能相比的。

在遊木王府時，驚聞台北大地震，只見大家紛紛拿起手機，憂慮之情寫在臉上。直到知道家中平安，才略爲寬心。

出了木王府後遊麗江古城，由於「木」氏不願築牆，以免造成有被「困」之意，所以麗江城是沒有城牆的。整座城以八卦形式布局，並配以四通八達的溝渠。只見到處古樸如畫，小橋流水。腳踩石板，楊柳拂肩，小而美，讓人流連忘返。晚餐後觀賞納西古樂與舞蹈，對這僅有30萬人口的納西族的文化有更深刻的認識。

玉峰寺、玉龍雪山

第四天的主要行程是玉龍雪山。行前被告誡，主峰5596公尺的雪山，終年積雪，必須多穿衣服。早晨出門，見大家果然都包得像粽子一樣。

上山前先參訪玉峰寺，這是一座喇嘛廟，頗爲莊嚴古樸。最著名的是，有一株「萬朵茶花」，每年花開二、三萬朵，故又有環球第一樹、山茶之王等美譽。可惜大概季節不對，只見花朵稀疏，有點失望。

上玉龍雪山確實是個小小的挑戰。首先須乘大巴士上到3356公尺的登山索道入口，接著搭乘六人座的纜車登上4506公尺的觀峰場。行前每人發一件厚重雪衣，和一罐如噴效殺蟲液大小的氧氣罐。當日晴空萬里，是觀賞玉龍雪山的最佳天氣。大夥兒們在高山上，第一件事就是照相，有些人去滑雪。有的人精神奕奕，有些人則罩著氧氣罐不停地吸。有幾位年長者，連氧氣都沒吸一下，顯見身體情況適應良好。反倒是一些年輕人，出現了高山症，呼吸困難又想吐。但不管怎麼樣，大家都完成了登上4506公尺高峰的壯舉，在自己的人生旅程，留下一點紀錄。

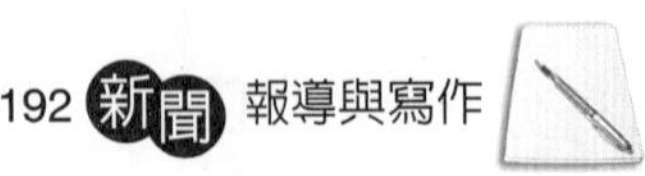

大理、點蒼山、蝴蝶泉、洱海

第五天是個比較難挨的行程。從麗江到大理，要坐四個小時的車程。不過從納西族自治區的麗江，來到白族自治區的大理，在人文風情上，又有一個新的體會。大家最不容易記住的是「小姐」的稱呼，在麗江納西族稱「小姐」爲「潘金妹」，小伙子稱爲「潘金哥」；到了大理，白族人叫小姐爲「金花」，小伙子叫「阿鵬哥」。第七天我們到石林時，那裡的撒尼族稱小姐爲「阿詩瑪」。很多人搞不清楚，竟在不同地方用錯不同叫法，引來一些笑聲。

大理早在漢朝時就已納入中國版圖，唐朝時在此設南詔國，宋朝即有大理國之名。大理因金庸的《天龍八部》小説而出名，因此金庸曾應邀來此，被奉爲上賓。大理以蒼山、洱海的天然景觀馳名，再加上蝴蝶泉的幽靜，大理古城的質樸，形成了特殊的自然與人文景觀。

點蒼山又名蒼山，最高有4122公尺，山頂上終年積雪，相對於東邊山腳下的洱海，乃有「蒼山雪、洱海月」之説。如再加上「下關風」與「上關花」，就成了「風花雪月」的四大奇景了。遊蒼山必須搭小索道，有金庸題刻的「大理蒼山索道」勒石，成爲一景。乘索道上山，腳下蒼松正在結果，亦爲一景。而山坡上也滿布墳墓，有些遊客怕會不太自在。那天乘蒼山索道時，天飄起了細雨，氣溫驟降，讓人感覺一絲寒意。山上有個「中和寺」，和台灣中和的圓通寺有些像，只是規模較小，逗留了約半小時，便再乘索道下山。下山時特面向洱海，倒也能感受到洱海的磅礡氣勢。

下山後乘車抵大理古城，這座古大理城和麗江古城完全不同。街道採棋盤狀，還有高大的城樓和城牆。而在市容方面，也比麗江繁榮和「現代」得多，應是另外一種風貌吧。大理古城的商店極多，有賣玉石、服飾和手工藝品的，團員們在此採購，頗有收穫。很多人買得不過癮，晚飯後搭乘飯店的免費巴士，再來「血拼」一番。

在大理古城這一晚，我們住在亞星大酒店。據説這是台商所經營的，晚餐的口味大家似乎感到有些親切，席間的演奏也頗具水準，這頓飯吃得挺開心。

第六天遊覽蝴蝶泉，這裡有許多的愛情故事和傳說，環境也頗清幽，很多小朋友來此春遊野餐。大家也紛紛依習俗在泉水口擦洗三道，以求得好福運。在往蝴蝶泉途中，先造訪了三塔寺，拍照留念。

下午參訪了「喜洲嚴家大院」，看到了三方一照壁，四合五天井的白族民居建築特色，還在此嚐飲了著名的三道茶，是一種很不錯的體驗。

下午的重頭戲是乘「大運號」的客輪遊洱海。洱海是個內陸湖泊，面積250平方公里，僅次於滇池。洱海水質清澈，船首劃過碧波，還眞有行舟海上之感。四個小時的航程，中間停靠兩個小島，景色平平。靠岸晚餐後，搭機飛回昆明。

遊大理時遊客最喜歡採購的東西，一個是緬甸玉，一個是紋理天然成畫的大理石精品。大理爲古通南亞絲路孔道，現有滇緬公路和緬甸相通。世界著名的緬甸玉都運來中國加工，大理因地鄰之便，因此這裡賣的玉堪稱物美價廉。幾位愛玉的女士們，「大開殺戒」，成績斐然。

點蒼山所產的大理石，其紋理天然成畫，價錢也不貴，只可惜太重，所以買的人不多。

石林—天下第一奇觀

回到昆明，天氣又熱了起來，大家紛紛換上夏裝。第七天走訪石林，大太陽照得大家拼命打傘猛擦防曬油。石林距昆明86公里，路況不太好走，花了兩個小時車程。這個號稱「天下第一奇觀」的特殊地貌，直教人嘆爲觀止。較大面積的「大石林」，有千石相疊，峰峰相連，石峰密集如林，故稱石林。穿梭於石林小縫間，眞是驚險刺激，也不時發出大自然神奇的讚嘆。到了小石林，看到各種奇特造型的石像，如唐三藏、阿詩瑪等，但見平地拔起一根巨筍岩石，其特異之處，可比桂林山水中平地拔起的一座山。這些景觀，你只有不停的驚嘆。

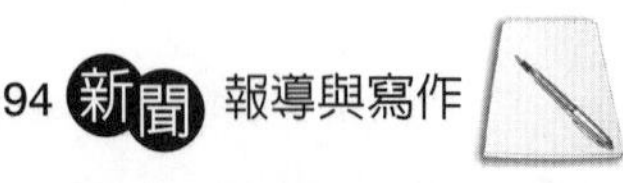

歸程

四月五日，我們有了想家的感覺。晨起驅車到1999年世界園藝博覽會留下的展場參觀，由於範圍太大，我們只有最後的兩個小時，只好走馬看花。中午在一家「酒林」品嚐了藥膳特別餐之後，終於要揮揮手告別雲南。據領隊的報告，全團的行李件數增加了很多。不增加件數的，原有行李的體積也長胖了許多。想來大家都收穫不少，有裝在腦海裡的，有放在行李箱內的。

雲南，不是個富裕繁華的地方。但是它很特別，它的山水之美，比起桂林並不遜色；它的建築，雖無北京、南京的宏偉，但具有特色，故論其美不遑多讓。而最讓我們難忘的，是納西族、白族的少數民族民俗風情文化，可以稱得上是知性之旅。八天的行程，或許走累了，但滿載行囊，一定要說一句：「不虛此行。」

註釋

註：許純美（1957年12月13日－），2003年年底至2007年間台灣話題人物。在本人不反對下，於2004年被台灣媒體塑造成丑角，並藉以提升新聞或綜藝節目收視率。超級電視台甚至為她開一個新聞節目《上流社會新聞》，讓她當主播至2004年2月11日止，而此舉遭受多家媒體監督團體批判。《新台灣新聞週刊》稱此「許純美現象」為「媒體背離社會公器精神」而多加言誅筆伐。許純美於2006年12月，以無黨籍身分參選台北市市議員，號次16，得票數（率）：1,384（0.52%），仍贏過三位候選人。（摘自維基百科）

新聞專題採訪報導

不管是平面媒體或電子媒體，當有重大新聞事件發生時，常會看到媒體「集中火力」地報導這個重大事件。平面媒體可以用好幾個版面，來報導和探討相關新聞；電子媒體則甚至要用很長的時間，做即時報導（LIVE）。這種「集中火力」式的報導，當然必須有縝密的規劃，才能表現得比其他同業優異。

新聞專題報導，是指媒體針對有重大事件發生時，爲滿足閱聽人的需要，一次做出「大量」的報導。或者雖然不是有強烈的時間性或爆炸性，但議題很值得關注，因此以較大篇幅（或節目時段），對該議題進行較深入廣泛之探討，以引起閱聽人或政府機關之注意，而進行討論或改革，以達成媒體服務公益之目的。

第一節　新聞專題報導的內涵

一、定義

將一個新聞事件，做深度與廣度的報導，讓讀者（觀眾）迅速掌握新聞事件的全貌，並佐以各角度的解釋、分析、評論，以助閱聽人充分聊解，因此又稱爲深度報導（Depth Report）。

二、內涵

1. 就型式分

包含了報導、專訪、特寫、評論等，其中當然都有對新聞事件的解釋、分析等。

2. 就時間性分

包括強烈時間性的立即報導，和較不具時間性的專題報導。強力時間性的新聞事件專題報導，重在組織人力調度、內容規劃與版面表現等；較不具時間性的專題報導，常仰賴記者的個人素養，以個人或小組團隊，去完成一個精采的專題報導。

三、編輯部（新聞部）的組織

媒體設計新聞專題報導的方式，和編輯部的組織運作有關。編輯部的組織運作，通常可以分成編採分離與編採合一兩種。

1. 編採分離制

是指編輯和採訪分成兩個部門，也就是在總編輯之下，設有採訪組（中心）和編輯組（中心）。採訪中心統籌所有採訪工作，編輯工作則交由編輯中心負責。採訪和編輯分屬不同的指揮系統。

2. 編採合一制

按照新聞的性質，例如影劇娛樂新聞，設有主任（或主編），統籌規劃指揮記者去採訪新聞，而主編之下也有編輯，擔任版面處理的工作。也就是說，記者和編輯同屬一個指揮系統。

3. 優缺點

編採分離因採訪指揮系統集中，因此在遇有重大時效性新聞發生時，採訪人力可以集中調配，在新聞表現上較具優勢。缺點是因與編輯不在同一單位，對新聞的價值與標題的表現，看法不一，易生磨擦。不過現在報紙進入數位化，爲了節省人力，記者常須兼任編輯的角色，就不再有磨擦的問題。

編採合一相對的，對於重大具時效性的新聞，因爲記者分散在各單位，集中調度不易，因此在採訪表現上較不靈活。優點是，所有新聞內容都經過事先設計（至少有先經過討論），因此在較不具時間性的深度報導上，較具優勢。

4. 我國報紙多採編採分離制

我國報社編輯部的組織，幾十年來大都採編採分離制，與歐美報紙大都重編採合一明顯不同。其最大原因，可能跟報紙張數受到管制有關（報禁時期是指報紙限證、限張、限制印刷地點）。

早年台灣外匯管制，新聞紙因全須仰賴進口，因此限制報紙張數，從民國40年代的每日一大張，到報禁解除前的三大張。同時早年因爲只有報

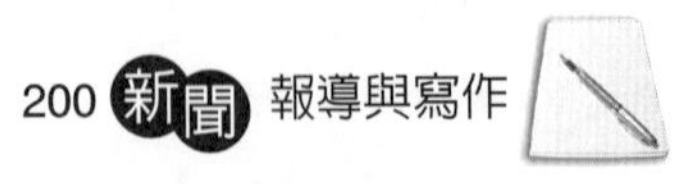

紙和廣播媒體，沒有電視，因此報紙成爲民眾最主要的新聞來源。於是在有限的篇幅下，各報都採「重採輕編」的政策，儘量加強採訪部門，以滿足讀者的需求。

民國77年報禁解除後，報紙張數不再限制，所有客觀條件已和歐美相同，照理說應該開始走向編採合一制。但可能因爲習慣原來的運作，台灣報紙現在是採雙制並行的方式。也就是在時效性新聞方面，仍採編採分離制。而在非時效性新聞方面，例如影劇娛樂、體育、生活、消費等，則重視企劃，採編採合一。

在大陸報紙方面，以《人民日報》的編輯部組織觀察，設有「第一編輯中心」、「第二編輯中心」、「第三編輯中心」、「數字出版中心」、「藝術生活編輯中心」、「中小學生讀物編輯中心」、「新視覺出版中心」。顯見較不重視新聞的時效性，因此應是採用「編採合一制」。

5. 電視台沒有重採輕編的問題

我國電視台新聞部，早期因政府管制嚴格，所以在新聞採訪的表現上，可發揮的空間不多。直到現在，電視新聞仍以強調有現場畫面爲首選。

第二節　新聞專題報導的時機

一、重大事件發生時，必須緊急處理，在第一時間滿足閱聽人的需要

所謂重大事件，必須具備：

1. 影響性

對大眾之生命財產安全、利益，有重大影響者。

例如：中美貿易大戰，對我國乃至全世界的經濟，影響非常重大，國人都很關注。不過像中美貿易大戰，或2008年的金融海嘯等重大新聞，因新聞的延續時間很長，其中可能有較具爆發性的新情勢，隨時都可能成爲

專題報導的題材。

2. 關切性或關聯性

雖然對安全利益無直接立即影響，但卻具接近性，有必要加強關注者。

例如：香港「反送中」抗爭事件，雖然和台灣沒有「直接」關係，但同在中共「一國兩制」的威脅下，台灣民眾比任何其他國家的人，都要來得關切。

3. 複雜性

議題本身具相當程度的複雜性，並且必須要有相當的素養，才能對該議題有所了解。這時候媒體就要扮演釋疑者的角色，讓民眾能夠了解此一複雜的問題。

例如：能源問題，台灣配合經濟發展需要多少電力，綠色能源能否滿足需求？核能發電是不是很重要，它的安全性如何？都是相當專業的問題，媒體應該幫民眾解釋分析。

4. 震撼性

突然發生的重大事件，足以讓所有的人感到震撼，此時一定有很多的新聞內容需要報導，也有很多的疑問需要解答。媒體必須提供足夠的篇幅，來處理這個令人震撼的消息。

例如：1999年美國紐約世貿中心雙子星大樓，遭受到恐怖攻擊，兩棟大樓被夷平，數千人罹難。民眾除了從電視上目睹驚恐畫面外，還有更多想要知道的問題。

再如：武漢肺炎大爆發（後來改稱新冠肺炎），每天的新聞發展都是大眾關心的問題。

5. 其他特殊重大事件

除了上述要件之外，有些新聞因爲某些特殊的原因，使得媒體必須以很大的篇幅，去做成「重大新聞報導」。

例如：2020年7月30日，「李登輝前總統辭世」的新聞，電子媒體或平面媒體，都以重大新聞處理。而其所具備的要件，顯然都和前面的四種

要件，不是十分符合。（詳細理由請見後節實例說明）

二、具有必須進行改革的重要議題，或者廣大閱聽人關心的議題，透過精心設計，以密集報導方式展現，引起大眾注意

1. 應興應革的議題，可能涉及國家政策，或人民福祉。而且是過去以來一直被有關當局所忽略者。
   例如：齊柏林拍攝「看見台灣」，探討台灣山林之美，也同時帶出了被濫墾濫伐；河川之美，卻遭到嚴重汙染，都是令人關切的議題。而他以電影的方式做「專題報導」，更能震動人心。
2. 閱聽人感到興趣的議題，而且是過去大家很少去探討到的。這樣的議題，除了是趣味性之外，更要有知識性。
   例如：日本明仁天皇在生前退位，由他的兒子德仁太子繼任天皇，並將年號由「平成」，改元「令和」。在世天皇退位，在日本歷史上是未曾有過的。我們雖與此事無關，但全世界都在談論這件事，大家也很想知道更多的故事。

第三節　新聞專題報導的策劃

一、重大突發新聞發生時的規劃（非預知性新聞）

非預知性的突發重大新聞，通常極爲震撼，因爲有時間壓力，所以也考驗媒體的團隊應變作戰能力。這類新聞通常包括：

1. 重大天然災害

包括地震（如921大地震）、颱風（有時可預測，但如災害超大則屬之）。

例如：2001年9月重創北台灣的納莉颱風，造成台北車站及全部台北捷運停擺，94人罹難，10人失蹤。

2. 重大影響性之新聞

這類新聞大多沒有所謂的「現場」，但都是影響重大的事件。

例如：中【台】美斷交；美國在2008年，因雷曼兄弟金融公司倒閉，所引起的全球金融海嘯等。

3. 戰爭或恐攻造成之傷害

例如：911恐攻事件。

4. 重大瘟疫

例如：SARS、新冠病毒COVID-19。

5. 名人之意外

例如：美國NBA球星布萊恩（Kobe Bryant）之墜機死亡。

6. 重大突發事故

如客機之墜機事件、火車之出軌翻覆事件、重大工安意外。

（1）處理這類新聞，必須掌握幾個要求：

①快：既然是突發，時間因素就很重要。

②完整：把所有相關的新聞內容完整地呈現，包括：現場採訪、有關方面的記者會聲明、相關資料及外電新聞等的蒐集整理、專家的訪問或評論。

③正確：搶快常常會出錯，必須特別小心。

（2）處理的步驟如下：

①召開緊急會議：在時間許可的情況下，如平面媒體。因在現場表現不如電子媒體，只能透過會議集思廣益，以更完整的內容來彌補時間上的弱點。

②確定表現方式：很多突發重大新聞可能還在進行式中，但可規劃主要新聞的重點，要訪問什麼專家？要有解釋新聞的專欄？要配什麼樣的圖片等。

③工作分派：將採訪人力集中調配，要採訪什麼現場？要訪問什麼人？寫什麼特寫？工作分派清楚。

以台鐵普悠瑪列車出軌事故，造成18人死亡，兩百多人輕重傷爲例。由於這是近年來少見的重大鐵路交通事故，因此符合突發性重大新聞的要件。（註1）

事故發生的時間在下午四點多，電子媒體當然是第一時間趕赴現場，以SNG連線報導。相對來說，平面媒體就有比較充裕的時間做緊急規劃。包括召開緊急編採會議、確定表現的方式、工作分派等。

總編輯、採訪主任等，坐鎮編輯部指揮，並同時觀看電視台的現場報導，隨時下指令給在現場採訪的記者。

二、預知之重大新聞採訪規劃

（一）定義

1. 預知某個時間將會發生什麼事？
2. 此事件是大多數民眾所關切者。
3. 預知將發生什麼事，但不預知將產生的結果。

（二）例如

1. 總統大選將在○月○日舉行。
   總統大選全國人民關切事件，故爲重大新聞。
2. 新冠病毒COVID-19疫情吃緊期間，滯留武漢台商，將搭乘包機返台。
   事件爲已知，但其過程尚未知，在武漢肺炎緊張時刻，此新聞引起全國關注。

處理此類新聞，除了仍應掌握完整正確的要求之外，也可以透過事前會議，分工部署。以總統大選新聞爲例，民眾最關切的是開票結果。因此電子媒體紛紛提前部署，包括人員的分配、設備的調度、電腦系統的安排等等，務要以最快又準確的結果，呈現在觀眾面前。

平面媒體方面，則應規劃隔日見報的版面配置，圖片、統計圖表、分析專欄特寫、評論等，以彌補在時間上落後電子媒體的缺失。

三、重大「議題新聞」之集體採訪規劃

全民關切的重大國家社會議題何其多，媒體本來就有深入報導各種議題之眞相的責任。其中有正面的，例如報導「一批造林護林的尖兵」，將一些善行義舉深入披露。也有負面的，例如「誰是造成河川汙染的元凶？」

在報禁時代，報紙每天只有三大張，很難騰出版面來做這些沒有時間性的專題報導；電視台也受限在節目播出的時間，無法播出此類專題。但在報禁解除，以及電視台播出時間延長後，專題報導不只是用來塡充版面，更是媒體吸引閱聽人的重要內容。

這種重大議題之專題報導，雖然沒有時間壓力，但仍需縝密規劃。例如報導「台灣的用電」議題，除了蒐集相關的資料，以及政府部門的政策，還要採訪企業界、能源專家等的看法。必要時，甚至可以遠赴國外採訪借鏡。例如到德國，採訪第一個宣布將實施無核家園的國家；或者是到法國，採訪全球核能發電占比最高的國家。

四、特殊重大事件新聞報導之規劃

所謂特殊重大事件，如前節所述，它雖然不完全符合所謂的「影響性」、「關切性」、「複雜性」、「震撼性」等要件，但它所引起閱聽人的關注程度，是非常高的。這種新聞通常不是頻繁發生，但媒體都必須爲它做足準備。

茲以「李登輝前總統辭世」的新聞，解說分析如下：

（一）成爲重大新聞的條件差異

2020年7月30日，「李登輝前總統辭世」，享耆壽98歲。這個新聞，和其他重大新聞事件的要件不同的是：

1. 他不具很重大的影響性。雖然李登輝主政十二年，在台灣政治上有其重要地位，但畢竟不是現任總統，而且也不具有政治權力，因此他的辭

世，和兩位蔣總統的辭世完全不同。

兩蔣當時是政治強人，掌控了國家的「絕對權力」。他們過世所帶來的，包括：國家安全、接班問題、政權的變革等，影響重大。特別是蔣經國總統的時代，台灣正處在從威權體制剛要進入民主化的關鍵時刻。但李登輝沒有這些問題。

2. 他的辭世不具複雜性。因為他年事已高，是一種自然的現象，不像1963年美國總統甘迺迪被刺身亡那麼複雜。五十多年過去了，到現在還無法了解眞相。

3. 他的辭世不具震撼性。除了前述他年事已高之外，早在十多年前，就已多次傳出他的健康問題，包括心臟裝了十幾支支架，還有其他疾病等。他的健康問題不像兩蔣時期那麼隱諱，有時甚至有記者會公開說明。

   而最近一次的狀況，是因在家喝牛奶嗆到氣管，造成吸入性肺炎，緊急送往榮總由專屬醫療團隊治療，住院174天，多次傳出病危。因此，他的辭世，在媒體或是民眾的感覺，並不算意外，因此也就不具震撼性。

（二）成爲重大新聞的特色

1. 他的歷史定位：他在台灣政治民主化的過程中，被認爲是重要推手。在他主政的十二年中，台灣享有一定程度的安定和繁榮。
2. 他是第一個台灣人的總統，也是蔣經國總統在力行本土化的政策下，受到栽培並進而逐步掌握權力的總統。而他的掌權過程中，也充滿了荊棘和驚險。
3. 他是一個高度爭議的政治人物：有人稱他是隱藏在國民黨內，瓦解國民黨的人。這些爭議都有待將來的歷史去論斷。
4. 他曾經喊出和大陸是「特殊的國與國的關係」，而引爆一波台海導彈危機；他提出「戒急用忍」政策，阻撓兩岸的經濟合作與發展，受到企業界的嚴厲抨擊；他強烈的台獨立場，以及自認是日本人的言論與行事風格，都在台灣內部帶來深遠而重大的影響。

（三）準備

由於媒體都已「預知」李登輝前總統的辭世，可能在「最近的不久」會發生，因此對於新聞報導的布局，應該都早有準備。據說有些媒體的準備工作，早在六、七年前就開始。

這種情況並不罕見，過去兩蔣時代，很多媒體對於他們「萬一」過世後，可能發生的問題，都有暗中事先推演。甚至於對於毛澤東，也都有相同的準備。

要準備些什麼東西呢？尤其在過去並沒有數位科技的時代，所有資料或照片，都有靠紙本專卷保存。要準備的資料，包括他個人的事蹟、照片（影片）、年表、評論文章、家庭狀況等。

採訪的準備，則是隨時緊盯榮總官方的宣布，以及觀看風向。例如當天有其夫人前往探望時間特別長；蔡英文總統、賴清德副總統、蘇貞昌院長等大員，紛紛趕到醫院探視，就可意識到，應該是「情況緊急」。

於是電子媒體該出動什麼設備（如SNG）？平面媒體的人力布置（含攝影）等，應該早已等待就緒。

（四）專題報導

從官方宣布李前總統辭世前開始（事實上很難搶先報導，因為不宜、也不必），電子媒體根據事先推演的方案，該如何調整節目時間？該播出什麼內容？該做什麼特別節目？該邀請什麼特別來賓？該由誰來主持等，就依序展開。

平面媒體則要討論：明天見報版面要如何配置（用多少版面）？要展現哪些重點？要不要有表述（如年表）配合？要選用哪些照片？邀請哪些專家撰稿？社論短評配合等。雖然這些資料都已事先作準備，甚至撰稿的專家都有事先約好，但召開編採會議仍是必要的。

（五）僅舉當天（2020年7月31日）聯合報的版面表現爲實例，供作參考

1. 當天總共用了第一版上半版，及二、三、四、五、六版，五個整版來報導這一重大新聞。第一版下半版，另有一則「遠航掏空案」，有10人被起訴的次要新聞。
2. 第一版頭題，以少見的大字方體標題「李登輝 98歲辭世」。新聞內容除報導他辭世的消息外，也簡單掃過他的從政經歷、「主張兩國論　兩岸結冰」、「和扁馬宋的恩怨情仇」，以及第一時間，蔡英文和馬英九的談話。

   照片則選自2000年5月20日，第一次政黨輪替，他卸任總統時揮手向全國同胞說再見的照片。照片的篇幅占掉了整個第一版的四分之一。
3. 第二版最大的標題是「戒急用忍　評價不一」，同時臚列了他的一些爭議的政策；「六度修憲法　召來擴權批評」、「康乃爾之行　挑起美中台角力」等內容，全都是該報記者的特稿。某種方面，已在反映出對李登輝的評價。雖然已極近持平論述，但仍有些「批判」，惟程度尚稱節制。

第二版比較意外的，是社論短評都與此新聞無關。推測可能時間作業來不及。他辭世的時間是晚上7點24分，正式發布應已接近晚上8點，在作業上相當倉促。另外也可能考慮到，還有相當多的機會可在社論上發揮，因此當天連第A13版的學者專論版，只有東華大學教授施正峰的一篇不算很長的敘述兼微評。

第二版放了兩張照片，一張是他在2004年新書發表會的照片，他手上拿出與蔣經國每次會談後的紀錄本，其背影是蔣經國的半身照；另一張則是1996年3月23日，他和家人慶祝當選首任直選總統的照片。

第三版上半版，報導他住院期間的醫療過程，標題是「最後一程　家人陪伴安詳辭世」。配上「前一天上午，夫人曾文惠驅車前往榮總探視」，以及「遺體從病房移至懷遠堂」的兩張照片。

下半版則是「藍綠各界政治人物同表哀悼」，以及美國前國家安全顧問波頓的推文「自由世界會想念他」。此版以正面居多。

第四版是該報記者的三篇特寫，著重在兩岸關係政策方面。「兩岸風雲　權力頂峰拋兩國論」、「特殊的國與國　欲剪斷兩岸臍帶」、「晚年體悟：我是不是我的我」。照片方面，一張是1990年「國家統一委員會」成立時，和一些重量級的國民黨政治人物交談的照片。裡面的政治人物，包括副總統李元簇、郝柏村、梁肅戎、馬樹禮、王惕吾、蔣彥士、高育仁、蔣緯國……等人。另一張則是1998年1月7日，王永慶當著李登輝面前，向媒體述說對「戒急用忍」的看法。

第五版爲「政治分合　細數李的恩怨情仇」、「國安密帳案　黑金政治陰影相隨」、「政治變色　李與扁馬蔡的糾葛」。這版幾張照片，都能傳達故事。最大的一張照片，是1988年7月9日，國民黨舉行十三全會，通過李主席提名的第十三屆中央評議委員名單，左邊有兩人，分別是國民黨祕書長李煥，與副祕書長宋楚瑜。另三張較小照片則分別是「1998年台北市長選舉，李登輝高舉馬英九的手，爲馬站台」，以及「李扁牽手」和「李蔡擁抱」的照片。這幾張照片，與該版的記者特寫有相當程度的契合。

第六版是爲李登輝製作了一張年表，標題「爭議一生　功過留給歷史論斷」。配上一張很大的笑容可掬的拍手照片，以及一些生活照。

綜看《聯合報》的新聞處理，內容堪稱豐富，社論以及專家的評論，還有待後續補齊。在立場上，也謹守分際，沒有太過強烈的批判，也沒有過度的歌頌，可以作爲「特殊的重大新聞報導」的極佳示範。

五、記者個別規劃的專題報導

記者自行設計規劃，包括新聞現場採訪、特殊對象的訪問、背景資料的蒐集等，將某一個新聞現場，或相關議題完整呈現。

如果是突發性重大新聞，記者要單獨前往採訪，大都是指發生在國外的新聞事件。因爲如果在國內，編輯部可以部署集體採訪。而在國外，如果沒有派駐記者在當地，只好由國內派人前往。此時該記者只能自行規劃，單獨作戰。不過現在各媒體在全世界重要國家地區，大都有派駐記者，由國內再派人前往，也是配合支援性質，實際運作的很少。再加上國際重大突發新聞，外電報導的也很多，只要綜合外電的報導，就很足夠了。

例如：NBA球星Kobe Bryant之墜機死亡新聞，大部分媒體都已在洛杉磯派有記者，外電更是大量的報導，當然無須再派人前往。

因此，記者自行設計規劃的專題報導，大多是時間性不是很強烈，而國內讀者很關心（或很感興趣）的議題。

例如：2011年日本福島核電廠災害事故，已經過九年，它的現況如何？在國內針對核電問題仍爭論不休之際，記者可以規劃一趟對福島核電廠的專題報導，將會有很高的可讀性。（註2）（有記者潘彥瑞的福島災後現場報導，謹列在註2之後，供作範例參考。）

記者自行規劃做專題報導，有時是自己設想專題，自行規劃想要採訪的地方、人物、議題。但也有些是應有關方面（包括政府、機構、廠商等）的邀請，採訪的內容可能會有邀請單位的設計，而與自己的構想有些差距，但只要用心規劃，應該都可做出優異的專題報導。

以瑞士旅遊局邀請台北某報記者，前往瑞士做專題採訪爲例。二十年前，台灣人前往瑞士旅遊的人很少，主要是非常昂貴。因爲瑞士當年是全世界所得水準最高的國家，人均所得達6萬多美金，台灣只有1萬美元左右，因此普遍玩不起。但瑞士旅遊局認爲，台灣經濟成長快速，應有赴瑞旅遊的能力，只是因爲媒體很少報導，所以大家不是很了解，於是乃有邀請台灣記者，前往專題採訪的公關活動規劃。

記者接到此邀請，自然是難得的機會。於是從蒐集資料開始（當時尚無Google等搜尋工具），先要了解瑞士這個國家，包括它的地理歷史、人口經濟、觀光資源等。然後再規劃自己想要看的內容、想要訪問的人，將自己的構想和邀請單位討論，獲得共識後由對方著手安排。

記者到了瑞士後，一方面照原先規劃的計畫進行，同時也要隨時觀察在採訪過程中，可能出現意外的發現，具有報導的價值。

在經過九天的密集採訪行程後，記者回到台北，著手撰寫專題報導。在旅遊版中，連續三天的整版報導，圖文並茂。據說從此帶動了國人前往瑞士旅遊，人數明顯增加。

註釋

註1：台鐵6432次列車新馬站内正線出軌事故，簡稱1021普悠瑪事故。是2018年10月21日下午4:50分，在台鐵宜蘭線的蘇澳鎮新馬車站旁，發生了普悠瑪自強號列車脫軌事故。事故全車共有366人，18人死亡，215人輕重傷，133人未受傷。經台灣鐵路管理局徹夜搶修，在事故3天後（10月24日），宜蘭線鐵路恢復雙線雙向正常行車。

本次事故為台鐵TEMU2000型電聯車，自2013年投入營運以來，第一起造成乘客死亡的事故，也是台灣鐵路自1991年台鐵造橋火車對撞事故以來，最嚴重的鐵路事故。事故發生後，新聞媒體常以「普悠瑪號翻車意外」、「普悠瑪翻車」等稱之。（維基百科）

註2：福島第一核電廠事故，是指位於日本福島縣海濱的福島第一核電廠，因2011年3月11日發生的東日本大震災所引起的一系列設備損毀、爐心熔毀、放射線釋放等核能災害事件。

這是全球自1986年車諾比核電廠事故以來，最嚴重的核能事故，也是第二起在國際核事件分級表中，被評為第7（最嚴重等級）的核電廠事故。但事故後無人因放射線曝露而立即死亡。世界衛生組織也指出，事件後出生的胎兒出現流產、死胎、身體及精神疾病的機率不會增加。約1300人在地震後因為病情惡化或身體狀況變差而死去。（維基百科）

誹謗與隱私權

誹謗與隱私權，是新聞媒體最容易涉及法律責任的部分。有時是記者個人涉法，但大多數是媒體相關編採或製作人，乃至發行人或媒體負責人，都會一同涉法。媒體在高舉新聞自由的同時，如有涉及誹謗或侵犯隱私權的事件時，其法律責任與一般人民並沒有差別。在歐美國家，其所引發的民事賠償，有時甚至可能造成媒體倒閉。在我國則不管是刑法上的罪責，或民事上的判賠，相對的都要輕許多。

第一節　誹謗

一、誹謗（defamation）之定義

透過公開而錯誤之陳述，造成特定人之名譽受損，使其身分、地位、職業、工作等招致不良影響。

誹謗訴訟起自英美，我國法律也有相關規範，如以新聞法律學者的觀點，則可定義如下：

誹謗是指一種損害「某特定人」名譽的錯誤陳述，要向「他」以外的第三者傳布，使「他」身分地位降低、被公眾隔離、甚至遭受公眾的仇恨、藐視、嘲笑而不利於「他」的工作或事業。（漆敬堯）

以口頭行爲造成之誹謗，稱之爲口頭誹謗（slander）；透過文字、圖畫等所造成之誹謗，爲文字誹謗（libel），又稱爲加重誹謗。在《刑法》論刑上，文字誹謗比口頭誹謗重。

不過英國在1952年修改《誹謗法》時規定：使用無線電播出的語言應被視爲具有永久形式的出版品。準此規定，後來凡是在廣播、電視播出的內容，或乃至舞台劇演員的台詞，都被視爲文字誹謗。在美國則各州情況不一，有些州將廣播視爲口頭誹謗，有些州訂爲文字誹謗。我國有關誹謗的法律在《刑法》310條，並沒有特別對廣播是否屬文字誹謗有特殊規定，因此一般均以口頭誹謗處理。

此外，在實務上，我國將誹謗罪直接訂在《刑法》中，並且在實際判

例上，亦多見以《刑法》論罪。在英美國家，雖也有刑責規範，但大都以民事賠償處理。在我國雖然也有民事處理的規定，但判罰金額，比英美國家低很多。

二、誹謗訴訟之源起

1647年，英人馬區（John March）撰寫「誹謗的訴訟」（Actions for Slander），被認為最早將誹謗入罪的起源。

1792年，英國國會通過「法克斯誹謗法案」（Fox's Libel Law），首次把區別誹謗的責任交付陪審團，確定司法審判言論的超然立場，不再取決於法官的一念之間。

三、誹謗法之精神

經過長久的討論與判例形成，誹謗罪涉法的問題，已逐漸獲得共識。目前誹謗法能否構成訴訟，必須建基於兩個重要的精神之下：

1. 必須是錯誤的報導加惡意的批評

因為這足以使人們名譽受損，因而失去職業、財富，損及社會地位，如無適當的法律，可能引來私人自力救濟或引發暴亂。

此段精神有兩個意義：（1）必須懲罰以對受害人補償。（2）擔心被害人以私人自力救濟來解決。

2. 必須能證明為「確實之惡意」（actual malice）

否則有關針對公務員之報導即使不實，也不罰。

此精神主要在給予媒體報導公務員有關事件時，因不小心而非出於惡意的情況下，給予彈性的空間。

美國大法官布瑞南（William J. Brennan）在判決主文上這樣寫著：「在自由辯論中，錯誤言論是不可避免的，也是應該受到保障的，以便賦予言論自由『賴以生存』的『呼吸空間』」；「保障事實並不足夠，因為恐懼犯錯將導致人民公評政府一事受到掣肘。基於預防自我檢查，給錯誤『呼吸的空間』是必要的，因此才有包容『誠實的錯誤』（honest false）

的規定。」（小註：1960年蘇利文案1964年最高法院判決，由布瑞南大法官撰寫判決主文。）

布瑞南大法官的見解，對新聞媒體因爲新聞報導需要而容易觸法的憂慮，給了一個空間。後來我國的大法官第509號解釋函（註1），也陳述了同樣的意旨。

由此可見，誹謗構成訴訟的精神，在於是否爲「故意」。我國《刑法》第12條第1項就規定「行爲非出於故意或過失者，不罰。」或有過失而論罪（如過失殺人），有「故意」跟沒有「故意」的刑度也是差別很大。

四、贊成與反對的理由

（一）贊成規定誹謗罪者

1. 可避免法外自力救濟。例如對誹謗人施以另外形式的傷害，以爲報復。
2. 如無誹謗罪處罰，新聞媒體之可靠性及公信力將減弱。因爲大家知道不負責任的新聞媒體不會被懲戒。
3. 縱然法院還他清白判決，不能及於最初所有受播者，至少受害者可獲得金錢補償，並使懲戒產生殺雞儆猴作用。

（二）反對誹謗制度者

1. 假如誹謗法具有殺雞儆猴作用，那麼它同時也能對那些不太肯定、無問題的指摘或醜聞，促使其保留不刊登。如此勢將影響公眾對公共事務的探討、批評的熱誠與勇氣。（小註：此即一般俗稱的「寒蟬效應」。）
2. 新聞媒體熱中於保護其新聞來源，但誹謗法將逼使新聞媒體暴露其新聞來源及新聞作業程序。（小註：我國目前法律並無保護新聞來源之規定。）
3. 誹謗法可能發展到連寫小說也會觸法。因爲情節虛構，而作者、發行人明知其虛僞並具有惡意就要觸法，如此將足以對新聞自由構成妨礙。

（註2）

五、公然侮辱與誹謗

除了誹謗訴訟外，我國《刑法》也對足以損人社會地位的公然侮辱，訂有刑責。《刑法》第309條：「公然侮辱人者，處拘役或三百元以下罰金。」由於它的構成要件和誹謗有所不同，因此媒體涉法而引起訴訟的情況比較少見。

（一）兩者比較

1. 公然公開要件

公然侮辱罪，必須以公開使多數人皆能共見共聞之狀況下，不顧一切爲之。而誹謗，只要有散布於眾之意圖即可。特別注意「意圖」兩個字。

2. 具體事實之要件

公然侮辱，只是以言語、漫畫、舉動或其他方式謾罵、羞辱他人的單純行爲（如罵三字經），均成立。而誹謗，需有具體事實之陳述，如僅空洞之陳述，則只有公然侮辱罪。

（二）差異

1. 侮辱不需有具體陳述，但需公開多數人皆共見。誹謗需有具體陳述。
2. 即使所侮辱爲事實（即被侮辱人確實有侮辱者所稱之事實），仍罰。所誹謗之事如果是爲事實，則不罰。
3. 不論善意或惡意，均構成侮辱。誹謗則需有眞實之惡意，才能成立。

由於「需公開多數人皆共見」之要件，媒體在刊、播前大都有前置作業，並且不易有即時當面侮辱之條件，故成案之機會較少。

六、誹謗罪之構成要件

（一）誹謗罪之意涵

《刑法》第310條第1項：「意圖散布於眾，而指摘或傳述足以毀損他人名譽之事者，爲誹謗罪，處一年以下有期徒刑、拘役或五百元以下罰金。」（普通誹謗罪）

第2項：「散布文字、圖畫犯前項之罪者，處二年以下有期徒刑、拘役或一千元以下罰金。」（加重誹謗罪）

（二）構成要件

1. 需指摘或傳述具體事實。「指摘」指就某種事實予以揭發而言。「傳述」含宣傳轉述他人已揭發之某種事實，加以轉載揭發。
   以言詞爲之，如演說、廣播，屬310條第1項普通誹謗罪；如以文書、圖畫爲之，則屬第2項加重誹謗罪。
2. 所指摘或傳述者，需爲足以毀損他人名譽之事。只要足以毀損他人名譽即可不問被害人是否知悉受誹謗，或名譽是否受損、如何受損，或心裡感覺是否痛苦。
   毀損他人名譽，必須能夠辨識，即使只根據內容或其他事實之推測結論，而能明白辨識出何人者，亦屬之。
3. 需意圖散布於眾。只需有意圖散布於眾即已足夠，不以大眾實際知悉爲必要。如將事實僅對特定人祕密告知，不成立。但如有藉特定人加以散播時，仍可構成本罪。
   例如將私藏而具有誹謗他人之日記，故意放在公開場所，即屬之。或者將具有誹謗性之文字，交付印刷廠大量印製完成，雖尚未對外「散播」，卻因已具散布於眾之「意圖」而觸法。

七、誹謗罪之種類（詳參見222頁所附之條文）

1. 普通誹謗罪第310條第1項（口頭誹謗slander）
2. 加重誹謗罪第310條第2項（文字誹謗libel）
3. 誹謗死人罪第312條第2項、第1項（爲侮辱死人罪）
4. 妨害信用罪第313條（商業誹謗）
5. 特別誹謗罪第116條（侵害友幫元首或外國代表）

八、誹謗罪之免責條件

第310條第3項：「對於所誹謗之事，能證明其爲眞實者，不罰。但涉於私德而與公共利益無關者，不在此限。」

其免責要件：

1. 出於虛構，不問是否有關公益，均不能免責。
2. 雖爲事實，但不能舉證。
   （目前對新聞媒體與公務員間之訴訟的舉證責任，傾向由被誹謗者舉證，參見大法官509號解釋函。）
3. 所誹謗之事雖能證明爲眞實，但如僅涉私德無關公益者，仍不能免責。
   （這通常是新聞媒體最容易涉案的部分，因對如何才屬私德無關公益，常有不同之見解，給了法官自由心證之空間。）

第311條　以善意發表言論，而有左列情形之一者，不罰：

一、因自衛、自辯或保護合法之利益者。

二、公務員因職務而報告者。

三、對於可受公評之事，而爲適當之評論者。

四、對於中央及地方之會議或法院或公眾集會之記事，而爲適當之載述者。

其中媒體較易涉及的是第三及第四項。怎樣才屬可受公評之事，怎樣才叫適當，都是有討論的空間。

九、誹謗罪之追訴

《刑法》第314條本章之罪須告訴乃論。

《刑事訴訟法》第237條第1項「告訴乃論之罪，其告訴應自得爲告訴之人知悉犯人之時起，於六個月內爲之。」

也就是說，誹謗罪必須有被誹謗者提告，否則不告不理。提告也有時限，必須在知悉犯人時起，六個月內提出。

十、犯意與過失

1964年蘇利文控告《紐約時報》案（註3），美國最高法院由布瑞南大法官所撰寫判決主文，揭示了兩個重點：

1. 必須有事實錯誤
2. 並且有確有惡意

也就是說，被告明明知道訊息是錯誤的，卻仍對其眞實性不顧一切的忽視，即「有意疏忽」。而這種錯誤及惡意，必須由原告負舉證之責任。

蘇利文控告《紐約時報》案的最終判決論述，也影響了我國大法官的釋憲。

1996年，《商業周刊》被當時的交通部長蔡兆陽控告誹謗案（註4），歷經五年訴訟，雖經大法官作出第509號解釋，被告仍被判有罪。但509號解釋函的意旨，與布瑞南大法官所撰寫的判決主文，有相似精神。因此後來副總統呂秀蓮與《新新聞》的官司，便捨棄以誹謗罪提告，改打「回復名譽之訴」的民事官司，顯然是受到了509號解釋函的影響。（註5）

由這些案例可見，法律在保障新聞自由與誹謗之間，已經很重視新聞媒體應有的空間，因此媒體只要不具眞實的惡意，通常不會受到懲罰。但無論如何，善盡查證，正確報導仍應是媒體不可推卸的職業道德準則。近年來，有許多聲音倡導誹謗除罪化，是一個很值得討論的問題。

十一、本章所舉《刑法》法條原文對照

《中華民國刑法》

第 309 條　公然侮辱人者，處拘役或三百元以下罰金。

以強暴犯前項之罪者，處一年以下有期徒刑、拘役或五百元以下罰金。

第 310 條　意圖散布於眾，而指摘或傳述足以毀損他人名譽之事者，爲誹謗罪，處一年以下有期徒刑、拘役或五百元以下罰金。

散布文字、圖畫犯前項之罪者，處二年以下有期徒刑、拘役或一千元以下罰金。

對於所誹謗之事，能證明其爲眞實者，不罰。但涉於私德而與公共利益無關者，不在此限。

第 311 條　以善意發表言論，而有左列情形之一者，不罰：

一、因自衛、自辯或保護合法之利益者。

二、公務員因職務而報告者。

三、對於可受公評之事，而爲適當之評論者。

四、對於中央及地方之會議或法院或公眾集會之記事，而爲適當之載述者。

第 312 條　對於已死之人公然侮辱者，處拘役或三百元以下罰金。

對於已死之人犯誹謗罪者，處一年以下有期徒刑、拘役或一千元以下罰金。

第 313 條　散布流言或以詐術損害他人之信用者，處二年以下有期徒刑、拘役或科或併科一千元以下罰金。

第 314 條　本章之罪，須告訴乃論。

第 116 條　對於友邦元首或派至中華民國之外國代表，犯故意傷害罪、妨害自由罪或妨害名譽罪者，得加重其刑至三分之一。

第 119 條　第一百十六條之妨害名譽罪及第一百十八條之罪，須外國政府之請求乃論。

《刑事訴訟法》

第 237 條　告訴乃論之罪，其告訴應自得為告訴之人知悉犯人之時起，於六個月內為之。

得為告訴之人有數人，其一人遲誤期間者，其效力不及於他人。

第二節　隱私權

隱私權（The Right of Privacy）又稱「寧居權」，是指任何一個人都保有「獨處而不受干涉」的權利（Right to be let alone），用以保護個人的心境、精神、人格等，不受外力之非法侵犯。

隱私權觀念源起美國，乍看像是一種道德層面的問題，但隨著各國相繼立法規範之後，侵犯個人隱私、私生活的祕密，已有刑責約束，並附帶民事賠償。而新聞媒體更因為要迎合閱聽人的窺伺慾望需求，常有侵犯隱私權的行為吃上官司。

一、隱私權之意涵

1. 美國法學家William L. Prosser：侵犯隱私權，意指四種侵權行為：

（1）侵犯他人私生活的寧靜。

（2）宣揚他人私生活的祕密。

（3）使他人處於公眾誤解的地位。

（4）擅用他人姓名或肖像之特點從中牟利。

2. 東吳大學法學院院長呂光教授：「隱私權的定義可歸納為：隱私權是對於個人生活的保護，使每個人能安寧居住、不受干擾。未經本人同意前，其與公眾無關的私人事務，不得刊布或討論。其個人姓名、照片、肖像等，非事前獲得本人同意，不得擅自使用或刊布，尤不得做商業用途。」

3. 紐約州《私權法》第50條（標題即「隱私權」，Right of Privacy）：「凡個人、公司行號未經先獲得書面同意，如果是未成年，未經父母或監護人同意，而使用活人之姓名、肖像、或照片於廣告用途或做商業用途者，爲輕罪（即違反隱私權）。」

根據以上專家見解或立法規範，可將隱私權之意涵歸納爲：

1. 侵犯個人私生活之寧靜

不論是否爲公眾人物，個人生活的隱私是要被保護的。例如不可在他人家裡安裝竊聽器，或以任何方式窺伺私人生活。

2. 傳播他人生活之祕密

不得以任何手段，宣揚他人私生活上之祕密，不論其所傳布是否眞實。

3. 個人之肖像權不容侵犯

包括個人之姓名、肖像或照片之使用於商業用途者，須經本人或監護人同意。

4. 如因侵犯個人隱私，使其名譽受損者，必須有賠償之規定。

二、隱私權觀念之源起

在1870年以前，即使在美國強調自由與人權的立國原則下，隱私權的觀念還是相當薄弱的。但是當大量的印刷機器、大量的報紙相繼出現時，在工業化、都市化生活的民眾，逐漸感受某些生活上的隱私遭到侵犯。很多社會、法律與新聞學者，對於在黃色新聞氾濫期間，報紙侵犯個人隱私權的情況，提出強烈的譴責。

1890年，兩名紐約律師華倫（Samuel D. Warren）與布蘭迪斯（Louis D. Brandeis）合寫了一篇名爲「隱私權」（The Right of Privacy）的論文，刊登於1890年12月15日出版的《哈佛法學評論》（Harvard Law Review）第4期。

其主要內容：

1. 個人在人身與財產方面，都要受到完全保護，這是一個原則，在普通法律中都已有規範。

2.「獨處而不受干涉」的權利（Right to be let alone）已遭到報紙入侵。作者引述了古立法官（Judge Cooley）的見解。所謂的隱私權，無異就是讓人民擁有可以「不受干擾的獨處權」。國家法律保障人民擁有隱私權，讓人民能夠擁有「避開公眾觀察，過他們日子之權」（the right to live their lives screened from public observation）。
3. 法律並沒有承認僅對情感傷害（精神損失）的補償。對於因無理、謾罵、不當侵害他人榮譽（honor）所造成的精神苦惱，沒有救濟之道。
4. 未經當事人同意，沒有人有權利用各種方式發表其作品，這種應受保護的，不只是私人財產，而是不可侵犯的人格。而保護個人的文學或藝術創作的原則（小註：即今之智慧財產權），是爲了對抗任何剽竊行爲，因爲個人作品不但屬於私有財產，更是神聖不可侵犯的。

針對華倫與布蘭迪斯的見解，大法官陳新民，在第698號解釋協同意見書上，曾有極爲精闢的描述，茲摘錄如下：

1. 華倫與布蘭迪斯認爲：隨著科學昌明，許多機器設備的發展，已經嚴重威脅到私人的生活隱私。例如：「人們在衣櫃內的輕聲細語，會被安裝在屋頂的揚聲器傳播出去。」本號解釋多數意見在理由書中（第六段），也提出此種看法，也導出更應保護私人生活領域之必要。
2. 作者認爲：新聞採訪與報導在許多方面都會明顯超越正當性及合理性。八卦新聞不再是無聊或邪惡的來源，而是變成唯利是圖的商業行爲。使得各種荒誕口味、侵犯隱私的新聞充斥版面。侵犯他人精神上所造成痛苦與傷害，其實更勝於身體上的傷害。
3. 作爲商業行爲一環的八卦新聞，會造成供需定律。一則侵犯隱私且受到歡迎的八卦新聞刊登後，就會如同種子散發出去一樣，傳播出低俗的社會標準與道德規範。另一則此類新聞看起來也許無害，但持續的擴張下去，一定帶來罪惡。不僅會貶低、歪曲事實，或顚倒眞相，也會醜化國民的思想與熱情。社會就此下去將喪失熱情與寬宏的情操。

4. 隱私權的保障乃是根源於許多思想（thoughts）、許多情感（sentiments）、許多感情（emotions），讓隱私權成爲眾所公認的原則。這句話點出了必須以「將心比心」，要用人性之「知性」（思想與情感的精神作用）來感觸到隱私的重要性，而不是僵硬、冰冷的計算隱私權的利益與其他侵犯者的利益或是獲得公益支持的考量。
5. 這兩位美國律師的大作，當然也不會忽視到隱私權也需受到限制。他們認爲基於人性尊嚴與個人的尊嚴與利益，仍必須服膺公共利益與私人正義之原則，如果國民中有擔任公職人員或是候選人者，以及社會上居於高階層者，其生活便會「由私轉公」，而受到社會的重視與接受公評檢驗，但是對這些可要求放棄生活隱私「屏障」者，應當要嚴格的限制其分類。如果沒有合理關聯性，其他人民沒有必要將其私生活曝光，而由社會檢驗之義務。
6. 誰來保護隱私權？兩位作者認爲刑法是保障隱私權的主要立法。法律不能許可有人作了壞事，卻主張合法，而且獲得輿論的支持。作者也特別提出了質疑：當習慣法已經承認了「每個房子都是個人的城堡」，這一句習慣法留下來的原則。那麼法院是否就只能緊關上城堡之前門，來樹立權威，而卻敞開後門，讓無聊或荒誕的好奇心，能長驅直入，而一窺究竟乎？此篇大作強調對人民隱私權的重視，且對媒體不致貶視，堪稱公允之評論。

陳新民大法官的「協同意見」，特別點出了當前充斥商業媒體的「八卦新聞」，不僅僅是「帶來罪惡」，其「貶低、歪曲事實，或顚倒眞相，也會醜化國民的思想與熱情。社會就此下去將喪失熱情與寬宏的情操。」陳大法官對於媒體採訪的譴責與憂慮，值得媒體工作者深思。

三、隱私權建立的原則

1. 法律應設計來保護那些與社會大眾無涉，卻使其遭受到不情願曝光的人。

   例如：媒體在拍攝捷運車廂內的某一新聞事件時，不相關的個人無辜地被暴露在畫面中，這就是一種侵權行為，法律應對他（她）有所保護。（小註：常在電視新聞中看到，將與新聞無涉者的臉部畫面，以馬賽克方式處理，就是為避免侵權。）

2. 在法庭、議會等公共機構，或在執行公務時，如牽涉到個人不願曝光，卻不得不暴露其個人隱私者，應被允許。

   只限於執行公務時，媒體的新聞採訪不被定位為執行公務。例如某人被法官傳喚出庭作證，其姓名被刊布在法院文書當中，應被允許。

3. 如果沒有特別損害，只是遭受到口頭上的隱私權侵犯，可以不予補救。

   指無法確知其名譽或財產是否有受到傷害，故無須補償。

4. 個人已經同意，或已經自行公布自己的若干隱私者，隱私權即不存在。

   此為自願或自動喪失隱私權。

5. 所公布之事不論是否眞實，均構成侵犯隱私。
6. 即使非「確實之惡意」，也不能免除構成侵犯。

   5. 6. 兩點，和誹謗罪的構成要件完全相反。

四、隱私權法律觀念之確認

1. 1902年Miss Roberson V.S. Rochester Folding Box Co.（摺疊盒公司）：被告Rochester 公司未經同意，利用Roberson小姐年輕貌美照片，印製在福蘭克林麵粉廠的包裝盒上，為麵粉廠做廣告。Roberson求償15,000美元。最高法院以4：3判決Roberson敗訴，理由是純屬精神性質，會遭來大量訴訟，在公共人物與非公共人物間區別困難，以及將對新聞自由不當限制。
2. 1903年紐約州首見立法：「對於未經書面同意，而利用他人之姓名、肖像與照片做廣告用途，或商業目的者，屬於侵犯行為，並列為一種輕罪。」

3.《德國聯邦基本法》第10條：「信件、郵件、電話、電報之祕密不得侵犯，非經法律不得限制之。」（個人信函祕密權）

我國有關於侵犯隱私權之法律，散見於《憲法》、《刑法》、《民法》、《郵政法》及《電信法》中，主要大多是涉及妨害祕密罪部分。（註6）

近年來，有關妨害祕密罪之案件，以《獨家報導》雜誌報導台北市議員璩美鳳之私生活祕密，最爲引人關注。涉嫌偷裝針孔攝影機者郭玉玲被處四年八個月有期徒刑之重刑，而報導並散布其私密光碟的《獨家報導》雜誌，其發行人沈嶸亦被判兩年徒刑。（註7）

五、新聞報導侵犯隱私權的免責條件

1. 合法的公眾利益與公眾興趣事項。
2. 關於捲入有新聞價值的個人事項。但刊出的資料，應與新聞有關。
3. 公眾人物的個人事項，不受保護，媒體有權報導。
4. 純係來自公開紀錄的事項，媒體有權報導。
5. 如果將事實小說化，不可確證其人。
6. 個人照片與新聞無關時，不得任意使用，以免觸法。
7. 「事實」只能作爲部分辯護理由，在涉及私人事務時，如果所刊登的內容無新聞價值，則雖係屬實，亦不合法。

註釋

註1：大法官第509號解釋

解釋公布日期：民國89年7月7日

解釋爭點：刑法誹謗罪之規定違憲？

解釋文：

言論自由為人民之基本權利，憲法第十一條有明文保障，國家應給予最大限度之維護，俾其實現自我、溝通意見、追求真理及監督各種政治或社會活動之功能得以發揮。

惟為兼顧對個人名譽、隱私及公共利益之保護，法律尚非不得對言論自由依其傳播方式為合理之限制。刑法第三百十條第一項及第二項誹謗罪即係保護個人法益而設，為防止妨礙他人之自由權利所必要，符合憲法第二十三條規定之意旨。

至刑法同條第三項前段以對誹謗之事，能證明其為真實者不罰，係針對言論內容與事實相符者之保障，並藉以限定刑罰權之範圍，非謂指摘或傳述誹謗事項之行為人，必須自行證明其言論內容確屬真實，始能免於刑責。

惟行為人雖不能證明言論內容為真實，但依其所提證據資料，認為行為人有相當理由確信其為真實者，即不能以誹謗罪之刑責相繩，亦不得以此項規定而免除檢察官或自訴人於訴訟程序中，依法應負行為人故意毀損他人名譽之舉證責任，或法院發現其為真實之義務。

就此而言，刑法第三百十條第三項與憲法保障言論自由之旨趣並無牴觸。

理由書：

憲法第十一條規定，人民之言論自由應予保障，鑑於言論自由有實現自我、溝通意見、追求真理、滿足人民知的權利，形成公意，促進各種合理的政治及社會活動之功能，乃維持民主多元社會正常發展不可或缺之機制，國家應給予最大限度之保障。

惟為保護個人名譽、隱私等法益及維護公共利益，國家對言論自由尚非不得依其傳播方式為適當限制。至於限制之手段究應採用民事賠償抑或兼採刑事處罰，則應就國民守法精神、對他人權利尊重之態度、現行民事賠償制度之功能、媒體工作者對本身職業規範遵守之程度，及其違背時所受同業紀律制裁之效果等各項因素，綜合考量。

以我國現況而言，基於上述各項因素，尚不能認為不實施誹謗除罪化，即屬違憲。況一旦妨害他人名譽均得以金錢賠償而了卻責任，豈非享有財富者即得任意誹謗他人名譽，自非憲法保障人民權利之本意。

刑法第三百十條第一項：「意圖散布於眾，而指摘或傳述足以毀損他人名譽之事者，為誹謗罪，處一年以下有期徒刑、拘役或五百元以下罰金」，第二項：「散布文字、圖畫犯前項之罪者，處二年以下有期徒刑、拘役或一千元以下罰金」係分別對以言詞或文字、圖畫而誹謗他人者，科予不同之刑罰，為防止妨礙他人自由權益所必要，與憲法第二十三條所定之比例原則尚無違背。

刑法第三百十條第三項前段規定：「對於所誹謗之事，能證明其為真實者，不罰」，係以指摘或傳述足以毀損他人名譽事項之行為人，其言論內容與事實相符者為不罰之條件，並非謂行為人必須自行證明其言論內容確屬真實，始能免於刑責。

惟行為人雖不能證明言論內容為真實，但依其所提證據資料，認為行為人有相當理由確信其為真實者，即不能以誹謗罪之刑責相繩，亦不得以此項規定而免除檢察官或自訴人於訴訟程序中，依法應負行為人故意毀損他人名譽之舉證責任，或法院發現其為真實之義務。

就此而言，刑法第三百十條第三項與憲法保障言論自由之旨趣並無牴觸。刑法第三百十一條規定：「以善意發表言論，而有左列情形之一者，不罰：一、因自衛、自辯或保護合法之利益者。二、公務員因職務而報告者。三、對於可受公評之事，而為適當之評論者。四、對於中央及地方之會議或法院或公眾集會之記事，而為適當之載述者。」係法律就誹謗罪特設之阻卻違法事由，目的即在維護善意發表意見之自由，不生牴觸憲法問題。至各該事由是否相當乃認事用法問題，為審理相關案件法院之職責，不屬本件解釋範圍。

註2：作家李昂在1997年出版《北港香爐人人插》小說，其情節有影射某知名人物之嫌，而引發爭議。後來有人因引用「北港香爐」四個字

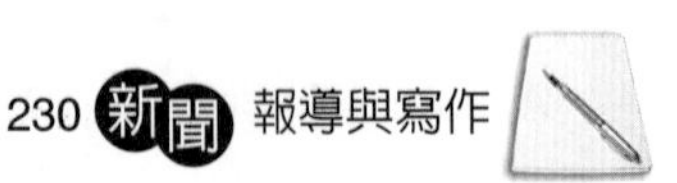

罵人，而被判有罪。

註3：蘇利文控告《紐約時報》案的經過

從1950～60年代的美國民權運動說起。1954年，美國聯邦最高法院作出了著名的布朗案判決，宣布美國南方盛行的種族隔離制度，違反美國憲法的平等保護原則。此後，美國南方的黑人民權運動風起雲湧，熱火朝天。

為了擴大影響，爭取社會支援，1960年3月29日，黑人民權領袖馬丁．路德．金恩等4名牧師，聯絡64位著名民權人士購買了《紐約時報》的一個整版篇幅，刊登了題為「請傾聽他們的吶喊」（Heed Their Rising Voices）的政治宣傳廣告，為民權運動募捐基金。

這幅廣告猛烈地抨擊了美國南方各級政府，鎮壓民權示威的行徑，其中特別譴責阿拉巴馬州蒙哥馬利市警方，以「恐怖浪潮」對待非暴力示威群眾的行為。廣告還稱，這些「南方的違憲者」正在一意孤行，鎮壓並力圖消滅黑人民權運動。

可是，後來發現，廣告中有個別細節不夠真實。比如，廣告中說有幾位黑人學生，因領導和平示威而被警察驅出大學校園，實際上這幾位學生是因進入一家僅供白人就餐的餐廳抗議，使餐廳無法正常營業，違反了當時阿拉巴馬州的種族隔離法和社會治安法而被驅，警察的行為基本上屬於依法行事。又比如，廣告稱阿拉巴馬州立學院的「全體學生」，都抗議警察的這一行動，實際上只是大部分學生。還有，金恩博士被捕過4次，但廣告上卻說有7次。

蘇利文（L. B. Sullivan）是蒙哥馬利市的民選市政專員（elected commissioner），負責當地的警察局（有些文章即直稱他為警察局長）。雖然政治廣告並無一處提及他的尊姓大名，但他卻打上門來對號入座，控告金恩博士等4名牧師，和《紐約時報》嚴重損害了他作為警方首腦的名譽，犯有誹謗罪，要求50萬美元的名譽賠償費。

根據阿拉巴馬州的法律，只要證明出版物的文字是「誹謗」，即使原告沒有提供任何證據證明自己金錢上的損失，原告也可以提出民事賠償要求。據此，蒙哥馬利市地方法院陪審團判決，被告應付原告50萬美元名譽損失費。《紐約時報》不僅不服，而且作為自由派的大本營，非常願意奉陪到底，把官司鬧大，否則，以後類似的因報導有誤而產生的官司還會接踵而來。

歷時兩年，官司才打到阿拉巴馬州最高法院。1962年8月，州最高法院維持原判，並給誹謗罪下了一個很寬的定義：「任何刊出的文字只要有損被誹謗者的聲譽、職業、貿易或生意，或是指責其犯有可被起訴的罪行，或是使其受到公眾的蔑視，這些文字便構成了誹謗。」《紐約時報》還是不服，聘請哥倫比亞大學著名憲法權威維克斯勒教授（Herbert Wechsler）為律師，把官司一直打到了聯邦最高法院。聯邦最高法院認為這一官司事關重大，涉及到對公職人員的輿論監督，進而涉及到美國憲法第一修正案中，言論自由和新聞自由這樣的基本民權問題，遂接下了這一案子。

1964年3月，聯邦最高法院以九票對零票，一致否決了阿拉巴馬州法院的判決。聯邦最高法院首先指出了問題的重要性：如果阿拉巴馬州的作法「適用於公職人員，對其執行公務行為的批評者所提出的起訴，那麼，言論自由和新聞自由是否會因此受到損害？」回答是肯定的。因為在大法官們看來，美國憲政史上沒有任何判決「贊成以誹謗罪壓制對公職人員執行公務行為的批評。」他們裁定，讓新聞媒體保證每一條新聞報導都真實無錯，是一件不可能的事。「美國上下普遍認同的一項原則是，對於公眾事務的辯論，應當是毫無拘束、富有活力和完全公開的。它可以是針對政府和公職官員的一些言詞激烈、語調尖刻，有時甚至令人極不愉快的尖銳抨擊。」

判決還進一步引用以前的有關判例，指出「本案涉及的政治廣告，就是對當今一個重大的公共問題表示不滿和抗議，它顯然有權得到憲法保護。」即使它的個別細節失實，有損當事官員名譽，也不能成為壓制新聞和言論自由的理由，仍然應該得到憲法第一條修正案的保護，只有這樣，「言論自由才有存在所需的『呼吸的空間』（Breathing Space）。」

雖然最高法院的9位大法官高高在上，但在50～60年代，他們對平民百姓的憲法權利卻極為敏感，能夠設身處地地了解他們批評官員時的難處。很顯然，既無權又無勢的民眾在揭發批評官員濫用權力時，怎麼可能百分之百的準確呢？「如果以法規強迫官方行為的批評者，保證其所述全部情況屬實，否則動輒即判有誹謗罪、處以不限量的賠償，則可能導致『新聞自我檢查』（self-censorship）。如果要求由被告負責舉證，證明其所述情況屬實，被禁錮的則將不僅僅是不實之詞，更令官方行為的潛在批評者噤若寒蟬。即便他們相信自己的批判無不實之詞，也會因為他們無法確定自己在法庭上，能否證明所述情況屬實，或是擔心付不起訟訴費用，而在發表言論時多半會『遠離非法禁區』。這種法規阻礙公共辯論的力度，限制公共辯論的廣度。」

值得注意的是，聯邦最高法院不僅否決了地方法院的判決，而且針對公職官員提出的誹謗案，第一次申明了一條非常重要的原則，即當政府公職官員（public officials）因處理公眾事務遭受批評和指責，使個人的名譽受到損害時，不能動輒以誹謗罪起訴和要求金錢賠償，除非公職官員能拿出證據，證明這種指責是出於「真正的惡意」（actual malice ）。

什麼是「真正的惡意」呢？聯邦最高法院解釋說，那就是「明知其言虛假，或滿不在乎它是否虛假。」聯邦最高法院的態度很明確，如果公職官員一挨罵就以誹謗罪起訴並要求鉅額賠償，那做官招罵、上告索賠豈不成了政府頭頭們先富起來的捷徑？如果新聞媒體對政府的批評稍有失實，立馬就招來鉅額索賠，那還談得上什麼言論自由和新聞獨立，乾脆每天給政府歌功頌德算了。

根據聯邦最高法院對《紐約時報》訴蘇利文案的判例，政府官員不但要在法庭上證明新聞媒體的報導失實，而且還要同時證明新聞媒體懷有真正的惡意，才能談得上是誹謗罪。這實際上使政府官員幾乎無法打贏這種誹謗官司。

比如說，蘇利文呈庭的事實和證據，並不能證明《紐約時報》刊登那份廣告是「明知其言虛假，或滿不在乎它是否虛假。」那幅廣告由64位名人聯名簽署，如果他們預先知道某些內容不實，顯然是不會輕易簽名的。因此，他們的行為不屬於故意誹謗。

從《紐約時報》這方面來說，既然憲法保護新聞自由，那麼《紐約時報》當然有權利決定刊登什麼樣的文章和廣告。基於對64位社會賢達的信任，《紐約時報》對這個政治宣傳廣告的細節未作精確的核對，但這並不能證明《紐約時報》對蘇利文有「真正的惡意」，故意刊登內容虛假的廣告來誹謗和誣陷公職官員。

雖然聯邦最高法院9位大法官一致同意判《紐約時報》勝訴，但理由卻不盡相同。布萊克（Black）大法官特別提出了他的補充理由，並得到了道格拉斯（Douglas）和戈德堡（Goldberg）兩位大法官的附議。在補充意見中，布萊克表現出對言論自由的堅定信念。鑒於

「證明有『惡意』難；證明無『惡意』也難」，他認為有必要對新聞界進行絕對的保護，「誹謗罪成立的前提是言論者有『惡意』，但這一要求對言論自由所提供的保護太弱。因此，我投票推翻原判的唯一理由是幾位被告有絕對和無條件的憲法權利，在《紐約時報》的廣告中批評蒙哥馬利市各級政府機構及其官員。」言下之意，即便批評者有「惡意」，其言論自由也應當得到保護。

《紐約時報》案確立的這一原則，起初只適用於擔任公職的政府官員，但最高法院以後又通過其他幾個判決（不過，最高法院此時不再全體一致，分歧很大），擴大了言論自由的保護範圍，將這一原則適用於所有的公眾人物（public figure）。這樣一來，不僅政府官員，而且娛樂界的明星、體育界的精英、工商界的大亨，甚至是某一社區的頭頭，都可以囊括在內。這些人在拋頭露面、出盡風頭的同時，卻不能不犧牲自己的一些權利，被新聞界曝光若干見不得人的隱私。看來，作名人的確也有作名人的難處。（摘自《世紀中國》，作者：陳偉）

註4：《商業周刊》誹謗蔡兆陽案：

《商業周刊》是在1996年11月4日發行的第467期雜誌中，刊載由林瑩秋執筆報導「信義大樓內大官們的房事揭祕」一文。內載「蔡兆陽裝修不當」、「根據信義大樓住戶表示，目前住在信義大樓十三樓，新上任的交通部長蔡兆陽，大手筆花了278萬元的公帑，重新裝潢整修官舍，成為該大樓住戶廣為流傳的頭條新聞」；另還由筆名「秦漢硯」的不詳姓名男子撰文，以「氣量狹小」、「趕盡殺絕」、「刻薄寡恩」等詞彙，形容蔡兆陽。

報導刊出後，蔡兆陽乃自訴林瑩秋，以及決定刊登的《商業周刊》總編輯黃鴻仁涉嫌加重誹謗，並提出民事損害賠償。蔡兆陽自訴案，不但是少見的內閣閣員控告新聞媒體誹謗，一審審理期間，更親自到庭陳述。刑事部分，黃鴻仁、林瑩秋各被判刑五月、四月，得易科罰金確定；民事賠償部分，則被判連帶賠償60萬元確定。

黃鴻仁、林瑩秋在易科罰金執行完畢後，聲請大法官解釋。大法官在1990年7月，作出509號解釋，認為誹謗罪採實質惡意原則，被告只須說明自己確信為真的依據即可，不必自負無罪舉證責任，大幅限縮誹謗案被告的舉證責任。

509號解釋出爐後，《商業周刊》即聲請檢察總長提起非常上訴。1991年5月23日，最高法院撤銷高等法院的刑事確定判決，將全案發回高等法院更審，並具體要求高等法院更審時，審酌《商業周刊》報導是否符合509號解釋意旨。

高等法院刑五庭組成合議庭審理後，仍認定本案涉及誹謗罪。合議庭認為，《商業周刊》報導蔡兆陽大手筆花費278萬公帑整修宿舍，主要是依據立法院公報登載的內容，但立院公報並未刊登姓名指稱就是蔡兆陽；報導也沒有無法訪查當事人的急迫情形。被告等人不但未向蔡兆陽本人查證，也未就立院公報登載內容盡查證義務。所謂的查證，也不能證明為真實，《商業周刊》反而作虛偽誇大的撰述，使用貶抑文字，進行不實報導，有誹謗故意，已造成蔡兆陽人格、社會地位與道德形象的負面評價。

合議庭指出，《商業周刊》事後雖曾登載交通部來函，作所謂的平衡報導，但誹謗罪為「即成犯」，犯行成立後，不能以事後更正而免除罪責，因此仍依加重誹謗罪，分別判決黃鴻仁、林瑩秋五月、四月徒刑，都可以易科罰金。因誹謗罪為二審定讞案件，故本案已經判決確定。（摘自鯨魚網站 2002/01/30 報導）

註5：呂秀蓮與《新新聞》的官司

2000年年底，《新新聞》周刊以聳動的「嘿嘿嘿，鼓動緋聞，暗鬥阿扁的竟然是呂秀蓮」標題，指控呂秀蓮散播總統府緋聞（緋聞內容暗指陳水扁總統與英文祕書蕭美琴有染，且指名是副總統呂秀蓮打電話給周刊總編輯楊照，電話開頭以《嘿嘿嘿》口氣描述），引起台灣社會一陣譁然。不但呂秀蓮牽涉其中，總統陳水扁與若干年輕幕僚也遭池魚之殃。在呂秀蓮要求《新新聞》更正未果之後，《新新聞》更宣稱握有呂秀蓮電話談話之錄音帶。呂秀蓮因此提起訴訟，並要求3億元的賠償。

鑒於1990年7月大法官作出第509號解釋，誹謗罪成立要件之一，是原告須負舉證之責任，故呂秀蓮之律師團，乃改採《民法》第195條「請求回復名譽之訴」。

《民法》195條：「不法侵害他人之身體、健康、名譽、自由、信用、隱私、貞操，或不法侵害其他人格法益而情節重大者，被害人雖非財產上之損害，亦得請求賠償相當之金額。其名譽被侵害者，並得請求回復名譽之適當處分。」

當時法界曾有兩派不同見解，一派認為509號解釋，僅適用於《刑法》的誹謗罪，不能適用於《民法》；另一派則認為《民法》也適用。最後法院仍判《新新聞》敗訴。本案纏訟多年，其主要過程大致如下：

2000/12/20

呂提回復名譽訴訟，要求《新新聞》及發行人王杏慶、社長王健壯、總編輯楊照等8被告登報道歉。

2002/04/10

一審判楊照須於40家媒體，刊登或播放澄清聲明及判決書全文。

2002/12/13

二審判王健壯、楊照等6被告應在《自由時報》等4家報紙頭版刊登道歉啟事及判決主文、理由一天。

2004/04/29

最高法院判《新新聞》與王健壯等6被告須在《自由》等4家報紙頭版登道歉啟事、判決主文及理由。

2009/09/28

呂自掏腰包，替《新新聞》在《自由》頭版刊登道歉聲明，其費用另向法院提請求償。

註6：我國法律有關隱私權之規定

<u>一、憲法</u>

第 10 條　人民有居住及遷徙之自由。

第 12 條　人民有祕密通訊之自由。

<u>二、刑法</u>

第 133 條　（郵電人員妨害郵電祕密罪）

在郵務或電報機關執行職務之公務員，開拆或隱匿投寄之郵件或電報者，處三年以下有期徒刑、拘役或五百元以下罰金。

第 235 條　散布、播送或販賣猥褻之文字、圖畫、聲音、影像或其他物品，或公然陳列，或以他法供人觀覽、聽聞者，處二年以下有期徒刑、拘役或科或併科三萬元以下罰金。

意圖散布、播送、販賣而製造、持有前項文字、圖畫、聲音、影像及其附著物或其他物品者，亦同。

前二項之文字、圖畫、聲音或影像之附著物及物品，不問屬於犯人與否，沒收之。

第 306 條（侵入住居罪）

無故侵入他人住宅、建築物或附連圍繞之土地或船艦者，處一年以下有期徒刑、拘役或三百元以下罰金。

無故隱匿其內，或受退去之要求而仍留滯者，亦同。

第 307 條（違法搜索罪）

不依法令搜索他人身體、住宅、建築物、舟、車或航空機者，處二年以下有期徒刑、拘役或三百元以下罰金。

第 315 條　無故開拆或隱匿他人之封緘信函、文書或圖畫者，處拘役或三千元以下罰金。無故以開拆以外之方法，窺視其內容者，亦同。

第 315-1 條　有左列行為之一者，處三年以下有期徒刑、拘役或三萬元以下罰金：

一、無故利用工具或設備窺視、竊聽他人非公開之活動、言論或談話者。

二、無故以錄音、照相、錄影或電磁紀錄竊錄他人非公開之活動、言論或談話者。

第 315-2 條　意圖營利供給場所、工具或設備，便利他人為前條之行為者，處五年以下有期徒刑、拘役或科或併科五萬元以下罰金。

意圖散布、播送、販賣而有前條第二款之行為者，亦同。

明知為前二項或前條第二款竊錄之內容而製造、散布，播送或販賣者，依第一項之規定處斷。

前三項之未遂犯罰之。

第 315-3 條　前二條竊錄內容之附著物及物品，不問屬於犯人與否，沒收之。

三、郵政法

第 8 條　郵件、郵政資產、郵政款項及郵政公用物，非依法律，不得作為檢查、徵收或扣押之標的。

第 10 條　中華郵政公司或其服務人員，不得開拆他人之郵件。但有下列情形者，不在此限：

一、有事實足認內裝之物為禁寄物品或不適用優惠資費者。

二、無法投遞之郵件，為退還寄件人所必要者。

三、其他依法律規定得予拆驗者。

第 11 條　中華郵政公司或其服務人員因職務知悉他人祕密者，有保守祕密之義務；其服務人員離職者，亦同。

第 38 條　無故開拆或隱匿他人之郵件或以其他方法窺視其內容者，處拘役或新台幣九萬元以下罰金。

四、電信法

第 7 條　電信事業或其服務人員對於電信之有無及其內容，應嚴守祕密，退職人員，亦同。

前項依法律規定查詢者不適用之；電信事業處理有關機關（構）查詢通信紀錄及使用者資料之作業程序，由電信總局訂定之。

五、民法

第 18 條（人格權之保護）

人格權受侵害時，得請求法院除去其侵害；有受侵害之虞時，得請求防止之。

前項情形，以法律有特別規定者為限，得請求損害賠償或慰撫金。

第 19 條（姓名權之保護）

姓名權受侵害者，得請求法院除去其侵害，並得請求損害賠償。

第 184 條　因故意或過失，不法侵害他人之權利者，負損害賠償責任。故意以背於善良風俗之方法，加損害於他人者亦同。

違反保護他人之法律，致生損害於他人者，負賠償責任。但能證明其行為無過失者，不在此限。

第 195 條　不法侵害他人之身體、健康、名譽、自由、信用、隱私、貞操，或不法侵害其他人格法益而情節重大者，被害人雖非財產上之損害，亦得請求賠償相當之金額。其名譽被侵害者，並得請求回復名譽之適當處分。

前項請求權，不得讓與或繼承。但以金額賠償之請求權已依契約承諾，或已起訴者，不在此限。

前二項規定，於不法侵害他人基於父、母、子、女或配偶關係之身分法益而情節重大者，準用之。

註7：璩美鳳光碟偷拍事件

2001年，璩美鳳的密友郭玉玲（阿梵達講師）在璩美鳳住處室內裝設針孔攝影機，攝得璩美鳳與已婚電腦工程師曾仲銘之間的「性愛

光碟」。《獨家報導周刊》將此「性愛光碟」附於該周刊上出售，引起轟動，該事被媒體稱之「璩美鳳光碟事件」。
2002年1月28日上午，璩美鳳到台北地檢署開庭時主動向檢察官表示，她已改變心意，決定控告蔡仁堅「妨害祕密罪」，也將對郭玉玲與高淳淳涉及偷拍及散布性愛光碟的行為提出告訴。《獨家報導周刊》發行人沈嶸因此案被法院依「妨礙祕密罪」判處有期徒刑兩年，並於2007年3月入獄；2006年3月3日，郭玉玲因此案被中華民國最高法院以「妨礙祕密罪」、「偽造文書罪」等罪判處有期徒刑四年八個月定讞。（資料摘自維基百科）
2001年12月17日，《獨家報導》將偷拍璩美鳳的性愛光碟，以出刊雜誌附贈光碟的方式售出。除了用來作為零售的促銷贈品，也以每片新台幣一百元的價格賣給長期訂閱該雜誌的訂戶。此舉立刻引起新聞局及檢警單位反應。
台北地檢署即以該雜誌作法，涉及意圖營利妨害祕密罪責，主動分案調查。新聞局與警政署以該附贈光碟，未事先送審及內容涉及妨害風化，已派員至各零售點查扣該雜誌及光碟。台北地檢署檢察長施茂林及襄閱主任檢察官陳宏達，17日取得外傳疑是璩美鳳閨房性愛的光碟，經過檢視認為內容屬於祕密之隱私，確有不雅猥褻之畫面，構成《刑法》第315條之二圖利妨害祕密及第235條妨害風化等罪嫌。外界不得基於意圖營利而有製造、散布或播送、販賣之行為。
而針對《獨家報導》遭新聞局沒收一事，創辦人沈野表示讀者有「知的權利」，雜誌社只是忠實呈現一位政治公眾人物的新聞事件，並且認為《出版法》已經廢止，新聞局如果要查禁該刊是違法的。雜誌發行人沈嶸則表示，雜誌社只是忠實呈現一位政治公眾人物的新聞事件，目的並非圖利。
沈嶸辯稱，雜誌售價維持原價99元，光碟也是免費贈送，顯非圖利。至於是否為了增加銷售，則非雜誌社所能掌控。沈嶸對雜誌配合光碟發行的動機指稱，「只是呈現新聞原貌，是夾在雜誌中的新聞，同時也堅持公眾人物應該有接受公評的義務。」
台灣媒體觀察基金會也在12月18日發表聲明，譴責《獨家報導》將疑似璩美鳳與男友親密行為製成光碟後隨雜誌販售，該基金會並要求社會大眾拒絕購買，避免鼓勵不道德的社會行為。

同日，雜誌附贈性愛偷拍光碟的偵辦行動擴大，台北地檢署檢察長施茂林18日親自督軍指揮，兵分五路前往台北市及台北縣三重、汐止、新店、林口等地之印刷廠、光碟製造廠及可能裝設針孔攝影機之處所展開搜查行動。

此外，《獨家報導》發行人沈嶸也在律師林憲同陪同下，向台北地檢署按鈴控告新聞局涉妨害自由及瀆職。林憲同表示，《獨家報導》隨書附贈先碟的促銷方法，沒有觸犯妨害祕密、妨害風化的問題，新聞局是假藉權力，非法扣押、搜索《獨家報導》。

同日，行政院長張俊雄在總質詢時表示，打著言論自由大旗從事商業行為，介入別人私生活，是濫用言論自由，已指示法務部、新聞局、警政署依法查扣光碟片。

12月20日，檢察官林錦村指揮調查局台北市調處，及轄區新店警分局員警一行，到《獨家報導》雜誌社進行搜索。

璩美鳳成為激情光碟影片事件女主角後，12月20日也透過委任律師鍾永盛及台北市議員黃珊珊，對外發表一份親筆書面聲明手稿，表示整個事件不論詳情如何，都已經對她身心造成雙重傷害與煎熬，在媒體的意象中，她已被判了死刑。並且決定對隨書附贈光碟的《獨家報導》提出告訴，委任律師鍾永盛嚴正表示，《獨家報導》的作法是假新聞自由之名，行踐踏人權、侵害隱私權之實。

《獨家報導》雜誌發行人沈嶸、社長沈野對璩美鳳的聲明則表示，《獨家報導》否認有「宣判死刑」的能力，認為在該刊之前早有三家雜誌社刊載圖文，整個事件是為了還原新聞真相，隨刊附上的光碟片是流傳已久的新聞證物，不是色情光碟，也沒有所謂陰謀論，更無未審先判。《獨家報導》發布聲明表示，針對檢調搜索該雜誌社，該周刊除決心為悍衛新聞自由而戰，並擬聲請大法官釋憲。

12月21日，《獨家報導》社長沈野在電視直播叩應節目中站起身來，深深一鞠躬，向璩美鳳說了一聲「對不起」。但隨後叩應民眾的嚴詞抨擊後，沈野又認為叩應節目是在打壓他。

在《中國時報》22日林照真的特稿中，提到《獨家報導》在璩美鳳私密光碟外洩事件中，居然以媒體報導事實真相為自己的行為辯護，高喊「新聞自由」，嚴重混淆視聽。林照真認為，在社會輿論已無法維持是非正義時，唯有仰賴法律依法偵辦，才是保障人權的最後一道防線。《獨家報導》以暴露他人隱私為謀利之意圖昭然若揭，但連日來該雜誌社不為此事向當事人與社會道歉，反而對著攝影機一再高喊「新聞自由」，企圖以言論捍衛者之姿混淆視聽。

2007年1月25日，璩美鳳遭偷拍性愛光碟案，判決定讞，駁回上訴，台灣高等法院更一審依「妨害祕密罪」，判處《獨家報導》發行人沈嶸，有期徒刑二年，另外特別助理韋安，判有期徒刑一年六個月、編輯林家男有期徒刑十個月，緩刑三年。

（資料摘自卓越新聞獎基金會　新聞倫理資料庫）

國家圖書館出版品預行編目資料

新聞報導與寫作／賴金波著. -- 初版. -- 臺北市：五南圖書出版股份有限公司, 2021.03
面； 公分
ISBN 978-986-522-442-4（平裝）

1.新聞報導 2.採訪 3.新聞寫作

895 110000531

1Z0Q

新聞報導與寫作

作　　者— 賴金波（393.3）
發 行 人— 楊榮川
總 經 理— 楊士清
總 編 輯— 楊秀麗
副總編輯— 陳念祖
責任編輯— 余秀琴
封面設計— 姚孝慈
出 版 者— 五南圖書出版股份有限公司
地　　址：106台北市大安區和平東路二段339號4樓
電　　話：(02)2705-5066　傳　　真：(02)2706-6100
網　　址：https://www.wunan.com.tw
電子郵件：wunan@wunan.com.tw
劃撥帳號：01068953
戶　　名：五南圖書出版股份有限公司

法律顧問　林勝安律師事務所　林勝安律師

出版日期　2021年3月初版一刷
定　　價　新臺幣350元

經典永恆．名著常在

五十週年的獻禮——經典名著文庫

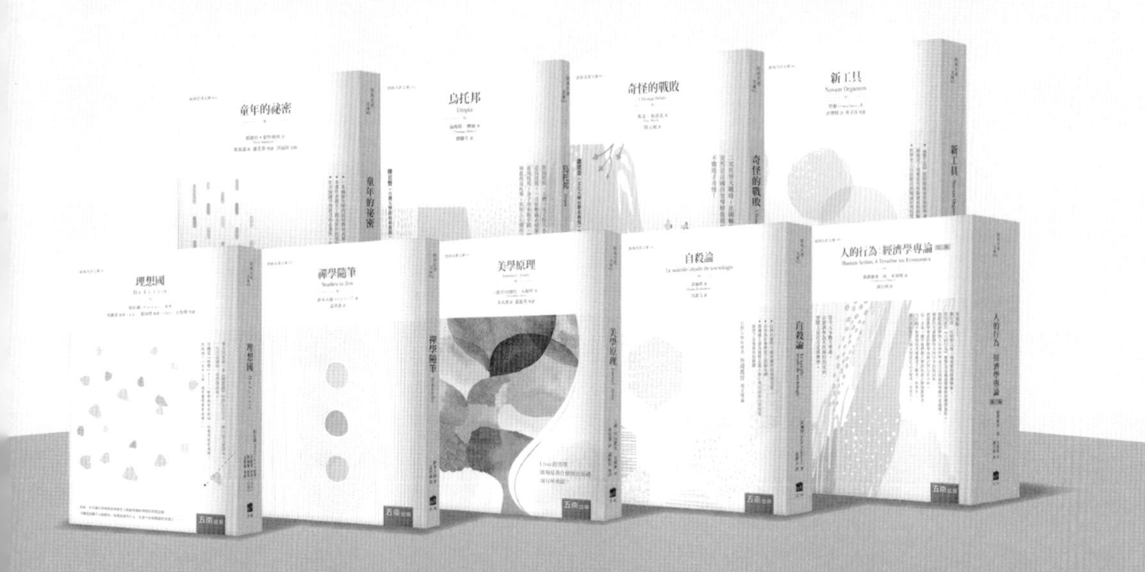

五南，五十年了，半個世紀，人生旅程的一大半，走過來了。
思索著，邁向百年的未來歷程，能為知識界、文化學術界作些什麼？
在速食文化的生態下，有什麼值得讓人雋永品味的？

歷代經典．當今名著，經過時間的洗禮，千錘百鍊，流傳至今，光芒耀人；
不僅使我們能領悟前人的智慧，同時也增深加廣我們思考的深度與視野。
我們決心投入巨資，有計畫的系統梳選，成立「經典名著文庫」，
希望收入古今中外思想性的、充滿睿智與獨見的經典、名著。
這是一項理想性的、永續性的巨大出版工程。
不在意讀者的眾寡，只考慮它的學術價值，力求完整展現先哲思想的軌跡；
為知識界開啟一片智慧之窗，營造一座百花綻放的世界文明公園，
任君遨遊、取菁吸蜜、嘉惠學子！